RAYMOND CHANDLER

JANELA PARA A MORTE

Tradução de Caroline Chang

www.lpm.com.br

L&PM POCKET

Coleção **L&PM** POCKET, vol. 447

Título original: *The High Window*

Primeira edição na Coleção **L&PM** POCKET: agosto de 2005
Esta reimpressão: junho de 2011

Tradução: Caroline Chang
Capa: adaptação do projeto gráfico de Steven Marking
Revisão: Jó Saldanha, Renato Deitos e Bianca Pasqualini

C456j

Chandler, Raymond, 1888-1959.
Janela para a morte / Raymond Thornton Chandler; tradução de Caroline Chang. – Porto Alegre: L&PM, 2011.
248 p. ; 18 cm. – (Coleção L&PM POCKET; v.447)

ISBN 978-85-254-1410-6

1.Literatura norte-americana-Romances policiais. I.Título. II.Série.

CDD 813.872
CDU 821.111(73)-312.4

Catalogação elaborada por Izabel A. Merlo, CRB 10/329.

Todos os direitos desta edição reservados a L&PM Editores
Rua Comendador Coruja 314, loja 9 – Floresta – 90220-180
Porto Alegre – RS – Brasil / Fone: 51.3225.5777 – Fax: 51.3221-5380

Pedidos & Depto. comercial: vendas@lpm.com.br
Fale conosco: info@lpm.com.br
www.lpm.com.br

Impresso no Brasil
Inverno de 2011

Raymond Chandler
(1888-1959)

Raymond Chandler foi uma das grandes personalidades da literatura americana do século XX. Pontificou no gênero policial *noir*, uma vertente mais intimista e realista do que aquele tipo de literatura de crime e mistério que surgiu com Poe, Conan Doyle e Chesterton, e que teve seguidores célebres como Agatha Christie, Ruth Rendell, Rex Stout e Georges Simenon. Chandler e seu mestre, Dashiell Hammett, desprezavam esta comparação. Seus romances não tinham como elemento-chave o investigador superarguto e suas deduções geniais. Em vez de um elegante Hercule Poirot, de um curioso Padre Brown, de um impressionante Sherlock ou de seu pai literário, o inspetor Dupin, de Poe, encontramos homens comuns (ou quase) tentando ganhar a vida trabalhando por "25 dólares por dia mais despesas". Philip Marlowe, o fascinante detetive e principal personagem de Chandler, figurou em oito romances ambientados nos Estados Unidos em plena pós-recessão, um país cheio de incertezas com uma legião de desempregados andando pelas ruas em busca de um meio para sobreviver.

Raymond Chandler nasceu em Illinois, em 1888. Depois do divórcio dos pais, em 1896, foi morar com a mãe em Londres. Jamais voltou a ver o pai. Criado na Inglaterra, seguiu sendo cidadão americano, embora sua mãe tenha se naturalizado inglesa. Retornou para os EUA em 1912 e, na Primeira Grande Guerra, serviu nas forças canadenses e na britânica Royal Air Force. Tentou ser jornalista, empresário, detetive e até executivo de uma companhia de petróleo. Desenvolveu o gosto pela literatura e devorou livros durante a vida inteira. Em 1933, com 45 anos, conseguiu publicar seu primeiro conto na célebre revista *Black Mask*, da qual Dashiell Hammett foi um dos editores. Imediatamente foi considerado um bom escritor, e seus contos passaram a fazer muito sucesso entre os iniciados na literatura *noir*. Seu primeiro livro, *O sono eterno*, foi publicado em 1939. Nele, o protagonista já era Philip Marlowe, cujo caráter e personalidade foram desenvolvidos sob várias identidades em seus contos. A seguir, publicou os romances *Adeus, minha adorada* (1940), *Janela para a morte* (1942), *A dama do lago* (1943), *A irmãzinha* (1949), *O longo adeus* (1953) e *Playback* (1958). Deixou inacabada a novela *Amor & morte em Poodle Springs*, que foi concluída pelo escritor Robert Parker com a permissão da família e publicada em 1989. Seus contos foram recolhidos e publicados em dois grandes volumes: *A simples arte de matar* e *Assassino na chuva*. Escreveu roteiros para Hollywood e teve todos os seus livros adaptados para o cinema, em filmes nos quais trabalharam grandes astros e estrelas, como Humphrey Bogart, Lauren Bacall, Robert Mitchum, Charlotte Rampling, James Stewart, Robert Montgomery, James Gardner, Elliot Gould, entre muitos outros. Tornou-se alcoólatra após a morte da mulher, em 1956, e morreu em Los Angeles em 1959, consagrado como um dos maiores escritores americanos de todos os tempos.

Livros do autor na Coleção **L&PM** POCKET

A dama do lago
A irmãzinha
Adeus, minha adorada
Amor & morte em Poodle Springs (com Robert Parker)
Armas no Cyrano's e outras histórias
Assassino metido a esperto e outras histórias
Assassino na chuva
Janela para a morte
O longo adeus
Para sempre ou nunca mais
A simples arte de matar (em dois volumes)
O sono eterno
Vou estar esperando

Capítulo um

A casa ficava na avenida Dresden no bairro Oak Noll, em Pasadena; uma casa grande, sólida e elegante, com paredes de tijolos vermelhos, coberta por telhas e com detalhes em pedra branca. As janelas frontais do andar térreo eram gradeadas. As do andar superior eram do tipo colonial, rodeadas por muitos frisos de pedra ao estilo rococó.

Da parede da fachada da casa e dos canteiros de flores grudados a ela um meio acre ou quase de um belo tapete de grama se estendia num leve declive até a rua, passando, no caminho, por um enorme cedro, em torno do qual fluía como uma correnteza verde ao redor de uma pedra. A calçada e a própria rua eram ambas muito largas, e na beira da rua havia acácias que valiam a pena serem vistas. Um pesado perfume de verão pairava naquela manhã, e toda a natureza estava perfeitamente petrificada em meio ao ar estagnado daquilo que eles chamam de um dia fresco e agradável.

Tudo o que eu sabia sobre os moradores daquela casa era que se tratava de uma Sra. Elizabeth Bright Murdock e família, e que ela queria contratar um detetive particular correto e eficiente, que não deixasse cair cinzas de charuto no chão e que jamais carregasse mais do que uma arma. E eu sabia que ela era a viúva de um velho bigodudo chamado Jasper Murdock que aparentemente tinha enriquecido ajudando a comunidade e que tinha sua foto publicada no jornal de Pasadena em todos os seus aniversários, com as datas de seu nascimento e morte embaixo, e a legenda: *O trabalho foi a sua vida.*

Deixei meu carro na rua e caminhei sobre uma dúzia de pedras que, cravadas no tapete de grama, delimitavam a área, e toquei a campainha no pórtico de tijolos protegido por um telhado pontudo. Um muro baixo de tijolos vermelhos corria na frente da casa na curta distância que ia da porta de entrada à beira da passarela de carros. Ao final deste caminho ladeado pelo muro, sobre um bloco concreto, havia uma pequena estátua pintada de um negro com calças brancas, casaco verde e boné vermelho. Segurava um chicote, e um anel de ferro o prendia pelos pés ao bloco de concreto. Ele parecia um pouco triste, como se estivesse ali esperando há muito tempo e começasse a perder as esperanças. Fui até ele e dei um tapinha amigável na sua cabeça, enquanto eu esperava alguém abrir a porta.

Depois de certo tempo, uma senhora ranzinza vestida num uniforme de empregada doméstica entreabriu a porta da frente cerca de trinta centímetros e fez cara de curiosa.

– Philip Marlowe – falei. – Para ver a sra. Murdock. Com hora marcada.

A senhora ranzinza cerrou os dentes, estreitou os olhos de um só golpe, com outro golpe escancarou-os e disse, numa daquelas vozes agudas de pioneiro das montanhas:

– Qual?

– Ãhn?

– Qual senhora Murdock? – ela quase gritou na minha cara.

– A senhora Elizabeth Bright Murdock – respondi. – Eu não sabia que havia mais do que uma.

– Pois há – ela lascou. – Tem um cartão?

Ela mantinha a porta aberta uns trinta centímetros, no máximo. Enfiou a ponta do nariz e uma mão magra e musculosa pelo vão. Puxei para fora minha carteira, apanhei um dos cartões que continham apenas o meu nome e o coloquei na mão. Mão e nariz desapareceram por entre o vão, e a porta bateu na minha cara.

Pensei que talvez eu devesse ter aberto a porta à força. Voltei até o negrinho e acariciei a sua cabeça novamente.

– Irmão – falei –, somos dois.

Algum tempo passou. Muito tempo. Enfiei um cigarro na boca, mas não o acendi. O sorveteiro passou no seu furgão azul e branco, tocando *Turkey in the straw* nos alto-falantes. Uma enorme borboleta preta e dourada freou, volteando no ar, pousou num arbusto de hortênsias bem próximo ao meu cotovelo, movimentou lentamente as asas para cima e para baixo algumas vezes, então decolou à toda e ziguezagueou através do ar imóvel com cheiro de verão.

A porta da frente foi aberta de novo. A senhora ranzinza disse:

– Por aqui.

Entrei. A sala à frente era grande, quadrada, escura, fresca e tinha a atmosfera repousante de uma capela funerária e um cheiro idem. Tapeçarias nas paredes nuas de estuque enrugado, grades de ferro imitando balcões do lado de fora de janelas muito altas, pesadas cadeiras entalhadas, com assentos de veludo, encostos bordados e borlas douradas e empoeiradas pendendo ao lado. Ao fundo, um vitral do tamanho de uma quadra de tênis. Janelas francesas e acortinadas logo abaixo. Uma sala embolorada, opressiva, conservadora, organizada e amarga. Não parecia que alguém jamais se sentasse por ali, ou sequer quisesse fazê-lo. Mesas de mármore com pernas retorcidas, relógios dourados, pequenas peças de estatuário em duas cores de mármore. Um monte de entulho do qual demoraria semanas para tirar o pó. Um monte de dinheiro, e tudo jogado fora. Trinta anos antes, na próspera, quieta e provinciana Pasadena de então, deveria ter sido uma sala e tanto.

Saímos dali, percorremos um corredor e depois de um tempo a velha ranzinza abriu a porta e fez sinal para eu entrar.

– Senhor Marlowe – ela disse junto à porta numa voz irritante, e foi embora rangendo os dentes.

Capítulo dois

Era uma sala pequena, que dava para o pátio traseiro. Tinha um horroroso tapete vermelho e marrom e era mobiliada como um escritório. Continha tudo o que você esperaria encontrar em um pequeno escritório. Uma garota loira, magra, com jeito de frágil e óculos de aro de tartaruga estava sentada atrás de uma escrivaninha com uma máquina de escrever à frente e uma folha de papel à sua esquerda. Tinha as mãos pousadas sobre as teclas, mas não havia papel nenhum na máquina. Enquanto eu entrava ela me olhou com aquela expressão rígida e meio tola de uma pessoa orgulhosa posando para uma foto. Ela era dona de uma voz límpida, suave, que pediu para eu me sentar.

– Eu sou a senhorita Davis. Secretária da senhora Murdock. Ela quer que eu peça algumas referências ao senhor.

– Referências?

– Certamente. Referências. Isso o surpreende?

Coloquei o meu chapéu sobre a mesa dela e o cigarro, ainda apagado, na fita do chapéu.

– Quer dizer que ela mandou me chamar sem saber nada sobre a minha pessoa?

O lábio da moça tremelicou, e ela o mordeu. Eu não sabia se ela estava assustada, ou incomodada, ou apenas tendo dificuldade em ser fria e pragmática. Mas ela realmente não parecia feliz.

– A senhora Murdock conseguiu o seu nome com o gerente do Banco de Seguros da Califórnia. Mas ele não o conhece pessoalmente – falou.

– Apronte o seu lápis – eu disse.

Ela empunhou o lápis, me mostrando que ele estava bem apontado e pronto para tudo.

Falei:

– Em primeiro lugar, um dos vice-presidentes desse mesmo banco. George S. Leake. Ele fica no escritório principal. Então o senador Huston Oglethorpe. Ele deve estar em

Sacramento, ou pode estar no seu escritório no Edifício State, em Los Angeles. E então Sidney Dreyfus Jr., do Dreyfus, Turner & Swayne, escritório de advogados do Edifício Title-Insurance. Anotou tudo?

Ela escrevia rápido e com destreza. Balançava a cabeça sem levantar os olhos do papel. A luz dançava sobre o seu cabelo loiro.

– Oliver Fry da Corporação FryKrantz, prospecção de petróleo. Fica na rua Nove do lado leste, no distrito industrial. E então, se você quiser alguns tiras, Bernard Ohls, da equipe do promotor público, e o detetive-tenente Carl Randall da Divisão Central de Homicídios. Acha que talvez isso seja suficiente?

– Não caçoe de mim – ela disse. – Estou apenas fazendo aquilo que me mandam.

– Melhor não telefonar para os dois últimos, a menos que você saiba de que trabalho se trata – falei. – Não estou caçoando de você. Está quente, não?

– Nem tão quente assim para Pasadena – ela disse, içou sua lista telefônica para cima da mesa e começou a trabalhar.

Enquanto ela procurava pelos números e telefonava, dei-lhe uma olhada aqui e outra ali. Ela era pálida de um tipo de palidez natural, parecendo bastante saudável. Seu cabelo cor de cobre bruto não era feio, mas estava preso para trás da sua pequena cabeça de um modo tão apertado que quase perdia completamente a aparência de cabelo. Suas sobrancelhas eram finas, incomumente retas e mais escuras que o cabelo, quase castanhas. Suas narinas tinham um aspecto exangue como as de uma pessoa anêmica. Seu queixo era pequeno demais, muito pontudo e pouco altivo. Ela não usava maquiagem, exceto um pouco, muito pouco, de batom vermelho-alaranjado nos lábios. Os olhos por trás dos óculos eram grandes, azul-cobalto com íris enormes e uma expressão vaga. Ambas as pálpebras eram estreitas, de modo que os olhos tinham um toque levemente oriental, como se a pele do rosto fosse naturalmente tão esticada que puxasse os cantos dos olhos. Todo o rosto tinha um tipo de charme meio neurótico e peculiar que só precisava uma maquiagem eficiente para ser deslumbrante.

Ela usava um vestido de linho de mangas curtas e absolutamente nenhum enfeite. Seus braços nus tinham uma suave camada de pêlos e algumas sardas.

Não prestei muita atenção para o que ela dizia ao telefone. Seja lá o que lhe diziam, ela taquigrafava, com golpes certeiros e mudos de lápis. Quando terminou, ela colocou o fone no gancho, ficou de pé, alisou o vestido de linho na direção das coxas e disse:

– Espere um momento, por favor – e foi-se em direção à porta.

No meio do caminho ela se virou e empurrou a gaveta superior da sua escrivaninha, que ficara entreaberta. Saiu. A porta se fechou. Silêncio. Do lado de fora da janela, abelhas zuniam. Ao longe escutei o assovio de um aspirador de pó. Apanhei do meu chapéu o cigarro que não chegara a ser aceso, coloquei-o na boca e me levantei. Contornei a mesa e abri a gaveta que ela acabara de fechar.

Não era da minha conta. Eu só estava curioso. Não era nem um pouco da minha conta que ela tivesse uma Colt automática na gaveta. Fechei-a e voltei a sentar.

A mocinha esteve ausente por uns quatro minutos. Abriu a porta, postou-se junto a ela e disse:

– A senhora Murdock vai recebê-lo agora.

Caminhamos por mais um corredor, ela abriu metade de uma porta de vidro duplo e me deu passagem. Entrei, e a porta foi fechada atrás de mim.

Estava tão escuro lá dentro que, de início, eu não conseguia ver nada a não ser as luzes dos *outdoors* que chegavam por entre arbustos e telas. Então vi que o quarto era uma espécie de varanda que fora ampliada. Era mobiliado com tapetes de palha e móveis de junco. Havia uma *chaise longue* de junco bem junto à janela. Tinha o encosto curvo e almofadas suficientes para acomodar um elefante, e sobre ela estava reclinada uma mulher com um cálice de vinho na mão. Senti o cheiro forte de vinho antes mesmo de conseguir enxergá-la direito. Então meus olhos se acostumaram à luz, e eu pude vê-la.

Seu rosto era largo, e o queixo, idem. Ela tinha um cabelo cor de estanho com um permanente malfeito. Um nariz adunco e olhos grandes e úmidos que se assemelhavam simpaticamente a pedras molhadas. Havia uma gargantilha de tecido no seu pescoço, mas era o tipo de pescoço que ficaria melhor em um uniforme de futebol americano. Ela usava um vestido de seda acinzentado. Seus braços, grossos, estavam nus e apresentavam manchas. Usava brincos de pressão nas orelhas. Uma mesinha baixa de tampo de vidro estava ao seu lado, e sobre ela havia uma garrafa de porto. Ela bebericou do cálice que estava segurando, me olhou por sobre ele e não disse nada.

Fiquei ali. Ela me deixou em pé, plantado, enquanto terminava o cálice de porto, depositava-o sobre a mesa e o enchia novamente. Então ela enxugou os lábios com um lenço. E então falou. Sua voz tinha um tom grave de barítono e soava como quem não está para brincadeiras.

– Sente-se, senhor Marlowe. Por favor, não acenda esse cigarro. Tenho asma.

Sentei-me numa cadeira de balanço de junco e enfiei o cigarro ainda virgem junto ao lenço no meu bolso externo.

– Nunca tive nenhum negócio com detetives particulares, senhor Marlowe. Não sei nada sobre eles. As suas referências parecem satisfatórias. Quais são os seus honorários?

– Para fazer o quê, senhora Murdock?

– É um assunto muito confidencial, naturalmente. Nada a ver com a polícia. Se tivesse algo a ver com a polícia, eu teria chamado a polícia.

– Cobro vinte e cinco dólares por dia, senhora Murdock. Mais, é claro, as despesas.

– Acho caro. Deve ganhar bastante dinheiro.

Ela bebeu um pouco mais do porto. Eu não gosto de beber porto quando está muito quente, mas é bom quando pelo menos lhe dão a oportunidade de recusá-lo.

– Não – falei. – Não é caro. Mas, é possível, claro, conseguir detetives a qualquer preço. Assim como advogados. Ou dentistas. Não sou uma organização. Sou apenas um e trabalho com apenas um caso por vez. Me arrisco, às vezes muito, e não tenho trabalho o tempo todo. Não, não acho que vinte e cinco dólares por dia seja caro.

– Entendo. E qual é a natureza das despesas?

– Pequenas coisas que aparecem aqui e ali. Nunca se sabe.

– Eu preferiria saber – ela disse, ácida.

– Saberá – falei –, e receberá recibo de tudo, preto no branco. Poderá fazer as suas objeções, se não gostar.

– E quanto você esperaria de adiantamento?

– Uns cem dólares quebrariam o galho – falei.

– Espero que sim – ela disse, terminou o porto e encheu o cálice novamente sem sequer esperar o tempo necessário para limpar os lábios.

– A pessoas da sua posição, senhora Murdock, não preciso necessariamente pedir um adiantamento.

– Senhor Marlowe – ela disse –, sou uma mulher de personalidade forte. Mas não permita que eu o assuste. Porque, se o senhor se assustar comigo, não me será de grande utilidade.

Eu assenti com a cabeça e deixei passar aquela.

Ela riu repentinamente e então arrotou. Foi um arroto simpático, delicado, nada exibicionista e dado sem preocupação.

– Minha asma – ela disse, casualmente. – Bebo este vinho como remédio. É por isso que não ofereci.

Cruzei as pernas. E torci para que isso não piorasse a sua asma.

– Dinheiro – ela disse – não é realmente importante. Uma mulher na minha posição sempre paga mais e acaba se acostumando. Espero que você valha o que cobra. A situação é a seguinte: algo de valor considerável foi roubado de mim. Quero-o de volta, mas quero mais do que apenas isto. Não quero que ninguém seja preso. Acontece que o ladrão é membro da minha família, por laços de matrimônio. – Ela girou o cálice de vinho com seus dedos gordos e sorriu diafanamente na luz pálida da penumbra. – Minha nora – disse. – Uma garota encantadora. Dura na queda.

Ela olhou para mim com um brilho súbito nos olhos.

– Tenho um filho que é um tolo – disse. – Mas gosto muito dele. Há mais ou menos um ano ele fez um casamento idiota, sem meu consentimento. Foi uma besteira, porque ele é incapaz de ganhar a vida e não tem dinheiro algum, exceto aquele que eu dou, e não sou generosa quando se trata de dinheiro. A moça que ele escolheu, ou que escolheu ele, era uma cantora de boate. O nome dela, bastante apropriadamente, era Linda Conquest. Eles ficaram morando aqui, nesta casa. Não discutimos porque não permito que ninguém discuta comigo na minha própria casa, mas não existem bons sentimentos entre nós. Tenho pago as despesas deles, dei um carro a cada um, concedi à moça uma mesada suficiente mas não extravagante para roupas e coisas do gênero. Sem dúvida ela achou esta vida um tanto quanto monótona. Sem dúvida achou o meu filho monótono. Eu mesma o acho. Seja como for, ela se mudou daqui, bastante abruptamente, há cerca de uma semana, sem deixar nenhum endereço nem dizer adeus.

Ela tossiu, procurou um lenço e assoou o nariz.

– O que foi levado – ela prosseguiu – é uma moeda. Uma moeda rara de ouro chamada Dobrão Brasher. Era o orgulho da coleção do meu marido. Eu não dou importância a essas coisas, mas ele dava. Tenho mantido a coleção intacta desde que ele morreu, há quatro anos. Fica no andar de cima, em um quarto trancado e à prova de fogo, em um conjunto de estojos à prova de fogo. Está segurada, mas ainda não declarei a perda. Prefiro não fazê-lo, se eu puder evitar. Tenho quase certeza de que Linda levou a moeda. Dizem que vale mais de dez mil dólares. É um exemplar em perfeitas condições.

– Mas bem difícil de vender – falei.

– Talvez. Não sei. Não dei falta da moeda até ontem. Eu não teria sentido a sua falta mesmo então, pois nunca chego perto da coleção, mas um homem de Los Angeles chamado Morningstar ligou, disse que era um negociante de moedas e perguntou se o Dobrão Brasher dos Murdock, como ele a chamou, estava à venda. Por acaso o meu filho foi quem atendeu a ligação. Ele disse que achava que não estava à venda, que nunca havia estado, mas que se o senhor Morningstar ligasse outra hora provavelmente poderia falar comigo. Não era uma boa hora, pois eu estava descansando. O homem disse que ligaria de novo. Meu filho contou sobre a conversa para a senhorita Davis, que me contou. Eu fiz com que ela ligasse para o homem. Fiquei um pouco curiosa.

Ela bebericou mais um pouco de vinho do porto, agitou o lenço e deu um resmungo.

– Por que ficou curiosa, senhora Murdock? – perguntei, apenas para dizer alguma coisa.

– Se o homem fosse um negociante de alguma reputação, ele saberia que a moeda não está à venda. Meu marido, Jasper Murdock, determinou, no seu testamento, que nenhuma parte da sua coleção pode ser vendida, emprestada ou hipotecada enquanto eu viver. Nem mesmo removida desta casa, exceto no caso de a casa ser danificada de algum modo que a coleção precise ser removida, e, mesmo assim, apenas os curadores poderiam fazê-lo. Meu marido – ela sorriu severamente – aparentemente achava que eu deveria ter me interessado mais por suas pecinhas de metal enquanto ele era vivo.

Fazia um belo dia lá fora, o sol brilhava, as flores desabrochavam, os pássaros cantavam. Carros passavam pela rua, num ruído distante e agradável. No cômodo escuro, com a mulher de feições rígidas e com o cheiro de vinho, tudo parecia um tanto irreal. Balancei meu pé por cima do outro joelho e esperei.

– Falei com o senhor Morningstar. Seu nome completo é Elisha Morningstar e ele tem um escritório no Edifício Belfont, na rua Nove, no centro de Los Angeles. Eu disse a ele que a coleção Murdock não está à venda, que nunca esteve e que, no que me dizia respeito, nunca estaria, e que eu estava surpresa que ele não soubesse disso. Ele hesitou, gaguejou e então perguntou se poderia examinar a moeda. Eu disse que era claro que não. Ele me agradeceu um tanto secamente e desligou. Parecia ser um homem velho. Então subi ao andar de cima para examinar a moeda pessoalmente, algo que eu não fazia há um ano. Não estava no seu lugar habitual, num dos estojos à prova de fogo.

Não falei nada. Ela voltou a encher o cálice e tamborilou seus dedos gordos no braço da *chaise longue*:

– O que eu pensei então você provavelmente pode adivinhar.

Eu disse:

– A parte sobre Morningstar, talvez. Alguém havia oferecido a moeda a ele, e ele soube, ou suspeitou, de onde ela havia saído. A moeda deve ser muito rara.

– Aquilo que eles chamam de um exemplar em perfeitas condições é muito raro, realmente. Sim, eu pensei nisso, também.

– Como ela poderia ser roubada? – perguntei.

– Por qualquer pessoa desta casa, facilmente. As chaves estão na minha bolsa, e a minha bolsa fica por aí. Seria algo muito simples ficar de posse das chaves o tempo suficiente para destrancar uma porta e um escritório e então devolver as chaves. Difícil para alguém de fora, mas qualquer um na casa poderia roubá-la.

– Entendo. E como tem certeza de que a sua nora a pegou, senhora Murdock?

– Não tenho. Não no sentido de ter alguma prova. Mas estou bem certa disso. Os empregados são três mulheres que estão aqui há muitos e muitos anos. Desde muito antes de eu casar com o sr. Murdock, o que só aconteceu há sete anos. O jardineiro nunca entra na casa. Não tenho motorista, porque meu filho ou a minha secretária dirigem para mim. Meu filho não pegou a moeda, primeiro porque ele não é o tipo de tolo que roubaria da própria mãe e, em segundo lugar, se ele a tivesse pego, teria impedido com facilidade que eu falasse com o negociante de moedas, Morningstar.

A senhorita Davis... ridículo. Simplesmente não é do seu feitio. Acanhada demais. Não, senhor Marlowe, Linda é o tipo de mulher que faria isso apenas por despeito, se não por outra razão. E o senhor sabe como são essas pessoas de boates e clubes noturnos.

– Há todo o tipo de pessoas. Assim como nas outras profissões – eu disse. – Não há sinais de arrombamento, suponho? Seria necessário alguém muito sutil para levar apenas uma moeda valiosa, então imagino que não haja sinais de arrombamento. Mas talvez fosse melhor eu dar uma olhada no quarto.

Sua mandíbula avançou na minha direção, e os músculos do seu pescoço ficaram tensos.

– Acabei de lhe falar, senhor Marlowe, que a senhora Leslie Murdock, minha nora, roubou o Dobrão Brasher.

Eu a encarei e ela me devolveu o olhar fixo. Seus olhos eram duros como os tijolos da passarela do jardim. Dei de ombros, diluindo o seu olhar, e disse:

– Supondo que assim seja, senhora Murdock, o que quer que seja feito?

– Em primeiro lugar, quero a moeda de volta. Em segundo lugar, quero um divórcio rápido para o meu filho. E não pretendo comprar esse divórcio. Ouso dizer que o senhor sabe como essas coisas são arranjadas.

Ela terminou mais um capítulo do vinho do porto e riu rudemente.

– Pode ser que eu tenha ouvido falar – eu disse. – A senhora falou que a sua nora não deixou nenhum endereço. Isso significa que não faz idéia de para onde ela foi?

– Exatamente.

– Um desaparecimento, então. Pode ser que o seu filho tenha alguma idéia que não tenha compartilhado com a senhora. Precisarei falar com ele.

O rosto grande e acinzentado se contraiu em linhas ainda mais rígidas.

– Meu filho não sabe de nada. Ele sequer sabe que o dobrão foi roubado. Não quero que ele saiba nada. Quando for a hora, eu lidarei com ele. Até então quero que ele seja deixado em paz. Ele vai fazer exatamente o que eu quiser.

– Nem sempre foi assim – falei.

– O casamento dele – ela disse, desgostosa – foi um impulso momentâneo. Depois do que ele tentou agir como um cavalheiro. Eu não teria esse tipo de escrúpulo.

– São necessários três dias para levar adiante este tipo de impulso momentâneo na Califórnia, senhora Murdock.

– Meu jovem, quer este serviço ou não?

– Quero se me forem fornecidos todos os fatos e se me for permitido tratar do caso como me parecer melhor. Não quero se a senhora vai impor muitas regras e normas para eu tropeçar nelas.

Ela riu sem delicadeza alguma.

– Este é um problema de família delicado, senhor Marlowe. E deve ser tratado com delicadeza.

– Se a senhora me contratar, terá direito a toda delicadeza de que sou capaz. Se a minha delicadeza não é suficiente, talvez seja melhor não me contratar. Por exemplo, imagino que a senhora não queira que a sua nora seja presa. Não tenho delicadeza suficiente para isto.

Ela ficou da cor de uma beterraba cozida e abriu a boca para gritar. Então pensou melhor, levantou o cálice de porto e engoliu um pouco mais do seu remédio.

– Você vai servir – ela disse, secamente. – Eu desejaria tê-lo conhecido há dois anos, antes de eles se casarem.

Eu não sabia exatamente o que essa última frase queria dizer, de modo que deixei para lá. Ela se debruçou para o lado, apertou o botão de um interfone e resmungou nele quando foi atendida.

Então ouvi passos, e a loirinha acobreada entrou no quarto tropeçando com o queixo abaixado, como se para se defender de um soco.

– Faça um cheque de duzentos e cinqüenta dólares para este homem – o dragão rosnou para ela. – E não abra a boca para ninguém sobre isso.

A mocinha corou até o pescoço.

– Sabe que eu nunca falo sobre o meu trabalho, sra. Murdock – ela baliu. – A senhora sabe que não. Eu jamais pensaria numa coisa dessas, eu...

Ela se virou com a cabeça baixa e correu para fora da sala. Enquanto ela fechava a porta, olhei na sua direção. Seus pequenos lábios tremelicavam, mas seus olhos estavam furiosos.

– Vou precisar de uma foto da sua nora e de mais algumas informações – falei quando a porta se fechou.

– Olhe na gaveta da escrivaninha – seus anéis faiscaram na atmosfera mortiça enquanto seu dedo gordo e cinzento indicava numa direção.

Eu me aproximei, abri a única gaveta da escrivaninha e de lá tirei a foto, que estava sozinha ali, virada para cima, me olhando com olhos escuros e frios. Sentei-me novamente com a foto em mãos e a observei. Cabelos escuros divididos negligentemente ao meio e presos frouxamente para trás, acima de uma testa imponente. Uma boca larga, atraente e marota, com lábios altamente beijáveis. Um belo nariz, nem muito pequeno, nem muito grande. Os ossos da face pareciam fortes. Faltava alguma coisa na expressão do rosto. Antigamente essa alguma coisa seria chamada de berço, mas, nos dias de hoje, eu não saberia como chamá-la. O rosto parecia sábio demais e cético demais para a sua idade. Recebera cantadas demais e acabara se tornando um tanto esperto demais ao contorná-las. E por trás dessa expressão de sabedoria havia o aspecto simplório da menina que acredita em Papai Noel.

Balancei a cabeça para a foto e a deslizei para dentro do meu bolso, pensando que eu estava deduzindo coisas demais de uma mera foto, e numa luz muito ruim, aliás.

A porta se abriu, a moça do vestido de linho entrou com um talão de cheques tamanho família e uma caneta tinteiro e fez um apoio com o próprio braço para a senhora Murdock assinar. Ela se endireitou com um sorriso cansado, a senhora Murdock fez um gesto ágil na minha direção, a mocinha destacou o cheque e o entregou para mim. Ela hesitava por dentro quanto ao que fazer. Nada lhe foi dito, então ela saiu timidamente mais uma vez e fechou a porta.

Balancei o cheque até que a tinta secasse, dobrei-o e o mantive na mão enquanto continuava sentado.

– O que a senhora pode me dizer sobre Linda?

– Praticamente nada. Antes de se casar com o meu filho, ela dividia um apartamento com uma garota chamada Lois Magic – encantadores os nomes que essas pessoas escolhem para si –, que é uma artista do mesmo tipo. Trabalhavam em um lugar chamado Idle Valley Club, além do bulevar Ventura. Meu filho Leslie o conhece bem até demais. Não sei nada sobre a família de Linda ou suas origens. Ela disse uma vez que havia nascido em Sioux Falls. Suponho que tivesse pai e mãe. Eu não tinha curiosidade suficiente para tentar descobrir isso.

Duvido que não. Eu podia vê-la cavando avidamente com ambas as mãos, com muito esforço, e conseguindo apenas dois punhados de pedregulhos.

– Não sabe o endereço da senhorita Magic?

– Não. Eu nunca soube.

– Será que seu filho saberia? Ou a senhorita Davis?

– Vou perguntar ao meu filho quando ele voltar. Mas acho que não sabe. Pode perguntar à senhorita Davis. Tenho certeza de que ela também não sabe.

– Entendo. E a senhora não conhece nenhum outro amigo de Linda?

– Não.

– É possível que o seu filho ainda esteja em contato com ela, escondido da senhora.

Ela começou a ficar púrpura novamente. Ergui a minha mão e forcei um sorriso apaziguador no meu rosto:

– Afinal de contas, ele foi casado com ela durante um ano – falei. – Ele deve saber algo sobre ela.

– Deixe o meu filho fora disso – ela rosnou.

Dei de ombros e fiz um som de decepção com os lábios.

– Muito bem. Ela levou o carro, suponho? Aquele que a senhora havia dado?

– Um Mercury cinza cromado, modelo de 1940, cupê. A senhorita Davis pode lhe fornecer o número da placa, se o senhor quiser. Não sei se ela levou.

– Saberia me dizer quanto dinheiro, quais roupas e jóias ela levou?

– Não muito dinheiro. Ela devia ter algumas centenas de dólares, no máximo. – Um sorriso forte de desprezo cavou profundas linhas ao redor do seu nariz e da boca. – Ao menos, é claro, que ela tenha encontrado um novo amigo.

– Certo – falei. – Jóias?

– Um anel de esmeraldas e diamantes de não muito valor, um relógio Longines de platina cravejado de rubis, um colar muito bonito de âmbar que eu fui tola o suficiente para lhe dar. Tem um fecho de diamante e 26 diamantes pequenos no formato de um naipe de ouros. Ela tinha outras coisas, claro. Nunca prestei muita atenção. Ela se veste bem, mas de um jeito não muito chamativo. Graças a Deus por essas pequenas bênçãos.

Ela tornou a encher o copo, bebeu e fez mais uma demonstração do seu arroto versão social.

– Isto é tudo que pode me dizer, senhora Murdock?

– Não é suficiente?

– Nem de longe, mas terei de me contentar, por enquanto. Se eu descobrir que ela não roubou a moeda, isso significa o fim da investigação, no que me diz respeito. Correto?

– Falaremos sobre isso – ela disse, asperamente. – Ela a roubou, com certeza. E não pretendo deixá-la escapar. Enfie isso na cabeça, meu jovem. E espero que pelo menos metade desse seu jeito durão seja de verdade, porque essas garotas de boates costumam ter amigos bem desagradáveis.

Eu ainda estava segurando pela ponta o cheque dobrado, entre os meus joelhos. Tirei a minha carteira para fora, guardei o cheque e me levantei, apanhando o meu chapéu do chão.

– Gosto de gente desagradável – falei. – Costumam ter uma mente simples. Farei um relatório quando houver algo a reportar, senhora Murdock. Acho que primeiro vou dar uma tacadinha no negociante de moedas. Ele parece uma boa pista.

Ela deixou que eu chegasse até a porta para grunhir às minhas costas:

– Não simpatiza muito comigo, não é?

Eu me virei para lhe dar um sorriso amarelo, com a mão na maçaneta:

– E alguém simpatiza?

Ela jogou a cabeça para trás, abriu bem a boca e rugiu uma gargalhada. Em meio à gargalhada eu abri a porta, saí e fechei a porta na cara do rugido viril. Atravessei o corredor novamente e bati na porta entreaberta da secretária, então a abri e espiei para dentro.

Ela tinha os braços cruzados sobre a mesa e a cabeça abaixada por sobre eles. Estava soluçando. Virou a cabeça para o lado e olhou para mim com olhos úmidos de lágrimas. Fechei a porta, fui até ela e coloquei um braço ao redor dos seus ombros magros.

– Anime-se – falei. – Devia ter pena dela. Ela acha que é durona e está se destruindo, tentando fazer jus à imagem.

A mocinha pôs-se de pé num pulo, afastando-se do meu braço.

– Não me toque – ela disse, num fiapo de voz. – Por favor. Nunca deixo nenhum homem me tocar. E não digo coisas horríveis sobre a senhora Murdock.

Seu rosto estava completamente rosado e molhado de lágrimas. Sem os óculos, seus olhos até que não eram de se jogar fora.

Enfiei meu paciente cigarro na boca e o acendi.

– Eu... eu não queria ser grosseira – ela fungou. – Mas ela me humilha tanto. E eu só quero fazer o melhor por ela.

Ela fungou mais um pouco, puxou um lenço masculino para fora da sua gaveta, abriu-o numa sacudidela e secou os olhos com ele. Eu vi, no canto que estava caído, as iniciais L. M. bordadas em roxo. Observei-as e baforei fumaça de cigarro para o canto do cômodo, para longe dos cabelos dela.

– O senhor precisa de alguma coisa? – ela perguntou.

– Preciso do número da placa do carro da senhora Leslie Murdock.

– É 2X1111, um Mercury cinza conversível, modelo de 1940.

– Ela me disse que era um cupê.

– Esse é o carro do sr. Leslie. São do mesmo modelo, ano e cor. Linda não levou o carro.

– Ah. E o que sabe sobre a senhorita Lois Magic?

– Eu só a vi uma vez. Costumava dividir um apartamento com Linda. Ela veio aqui com um senhor... um senhor chamado Vannier.

– Quem é ele?

Ela baixou os olhos para a mesa.

– Eu... ele apenas chegou com ela. Não sei quem ele é.

– Oquei. Como é a senhorita Lois, fisicamente?

– Ela é alta, uma loira bonita. Muito... muito atraente.

– Quer dizer, sexy?

– Bem... – ela corou furiosamente –, de um jeito digno, se entende o que quero dizer.

– Entendo o que quer dizer – falei –, mas isso nunca me levou a nada.

– Acredito – ela disse, ousada.

– Sabe onde a senhorita Magic mora?

Ela balançou a cabeça: não. Dobrou o grande lenço com muito cuidado e o colocou na gaveta da escrivaninha, na mesma que continha a arma.

– Você pode surrupiar outro quando esse estiver sujo – falei.

Ela se recostou na cadeira, colocou suas pequenas e bem-cuidadas mãos sobre a mesa e me encarou com brabeza.

– Eu não bancaria o durão muito tempo, se eu fosse o senhor. Não comigo, pelo menos.

– Não?

– Não. E não posso responder mais nenhuma pergunta sem instruções específicas. Meu cargo aqui é de confiança.

– Não sou durão – falei. – Másculo, apenas.

Ela apanhou um lápis e anotou algo num bloco. E me deu um sorriso fraquinho, todo compostura, de novo.

– Talvez eu não goste de homens másculos – falou.

– Se algum dia conheci uma louca, essa é você – falei. – Adeus.

Saí do escritório, fechei a porta com firmeza e caminhei pelos corredores vazios até a enorme, quieta, fúnebre e escura sala de estar e então até a porta de entrada.

O sol dançava sobre o tapete verde lá fora. Coloquei meus óculos escuros, me aproximei e acariciei a cabeça do negrinho novamente.

– Irmão, é bem pior do que eu imaginava – falei a ele.

Dava para sentir o calor das pedras da passarela através das solas dos meus sapatos. Entrei no carro, girei a chave e me afastei do meio-fio.

Um pequeno carro de passeio e cor de areia também se afastou do meio-fio, atrás de mim. Não dei bola. O homem que o dirigia vestia um chapéu de palha marrom com uma fita colorida e óculos escuros, como eu.

Dirigi de volta até a cidade. Uma dúzia de quarteirões mais tarde, em um sinal de trânsito, o carro cor de areia ainda estava atrás de mim. Dei de ombros e, só para me divertir, fiquei fazendo a volta em alguns quarteirões. O carro se manteve atrás de mim. Entrei numa rua ladeada por imensas árvores de pimenta, levei o carro até um retorno e parei junto ao meio-fio.

O carro cor de areia se aproximou lentamente. A cabeça loira por baixo do chapéu de palha marrom com fita de estampa tropical sequer se voltou na minha direção. O carro seguiu adiante e eu voltei até o Arroyo Seco e de lá para Hollywood. Procurei várias vezes, mas não vi mais sinal do cupê cor de areia.

Capítulo três

Eu tinha um escritório no sexto andar do Edifício Cahuenga, duas pequenas salas nos fundos. Uma delas eu deixava aberta para abrigar um cliente paciente, se calhasse de eu ter um cliente paciente. Havia uma campainha na porta, que eu podia ligar e desligar de dentro do meu salão particular de meditações.

Espiei para dentro da sala de espera. Estava mais vazio do que a morte, exceto pelo cheiro de poeira. Abri mais uma janela, destranquei a porta que ligava as duas peças e fui até o cômodo contíguo. Três cadeiras simples e uma cadeira de rodinhas, uma mesa reta com tampo de vidro, cinco arquivos verdes – três dos quais absolutamente vazios –, um calendário e uma licença emoldurada pendurados na parede, um telefone, uma bacia sobre um balcão de madeira manchado, um chapeleiro, um tapete que nada mais era do que algo disforme sobre o chão e duas janelas abertas com cortinas simples que se franziam para dentro e para fora como os beiços de um velho banguela dormindo.

As mesmas coisas que eu tivera no ano anterior, e no ano anterior a este. Não eram coisas bonitas, sequer alegres, mas era melhor do que uma barraca na praia.

Pendurei meu chapéu e meu casaco no chapeleiro, lavei meu rosto e minhas mãos em água fria, acendi um cigarro e icei a lista telefônica para cima da mesa. Elisha Morningstar estava listado no conjunto 824 do Edifício Belfont, no número 422 da rua Nove Leste. Anotei isso e o número de telefone, e estava com a mão sobre o instrumento quando me lembrei que não havia ligado a campainha da sala de espera. Avancei a mão até a lateral da escrivaninha, apertei o botão que ligava a campainha, e ela estrilou no mesmo instante. Alguém acabara de abrir a porta da primeira sala.

Virei o bloco de anotações sobre a mesa, com a face para baixo, e fui até a porta ver quem era. Era um sujeito alto, magro, com jeito pretensioso em um horrível traje tropical azul-acinzentado, sapatos preto e branco, uma camisa cor de marfim e uma gravata e um lenço na lapela da cor das flores do jacarandá. Segurava uma longa piteira preta numa luva de pele de porco preta e branca e estava torcendo o nariz para as velhas revistas sobre a mesinha, para as cadeiras, para a forração surrada e para o aspecto geral de baixos dividendos da firma.

Quando abri a porta para a sala de espera, ele se voltou parcialmente e me encarou com um par de olhos azuis bastante sonhadores bem próximos de um nariz estreito. Sua pele estava bronzeada, seu cabelo ligeiramente ruivo estava escovado para trás da cabeça de pequenas proporções, e a fina linha de bigode era bem mais ruiva do que o cabelo.

Ele me examinou sem pressa e também sem muito prazer. Baforou suavemente e falou por trás da fumaça do cigarro num tom levemente escarninho.

– Você é Marlowe?

Fiz que sim com a cabeça.

– Estou um pouco decepcionado – ele disse. – Eu estava esperando alguém com as unhas sujas.

– Entre – falei. – Pode ser engraçadinho sentado.

Segurei a porta, e ele entrou, passando lentamente por mim e semeando cinza de cigarro no chão com o auxílio do dedo médio. Sentou-se junto à mesa, no lado reservado ao cliente, tirou a luva da mão direita, a dobrou com a outra que já havia sido tirada e depositou-as sobre a mesa. Tirou a bagana da piteira, cutucou a brasa com um fósforo até que ela se apagasse, encaixou outro cigarro e o acendeu com um fósforo largo cor de mogno. Reclinou-se na cadeira com o sorriso de um aristocrata entediado.

– Tudo pronto? – eu inquiri. – Pulso e respiração normais? Não gostaria de uma toalha umedecida com água fresca para a sua cabeça, ou outra coisa?

Ele só não curvou os lábios em demonstração de escárnio porque eles já estavam assim desde que chegara.

– Um detetive particular – falou. – Nunca conheci um. Um negócio cheio de armadilhas, pode-se ver. Espiar por fechaduras, pescar escândalos, esse tipo de coisa.

– Está aqui a negócios – perguntei-lhe – ou apenas visitando bairros pobres?

Seu sorriso era tão lânguido quanto uma mulher gorda em um baile dos bombeiros.

– O nome é Murdock. Isso provavelmente lhe diz alguma coisa.

– Você com certeza está fazendo uma boa performance – falei e comecei a encher um cachimbo.

Ele me observou enquanto eu enchia o cachimbo. Ele disse, lentamente:

– Se entendi, minha mãe o contratou para algum serviço. Ela lhe deu um cheque.

Terminei de encher o cachimbo, levei um fósforo até ele, acendi-o e me reclinei para baforar a fumaça por cima do ombro direito na direção da janela aberta. Não falei nada.

Ele se inclinou para a frente mais um pouco e disse, com franqueza:

– Sei que bancar o esperto faz parte do seu negócio, mas não estou adivinhando. Um passarinho me contou, um pássaro comum, às vezes maltratado mas, ainda assim, sobrevivente. Como eu. Que por acaso não estava muito longe de você. Isso ajuda a esclarecer as coisas?

– Ãrrã – falei. – Supondo que fizesse alguma diferença para mim.

– Você foi contratado para encontrar a minha mulher, presumo.

Ri com desdém na direção dele, por cima do cachimbo.

– Marlowe – disse ele, ainda com mais franqueza –, prometo que vou tentar ao máximo, mas acho que não vou gostar de você.

– Estou magoadíssimo.

– E, se me permite uma frase coloquial, seu personagem durão fede.

– É um comentário um tanto amargo, vindo de você.

Ele se reclinou novamente e me encarou com olhos pálidos e inexpressivos. Se remexeu na cadeira, tentando achar uma posição confortável. Muitas pessoas já tinham tentado achar uma posição confortável naquela cadeira. Eu mesmo deveria tentar uma hora dessas. Talvez estivesse prejudicando os negócios.

– Por que a minha mãe teria interesse em encontrar

Linda? – ele perguntou, devagar. – Ela a odiava. Quero dizer, ela a *odiava*. Linda se comportava bem decentemente com a minha mãe. O que acha dela?

– Da sua mãe?

– Claro. Não conheceu Linda, conheceu?

– Aquela secretária da sua mãe está com o emprego por um fio puído. Ela fala demais.

Ele balançou a cabeça com vigor.

– Mamãe não ficará sabendo. E, de qualquer forma, mamãe não conseguiria ficar sem Merle. Ela precisa ter alguém com quem implicar. Pode gritar com ela e até estapeá-la, mas não conseguiria ficar sem Merle. O que achou dela?

– Bonitinha. De um jeito meio antiquado.

Ele franziu o cenho.

– Estou falando de mamãe. Merle é apenas uma mocinha simples, eu sei.

– Sua capacidade de observação me deixa estupefato – falei.

Ele pareceu surpreso Quase esqueceu de bater a cinza do cigarro com a unha. Mas não. Ele tomava cuidado para que nenhuma cinza caísse no cinzeiro, acontecesse o que acontecesse.

– Falávamos sobre a minha mãe – ele disse, paciente.

– Um velho e grande cavalo de guerra – falei. – Um coração de ouro, estando este enterrado bem lá no fundo.

– Mas por que ela quer encontrar Linda? Não consigo entender. E gastar dinheiro nisso, também. Minha mãe detesta gastar dinheiro. Ela acha que o dinheiro é parte da sua pele. Por que ela quer encontrar Linda?

– Adivinhe – falei. – Quem disse que ela quer?

– Ora, você deu a entender. E Merle...

– Merle é romântica, apenas. Ela inventou isso. Ora, ela assoa o nariz em um lenço masculino. Provavelmente um dos seus.

Ele corou.

– Isso é bobagem. Olhe, Marlowe. Por favor, seja razoável e me dê uma idéia do que se trata isto tudo. Não tenho muito dinheiro, receio, mas quem sabe uns duzentos dólares...

– Eu deveria lhe dar uma surra – falei. – E, além disso, não devo falar com você. Ordens.

– Por que, pelo amor de Deus?

– Não me pergunte coisas que eu não sei. Não posso lhe dar as respostas. E não me pergunte nada que eu sei, porque não vou lhe dar as respostas. Em que mundo você vive? Se dão uma tarefa a um cara da minha profissão, por acaso ele vai sair por aí respondendo perguntas sobre essa tarefa a qualquer um que fique curioso?

– Acho que há algo no ar – ele disse, com desprezo – para um homem da sua profissão recusar duzentos dólares.

Aquilo tampouco me atingia. Apanhei o seu grande fósforo de mogno do cinzeiro e olhei para ele. Tinha laterais amarelas e uma impressão em branco. ROSEMONT. H. RICHARDS' 3. O resto estava queimado. Dobrei o fósforo, apertei as duas metades na mão e as joguei na lata de lixo.

– Eu amo a minha mulher – ele disse de repente e me mostrou seus dentes brancos e afiados. – Um tanto brega, mas é verdade.

– Por isso os lombardos continuam se dando bem.*

Ele manteve os dentes arreganhados e assim continuou falando.

– Ela não me ama. Não vejo nenhuma razão por que ela devesse. As coisas têm estado tensas entre nós. Ela estava acostumada a um tipo de vida agitado. Conosco, bem, tem sido bem entediante. Não brigamos. Linda é do tipo calmo. Mas ela realmente não tem se divertido muito, estando casada comigo.

– Você está sendo modesto demais – falei.

Seus olhos lampejaram, mas ele conseguiu manter os modos suaves.

– Piada ruim, Marlowe. Nem mesmo é nova. Olhe, você

---

*Referência à escola de pintura da Lombardia, característica pelos meios sorrisos discretos, irônicos e enigmáticos das suas figuras. (N. do T.)

tem cara de ser um sujeito decente. Sei que a minha mãe não está gastando duzentos e cinqüenta dólares apenas para ser agradável. Talvez não se trate de Linda. Talvez seja outra coisa. Talvez... – ele parou, e então disse muito calmamente, me estudando com os olhos: – talvez seja Morny.

– Talvez – falei, alegremente.

Ele apanhou as luvas, golpeou a mesa com elas e as depôs mais uma vez.

– Eu sabia – ele disse. – Mas eu achava que ela não sabia de nada. Morny deve ter ligado para ela. Ele tinha prometido que não ia ligar.

Isso foi fácil. Falei:

– Quanto você lhe deve?

Não era tão fácil assim. Ele ficou desconfiado novamente.

– Se ele ligou para ela, deve ter contado. E ela teria contado a você – ele disse, num tom fraco.

– Talvez não seja Morny – falei, começando a ter uma vontade incrível de beber alguma coisa. – Talvez a cozinheira esteja grávida do sorveteiro. Mas, e se for Morny, quanto?

– Doze mil – ele disse, olhando para baixo e corando.

– Ameaças?

Balançou a cabeça, aquiescendo.

– Mande-o às favas – falei. – Que tipo de cara ele é? Durão?

Ele olhou para cima de novo, com uma expressão corajosa.

– Acho que sim. Acho que todos eles são. Ele costumava fazer papel de bandido no cinema. Bonito de um jeito forte, másculo. Mas não fique imaginando coisas. Linda apenas trabalhava lá, como os garçons e a banda. E se você está procurando por ela, vai ter trabalho para encontrá-la.

Sorri para ele, educadamente.

– Por que eu teria trabalho em encontrá-la? Ela não está enterrada no quintal, espero?

Ele se pôs de pé com o lampejo de um raio nos olhos pálidos. Ali em pé, debruçando-se um pouco sobre a mesa, ele sacou a mão direita em um gesto certeiro e puxou uma pequena pistola automática, provavelmente calibre .25, com cabo de nogueira. Parecia a irmã daquela que eu vira na gaveta da escrivaninha de Merle. Parecia bem perigosa, com o cano apontando para mim. Não me mexi.

– Se alguém quiser encostar um dedo em Linda, vai ter que encostá-lo em mim antes – ele disse, tenso.

– O que não deve ser tão difícil. Melhor conseguir uma arma maior. A não ser que você queira apenas caçar abelhas.

Ele recolocou a pequena arma no bolso interno do paletó. Me encarou com um olhar duro, apanhou as luvas e se dirigiu à porta.

– É uma perda de tempo falar com você – ele disse. – Só sabe fazer piadinhas.

– Espere um minuto – me levantei e contornei a mesa. – Talvez seja uma boa idéia você não mencionar essa conversa para a sua mãe, pelo menos por causa da mocinha.

Ele concordou.

– Pela quantidade de informação obtida, não vale a pena ser mencionada.

– E isso resolve o problema da sua dívida de doze mil com Morny?

Ele olhou para o chão, então para cima, e então para o chão de novo. Disse:

– Qualquer um que quisesse ficar devendo doze mil ao Morny precisaria ser muito mais esperto do que eu.

Eu estava bem próximo dele. Falei:

– Na verdade, acho que você nem está preocupado com a sua mulher. Acho que sabe onde ela está. Ela não fugiu de você. Só fugiu da sua mãe.

Ele levantou os olhos e vestiu uma das luvas. Não falou nada.

– Talvez ela encontre um emprego – eu disse. – E ganhe dinheiro suficiente para sustentar você.

Ele olhou para o chão de novo, virou o corpo um pouco para a direita, e o punho enluvado fez uma volta apertada e tensa para cima, no ar. Tirei a minha mandíbula do caminho, apanhei o punho dele e o empurrei lentamente de volta em direção ao seu peito, me inclinando sobre ele. Ele deu um passo atrás e começou a respirar com dificuldade. Era um pulso bem magro. Meus dedos o contornavam e se encontravam do outro lado.

Ficamos lá, olhando nos olhos um do outro. Ele estava respirando como um bêbado, com a boca aberta e os lábios tensos. Pequenas rodelas vermelhas flamejavam nas suas bochechas. Ele tentou liberar o pulso torcendo-o, mas coloquei tanta força que ele teve de recuar mais um passo para não perder o equilíbrio. Nossos rostos agora estavam a centímetros de distância.

– Como é que o seu velho pai não lhe deixou algum dinheiro? – escarneci. – Ou você torrou tudo?

Ele falou entre os dentes, ainda tentando se desvencilhar:

– Se é que é da sua maldita conta, e se você está falando de Jasper Murdock, ele não era meu pai. Não gostava de mim e não me deixou centavo algum. Meu pai era um homem chamado Horace Bright que perdeu todo o seu dinheiro no *crash** e pulou da janela do seu escritório.

– Você é fácil de ordenhar – falei –, mas o seu leite é muito pobre. Sinto muito pelo o que eu disse, sobre a sua mulher sustentar você. Eu só queria provocá-lo.

Larguei seus pulsos e dei um passo atrás. Ele ainda estava respirando com força e pesadamente. Seus olhos estavam cravados nos meus, furiosos, mas ele manteve a voz baixa.

– Bem, você conseguiu. Se está satisfeito, vou embora.

– Eu estava lhe fazendo um favor – falei. – Quem carrega uma arma consigo não deve se ofender tão facilmente. Melhor se livrar dela.

– Isso é problema meu – ele disse. – Sinto muito por ter lhe dado um soco. Mas provavelmente não machucaria muito, se o tivesse atingido.

– Tudo bem.

Ele abriu a porta e saiu. Seus passos foram morrendo ao longo do corredor. Outro pirado. Bati nos meus dentes com

*Referência à Queda da Bolsa de Valores de Nova York, em 1929. (N. do T.)

os nós dos dedos acompanhando o ritmo dos seus passos enquanto eu consegui ouvi-los. Então voltei para a mesa, olhei para o meu bloco de anotações e peguei o telefone.

Capítulo quatro

Depois de o telefone tocar três vezes do outro lado da linha, uma voz de menina leve e infantil falou, através de um chicle:

– Bom dia. Escritório do senhor Morningstar.

– O velho cavalheiro se encontra?

– Quem está falando, por favor?

– Marlowe.

– Ele o conhece, senhor Marlowe?

– Pergunte se ele quer comprar moedas americanas de ouro antigas.

– Só um minuto, por favor.

Houve então uma pausa compatível a um ancião em uma sala mais adiante tendo sua atenção chamada para o fato de que alguém no telefone gostaria de falar com ele. Então o telefone fez um clique, e um homem falou. Tinha uma voz seca. Quase se podia dizer queimada.

– Aqui é o senhor Morningstar.

– Me disseram que telefonou à senhora Murdock, em Pasadena, senhor Morningstar. Sobre uma certa moeda.

– Sobre uma certa moeda – ele repetiu. – De fato. E daí?

– Pelo que entendi, o senhor gostaria de comprar a moeda em questão, da coleção Murdock.

– De fato. E quem é o senhor?

– Philip Marlowe. Um detetive particular. Estou trabalhando para a senhora Murdock.

– De fato – falou pela terceira vez. – Ele limpou cuidadosamente a garganta. – E sobre o que gostaria de falar comigo, senhor Marlowe?

– Sobre essa moeda.

– Mas fui informado que ela não estava à venda.

– Mesmo assim quero lhe falar sobre ela. Ao vivo.

– Quer dizer que ela mudou de idéia sobre vender a moeda?

– Não.

– Então, receio que não entendo o que quer, senhor Marlowe. O que temos para conversar? – Ele soava esperto agora.

Tirei o ás da manga e mostrei-o graciosamente:

– A questão é, sr. Morningstar, que quando o senhor ligou, já sabia que a moeda não estava à venda.

– Interessante – ele disse, lentamente. – Como?

– O senhor é do ramo, seria impossível não saber. É um fato sabido que a coleção Murdock não poderá ser vendida enquanto a senhora Murdock estiver viva.

– Ah – ele disse. – Ah. – Houve um silêncio. Então: – Às três horas – falou, não ácido, mas rápido. – Ficarei feliz em recebê-lo no meu escritório. Provavelmente sabe onde fica. É conveniente para o senhor?

– Estarei aí – falei.

Desliguei o telefone, acendi de novo o meu cachimbo e fiquei ali sentado, olhando para a parede. Meu rosto estava tenso de tantos pensamentos, ou então por causa de alguma outra coisa que o enrijecia. Peguei a foto de Linda Murdock do meu bolso, observei-a por um tempo, decidi que o rosto era bem comum, afinal de contas, e tranquei a foto na gaveta da escrivaninha. Apanhei o segundo fósforo de Murdock do meu cinzeiro e o examinei. A inscrição nele dizia: TOP ROW W. D. WRIGHT' 36.

Deixei-o cair novamente no cinzeiro, me perguntando qual a importância disso. Talvez fosse uma pista.

Tirei o cheque do senhora Murdock da carteira, endossei-o, preenchi uma ficha de depósito e outra para sacar dinheiro, tirei meu talão de cheques da escrivaninha, dobrei tudo sob um atilho de borracha e coloquei no meu bolso.

Lois Magic não constava na lista telefônica.

Abri a seção de classificados sobre a mesa, fiz uma lista

de meia dúzia de agências teatrais que tinham anúncios em letras grandes e liguei para elas. Todas elas tinham vozes simpáticas e estridentes e queriam fazer um monte de perguntas, mas ou não sabiam ou não queriam dizer nada sobre a senhorita Lois Magic, suposta atriz.

Joguei a lista telefônica na lata de lixo e liguei para Kenny Haste, um repórter policial do jornal *Chronicle.*

– O que você sabe sobre Alex Morny? – perguntei quando terminamos aquela lengalenga introdutória.

– Dirige uma boate e casa de jogos extravagante em Idle Valley, a cerca de três quilômetros da estrada, na direção das montanhas. Costumava trabalhar no cinema. Péssimo ator. Parece ter bastante influência. Nunca ouvi falar dele atirando em alguém em praça pública ao meio-dia. Ou em qualquer outro horário. Mas eu não colocaria minha mão no fogo.

– Perigoso?

– Eu diria que ele pode ser, se necessário. Todos esses caras já foram ao cinema e sabem como se espera que donos de boates se comportem. Ele tem um guarda-costas que é uma figura. O nome dele é Eddie Prue, tem dois metros de altura e é magro como o limite entre o certo e o errado. Tem um olho vazado, lembrança de uma ferida de guerra.

– Morny é perigoso com as mulheres?

– Não seja tão vitoriano, meu chapa. As mulheres não chamam isso de perigo.

– Conhece uma moça chamada Lois Magic, suposta artista? Uma loira alta e chamativa, me disseram.

– Não. Mas algo me diz que eu adoraria conhecê-la.

– Não banque o engraçadinho. Conhece alguém com o nome de Vannier? Nenhuma dessas pessoas está na lista telefônica.

– Não. Mas posso perguntar a Gertie Arbogast, se quiser me ligar daqui algum tempo. Ele conhece todos os aristocratas de boates. E assemelhados.

– Obrigado, Kenny. Vou fazer isso. Daqui a meia hora?

Ele disse que estaria bem, e desligamos. Tranquei o escritório e saí.

No final do corredor, no canto de uma parede, um sujeito jovem e loiro com um terno marrom e chapéu de palha marrom com uma fita de estampas tropicais marrom e amarela estava lendo o jornal vespertino com as costas apoiadas na parede. Ele bocejou quando passei, enfiou o jornal embaixo do braço e se endireitou.

Entrou no elevador comigo. Mal conseguia manter os olhos abertos, tão cansado que estava. Saí para a rua e caminhei um quarteirão até o banco para depositar meu cheque e sacar um pouco de dinheiro para despesas. De lá fui até o bar Tiger-Tail Lounge, sentei num reservado meio escondido, bebi um martíni e comi um sanduíche. O homem de terno marrom se postou no final do balcão e bebeu várias coca-colas. Parecia entediado e empilhava moedas à sua frente, cuidadosamente emparelhando as bordas. Ele estava com os óculos escuros novamente. Era um disfarce e tanto.

Fiz o meu sanduíche durar o máximo possível e então fui até a cabine telefônica na ponta do balcão, lá no fundo do bar. O homem do terno marrom virou a cabeça rapidamente e então disfarçou o gesto erguendo o copo. Disquei para a redação do *Chronicle* de novo.

– Oquei – Kenny Haste disse. – Gertie Arbogast diz que Morny casou com a tal loira chamativa há não muito tempo. Lois Magic. Ele não conhece Vannier. Diz que Morny comprou um lugar lá fora, em Bel-Air, uma casa branca na estrada Stillwood Crescent, a cerca de cinco quarteirões do bulevar Sunset. Gertie diz que Morny a conseguiu de um milionário falido chamado Arthur Blake Popham que foi preso em um escândalo de fraude. As iniciais de Popham ainda estão no portão. E provavelmente no papel higiênico, diz Gertie. Era esse tipo de sujeito. Parece que é tudo que sabemos.

– Impossível pedir mais do que isso. Muito obrigado, Kenny.

Desliguei, saí da cabine, encontrei os óculos escuros pairando acima do terno marrom e abaixo do chapéu de palha escuro e observei-os enquanto iam rapidamente embora.

Girei sobre os calcanhares e voltei por uma porta vaivém

até a cozinha e através dessa até o beco dos fundos e pelo beco andei um quarteirão até os fundos do estacionamento onde eu havia deixado meu carro.

Nenhum cupê cor de areia conseguiu colar em mim enquanto eu ia embora, em direção a Bel-Air.

Capítulo cinco

A estrada Stillwood Crescent se curvava preguiçosamente ao norte do bulevar Sunset, bem além do campo de golfe do Bel-Air Country Club. A estrada era ladeada por propriedades protegidas por cercas e muros. Algumas tinham muros altos, outras tinham muros baixos, outras tinham cercas de ferro forjado, umas eram um tanto antiquadas, com cercas vivas. A rua não tinha calçada. Naquele bairro, ninguém caminhava, nem mesmo o carteiro.

A tarde estava quente, mas não tanto quanto em Pasadena. Havia um cheiro inebriante de flores e sol, um chiado suave de regadores de grama por trás das cercas vivas e muros, o nítido som das lâminas dos cortadores de grama girando delicadamente sobre tapetes verdejantes serenos e confiantes.

Dirigi até o topo do morro lentamente, procurando portões com monogramas. Arthur Blake Popham era o nome. A. B. P. seriam as iniciais. Encontrei-as quase lá em cima, escritas em dourado sobre um escudo negro; os portões se abriam para uma passarela de veículos asfaltada.

Era uma casa branca e brilhante que parecia novinha em folha, mas os jardins ao redor pareciam mais antigos. Era bastante modesta, considerando-se a vizinhança, mas tinha mais de quatorze peças e provavelmente apenas uma piscina. O muro da casa era baixo, de tijolos e concreto, cheio de limo nas juntas e pintado de branco. No topo do muro, um gradeado baixo de ferro pintado de preto. O nome A. P. Morny estava pintado na grande caixa de correio prateada na entrada de serviço.

Estacionei meu carro na rua e subi pela passarela de asfalto até uma porta lateral de um branco ofuscante esfaqueado por reflexos de cor do vitral que a encimava. Fiz soar uma grande aldrava de bronze. Ao fundo, no lado da asa, um *chauffeur** lavava um Cadillac.

A porta se abriu, e um filipino de olhos duros vestido de branco franziu a boca para mim. Entreguei-lhe meu cartão de visita.

– A senhora Morny – falei.

Ele bateu a porta. Algum tempo passou, como sempre quando vou atrás de alguém. O esguicho d'água no Cadillac fazia um barulho agradável. O *chauffeur* era um tanto baixinho, e estava vestido com calças de montaria, meias e uma camisa manchada de suor. Parecia um jóquei hiperdesenvolvido e ao trabalhar assobiava do mesmo jeito que uma escova ao ser passada no pêlo de um cavalo.

Um passarinho cantante e de garganta vermelha penetrou em um arbusto escarlate ao lado da porta, balançou um pouco os pequenos botões em flor de forma tubular e foi-se, num zunido tão rápido que simplesmente desapareceu no ar.

A porta se abriu, o filipino me estendeu de volta o meu cartão. Não o peguei.

– O que você quer?

Era um voz tensa e crepitante, como alguém caminhando por sobre um monte de cascas de ovos.

– Ver a senhora Morny.

– Ela não está em casa.

– E você já não sabia disso quando lhe dei o meu cartão?

Ele simplesmente abriu os dedos e deixou o cartão planar até chegar ao chão. Sorriu de um jeito maroto, desvendando uma grande amostragem de serviço dentário de segunda categoria.

– Fico sabendo quando ela me diz.

Ele fechou a porta na minha cara, e de um modo nem um pouco gentil.

**Chauffeur*: motorista. Em francês no original. (N. do T.)

Apanhei o cartão do chão e caminhei pela lateral da casa até onde o *chauffeur* estava lançando água sobre o Cadillac sedã e tirando a sujeira com uma esponja. Ele tinha óculos de armação vermelha e um topete no cabelo cor de milho. Um cigarro pendia exausto num dos cantos do lábio inferior.

Ele me olhou de soslaio como um homem que está tendo dificuldades de se concentrar nos seus afazeres. Perguntei:

– Onde está o seu chefe?

O cigarro sacudia-se na sua boca. A água continuou jorrando sobre a lataria.

– Pergunte na casa.

– Já tentei. Fecharam a porta na minha cara.

– Oh, coitadinho...

– E a senhora Morny?

– Mesma resposta, cara. Eu só trabalho aqui. Está vendendo alguma coisa?

Segurei meu cartão para ele ler. Era um cartão profissional, agora. Ele depôs a esponja no estribo do carro e a mangueira sobre o chão de cimento. Contornou a água para enxugar as mãos em uma toalha que pendia ao lado das portas da garagem. Pescou um fósforo no bolso das calças, acendeu-o e inclinou a cabeça para fazer queimar a bituca apagada que estava enfiada na sua boca.

Seus olhos pequenos e astutos piscavam numa e noutra direção, e ele foi para trás do carro, com um meneio de cabeça. Fui até ele.

– Como vai a verba para despesa extra? – perguntou, numa voz baixa e precavida.

– Gorda de tanta inatividade.

– Por cinco dólares eu poderia pensar um pouco.

– Eu não dificultaria tanto assim as coisas para você.

– Por dez dólares posso até cantar como um coro de quatro canários e uma guitarra.

– Não gosto desse tipo de orquestração luxuosa.

Ele balançou a cabeça para os lados.

– Está falando grego, cara.

– Não quero que perca o emprego, filho. Tudo o que

quero saber é se a senhora Morny está em casa. Isso por acaso custa mais do que um dólar?

– Não se preocupe com o meu emprego, cara. Estou na boa.

– Com Morny, ou com quem?

– Quer saber isso pela mesma grana?

– Dois dólares.

Ele me olhou de cima, com um olhar suspeito e perguntou:

– Não está trabalhando para ele, está?

– Claro.

– Você é um mentiroso.

– Claro.

– Me dê os dois paus – ele lançou.

Dei-lhe dois dólares.

– Ela está no quintal, com um amigo – ele disse. – Um bom amigo. Quando se tem um amigo que não trabalha e um marido que trabalha, se está com a faca e o queijo na mão, entende? – ele me olhava com malícia.

– Você vai estar com a faca e o queijo na mão num campo de trabalhos forçados, uma hora dessas.

– Eu não, cara. Sou esperto. Sei como levá-los. Perambulei entre essa gente a minha vida toda.

Ele esfregou as duas notas de um dólar entre as palmas da mão, assoprou-as, dobrou-as ao comprido e ao meio e as enfiou no bolso de relógio das suas calças curtas.

– Isso era só o aquecimento – ele disse. – Agora, por mais cinco...

Um cocker spaniel bem grande e muito loiro correu ao redor do Cadillac, escorregou um pouco no cimento molhado, então decolou com precisão e me atingiu no estômago e nas coxas com as quatro patas, lambeu meu rosto, pulou para o chão, correu ao redor das minhas pernas, sentou-se entre elas, deixou cair bem a língua e começou a arfar.

Caminhei por cima dele, me segurei na lateral do carro e puxei meu lenço para fora.

Uma voz de homem chamou:

– Aqui, Heatcliff. Aqui, Heatcliff.

O som de passos em uma superfície dura.

– Este é o Heatcliff – o motorista disse, meio amargo.

– Heatcliff?

– Diabos, é assim que eles chamam o cachorro, cara.

– *O morro dos ventos uivantes?* – perguntei.

– Aí você está falando grego de novo – ele ironizou. – Olhe só. Companhia.

Ele apanhou a esponja e a mangueira e recomeçou a lavar o carro. Eu me afastei dele. O cocker spaniel imediatamente se reposicionou entre as minhas pernas, quase me fazendo tropeçar.

– Aqui, Heatcliff – a voz masculina chamou de novo, desta vez mais alto, e um homem apareceu na boca de um túnel de cerca viva coberto por trepadeiras de rosas.

Alto, moreno, com uma pele azeitonada clara, olhos pretos brilhantes, dentes brancos resplandecentes. Suíças. Um bigode fino e escuro. As suíças eram muito longas, longas demais. Camisa branca com iniciais bordadas no bolso, calças brancas, sapatos brancos. Um relógio de pulseira de ouro que tapava quase completamente um pulso fino e moreno. Um lenço amarelo ao redor de um pescoço moreno e delgado.

Ele viu o cachorro sentado entre as minhas pernas e não gostou. Estalou uns dedos longos e ordenou, numa voz límpida e forte:

– Aqui, Heatcliff. Venha de uma vez!

O cachorro arfava e não se moveu, a não ser para se colocar um pouco mais próximo da minha perna direita.

– Quem é você? – o homem perguntou, me examinando de cima a baixo.

Estiquei meu cartão. Dedos cor de oliva o apanharam. O cachorro recuou em silêncio para trás das minhas pernas, esgueirou-se pela frente do carro e desapareceu silenciosamente na distância.

– Marlowe – o homem disse. – Marlowe, é? O que é isso? Um detetive? O que você quer?

– Ver a senhora Morny.

Ele me olhou de cima a baixo novamente, com os olhos pretos e brilhantes varrendo lentamente seguidos pelos sedosos e longos cílios.

– Não lhe disseram que ela não estava?

– É, mas não acreditei. Você é o sr. Morny?

– Não.

– Este é o senhor Vannier – o motorista disse atrás de mim, na voz arrastada e hipereducada da insolência deliberada. – O sr. Vannier é um amigo da família. Ele vem muito aqui.

Vannier olhou por cima dos meus ombros. Seus olhos estavam furiosos. O motorista deu a volta no carro e cuspiu a bituca do cigarro com desprezo casual.

– Eu disse ao xereta que o patrão não estava, senhor Vannier.

– Sei.

– Eu disse que a sra. Morny e o senhor estavam. Fiz mal?

Vannier falou:

– Você devia era se meter com a sua própria vida.

O motorista disse:

– Me pergunto por que não pensei nisso.

Vannier disse:

– Dê o fora antes que eu quebre esse seu pescoço fracote e imundo.

O motorista olhou-o em silêncio, então voltou para a parte escura da garagem e começou a assobiar. Vannier dirigiu seus olhos furiosos até mim e largou:

– Disseram-lhe que a senhora Morny não estava, e você não acreditou. É isso? Em outras palavras, a informação não lhe satisfez.

– Se precisássemos colocar a coisa em outras palavras – falei –, estas bastariam.

– Entendo. E poderia dizer qual a questão que gostaria de discutir com a senhora Morny?

– Eu preferiria explicar isso à própria senhora Morny.

– Acontece que ela não quer recebê-lo.

Por trás do carro, o motorista me disse:

– Fique de olho na mão direita, cara. Ele pode ter uma faca.

A pele azeitonada de Vannier ficou da cor de alga marinha seca. Deu a volta sobre os calcanhares e me ordenou, com uma voz abafada:

– Siga-me.

Ele percorreu o caminho pavimentado de tijolos abaixo do túnel de rosas e através de um portão branco, no final. Mais além ficava um jardim murado contendo canteiros de vistosas flores da estação, uma quadra de *badminton*, um enorme gramado e uma pequena piscina azulejada que reluzia ao sol. Ao lado da piscina havia um espaço com móveis azuis e brancos de jardim, mesas baixas com tampo em mosaico, cadeiras reclináveis com lugar para descansar os pés e enormes almofadas, e, sobre tudo, um guarda-sol azul e branco do tamanho de uma pequena barraca.

Uma loira langorosa tipo de boate, de pernas longas, estava preguiçosamente deitada em uma das cadeiras, com os pés para cima sobre uma almofada e um copo alto e opaco próximo ao cotovelo, perto de um balde de gelo prateado e uma garrafa de scotch. Ela nos olhou languidamente conforme nos aproximávamos do gramado. A uma distância de dez metros ela parecia uma mulher bem elegante. A uma distância de três metros ela parecia algo feito para ser olhado a uma distância de dez metros. Sua boca era larga demais, seus olhos, azuis demais, sua maquiagem era muito exagerada, os finos arcos das suas sobrancelhas tinham uma curvatura e uma amplitude quase irreais, e o rímel dos seus cílios era tão espesso que eles pareciam pequenos trilhos de ferro.

Ela usava calças brancas de um tecido leve, chinelos azul e branco, unhas pintadas de carmim, uma blusa de seda branca e um colar de pedras verdes lapidadas na forma quadrada – mas não eram esmeraldas. Seu cabelo era tão artificial quanto um hall de entrada de boate.

Sobre a cadeira ao seu lado havia um chapéu de palha com abas da largura de um pneu e uma fita de cetim branco para o queixo. Na aba do chapéu descasava um par de óculos escuros com lentes do tamanho de uma rosca de padaria.

Vannier marchou até ela e lançou:

– Você precisa dar um jeito nesse seu motorista nojento de olhos vermelhos, mas rápido. Senão, posso quebrar o pescoço dele a qualquer minuto. Não consigo chegar perto sem ser insultado.

A loira tossiu fraquinho, desfilou um lenço ao seu redor sem fazer nada com ele e disse.

– Sente-se e poupe o seu charme. Quem é o seu amigo?

Vannier procurou o meu cartão, descobriu que o estava segurando na mão e o jogou no colo dela. Ela o apanhou languidamente, passou os olhos nele, passou os olhos em mim, suspirou e tamborilou as unhas nos seus dentes brancos.

– Grandão, não é mesmo? Grande demais para você, imagino.

Vannier olhou para mim com desprezo.

– Tudo bem, terminem logo com isso, seja lá o que for.

– Falo com ela? – perguntei – Ou falo com você e você traduz?

A loira riu. Um risada metálica tão natural quanto nado sincronizado. Uma língua pequena brincava lascivamente nos seus lábios.

Vannier sentou-se, acendeu um cigarro de ponta dourada, e eu fiquei lá, olhando para eles.

Falei:

– Estou procurando por uma amiga sua, senhora Morny. Soube que vocês dividiam um apartamento há cerca de um ano. O nome dela é Linda Conquest.

Vannier piscou os olhos para cima, para baixo, para cima, para baixo de novo. Virou a cabeça e olhou além da piscina. O cocker spaniel chamado Heatcliff estava lá sentado, nos encarando com o branco de um olho.

Vannier estalou os dedos.

– Aqui, Heatcliff! Aqui, Heatcliff! Venha cá!

A loira disse:

– Cale a boca. O cachorro odeia você. Dê um descanso para a sua vaidade, pelo amor do céu.

Vannier disse:

– Não fale assim comigo.

A loira soltou uma risadinha e acariciou o rosto dele com os olhos.

Eu falei:

– Estou procurando uma moça chamada Linda Conquest, senhora Morny.

A loira me olhou e disse:

– Você já disse isso. Eu estava só pensando. Acho que não a vejo há seis meses. Ela se casou.

– A senhora não a viu nos últimos seis meses?

– Foi o que eu disse, garotão. Por que quer saber?

– É apenas uma investigação particular que estou fazendo.

– Sobre?

– Sobre um assunto confidencial – respondi.

– Ora, vejam! – a loira exclamou. – Ele está fazendo uma investigação particular sobre um assunto confidencial. Ouviu isso, Lou? Mas, quanto a perturbar estranhos que não querem recebê-lo tudo bem, não é, Lou? Isso porque ele está fazendo um inquérito particular sobre um assunto confidencial.

– Então a senhora não sabe onde ela está?

– Não foi isso o que eu disse? – a voz dela ergueu-se alguns pontos.

– Não. A senhora disse que achava que não a tinha visto nos últimos seis meses. Não é exatamente a mesma coisa.

– Quem lhe disse que eu dividia um apartamento com ela? – a loira perguntou.

– Nunca revelo uma fonte de informação, senhora Morny.

– Querido, você é cheio de frescuras, o suficiente para ser um coreógrafo. Quer que eu lhe diga tudo, mas não quer me dizer nada.

– A posição é muito diferente – falei. – Sou uma pessoa contratada seguindo instruções. A madame não tem nenhum motivo para se esconder, tem?

– Quem a está procurando?

– Os pais dela.

– Tente de novo. Ela não tem pais.

– Deve conhecê-la muito bem, para saber isso – falei.

– Talvez eu tenha conhecido. O que não prova que eu saiba onde ela está.

– Oquei – falei. – A resposta é: a senhora sabe, mas não vai dizer.

– A resposta – Vannier disse, de repente – é que você não é bem-vindo aqui e o quanto antes der o fora, melhor para nós.

Continuei olhando para a sra. Morny. Ela piscou para mim e disse para Vannier:

– Não seja tão hostil, querido. Você é muito charmoso, mas tem ossos finos. Não é talhado para o trabalho pesado. Não é verdade, garotão?

Falei:

– Eu não tinha pensado sobre isso, senhora Morny. Acha que o senhor Morny poderia – e concordaria em – me ajudar?

Ela balançou a cabeça:

– O que posso dizer? Pode tentar. Se ele não gostar de você, ele tem uns caras por perto que podem chacoalhá-lo.

– Acho que a senhora poderia me dizer, se quisesse.

– E como vai me convencer a fazê-lo? – seus olhos eram convidativos.

– Com todas essas pessoas em volta – falei –, como eu poderia?

– É uma idéia – ela disse, e bebericou do seu copo, me observando por cima dele.

Vannier se levantou muito lentamente. Seu rosto estava branco. Ele colocou a mão dentro da camisa e disse devagar, entre os dentes:

– Dê o fora, imbecil. Enquanto ainda consegue andar.

Olhei para ele, surpreso.

– Que modos são esses? – perguntei. – E não adianta fazer de conta que você carrega uma arma por baixo da camisa.

A loira riu, mostrando uma bela fileira de dentes fortes. Vannier manteve a mão dentro da camisa e cerrou os lábios. Seus olhos pretos estavam afiados e vazios ao mesmo tempo, como olhos de cobra.

– Você me ouviu – ele disse, quase suavemente. – E não me subestime assim tão rápido. Posso virá-lo do avesso no tempo que se leva para riscar um fósforo. E então desvirá-lo.

Olhei para a loira. Seus olhos eram brilhantes, e sua boca parecia sensual e voluptuosa, nos fitando.

Eu me virei e atravessei o gramado. No meio do caminho, olhei para trás, para eles. Vannier estava exatamente na mesma posição, com a mão dentro da camisa. Os olhos da loira ainda estavam bem abertos, e seus lábios, entreabertos, mas a sombra do guarda-sol havia velado a sua expressão, que, àquela distância, poderia ser tanto de prazer quanto medo ou prazer por antever alguma coisa.

Continuei caminhando sobre a grama, passei pelo portão branco e sobre o caminho de tijolos sob as trepadeiras de rosa. Alcancei o final da passarela, me voltei, caminhei sem fazer barulho até o portão e dei mais uma olhada neles. Não sei o que poderia haver para olhar ou por que me importei, quando vi aquilo.

O que vi foi Vannier praticamente esparramado por cima da loira, beijando-a.

Balancei a cabeça e voltei pelo caminho de tijolos.

O motorista de olhos injetados ainda estava trabalhando no Cadillac. Tinha terminado de lavá-lo e estava polindo os vidros e os metais com um pedaço grande de flanela. Contornei o carro e me pus ao seu lado.

– Como se saiu? – ele me perguntou com o canto da boca.

– Mal. Sapatearam em cima de mim – falei.

Ele concordou com a cabeça e continuou fazendo o barulho de uma escova deslizando sobre o pêlo de um cavalo.

– É melhor tomar cuidado. O cara é um bandido – falei. – Ou finge ser.

O motorista deu uma risada curta:

– Com aquele terno? Impossível.

– Quem é esse cara, Vannier? O que ele faz?

O motorista se endireitou, colocou a flanela sobre o peitoril de uma das janelas e limpou as mãos na toalha que agora estava enfiada na cintura da sua calça.

– Mulheres, seria o meu palpite – ele disse.

– Não é um pouco perigoso? Brincar logo com essa mulher?

– Eu diria que sim – concordou. – Mas caras diferentes têm idéias diferentes sobre o perigo. A mim, isso assustaria.

– Onde ele mora?

– Sherman Oaks. Ela costuma ir lá. Demais, até.

– Você nunca viu uma garota chamada Linda Conquest? Alta, morena, bonita, costumava cantar com uma banda?

– Por dois dólares, cara, você está pedindo trabalho demais.

– Eu poderia chegar a cinco dólares.

Ele balançou a cabeça.

– Não conheço. Não por esse nome. Mulheres dos mais variados tipos vêm aqui, a maioria bem gostosas. Eu não sou apresentado – ele sorriu.

Tirei para fora a minha carteira e coloquei três verdinhas na sua mão úmida. Acrescentei um cartão de visitas.

– Gosto de caras baixos e mirrados – falei. – Parecem nunca ter medo de nada. Venha falar comigo uma hora dessas.

– Pode ser que eu faça isso, cara. Obrigado. Linda Conquest, hein? Vou manter os ouvidos atentos.

– Até mais – falei. – Seu nome?

– Me chamam de Shifty*. Eu nunca soube por quê.

– Até mais, Shifty.

– Até mais. Arma embaixo do braço? Naquelas roupas? Impossível.

– Não sei – falei. – Ele fez um gesto. Não sou contratado para trocar tiros com estranhos.

– Ora, aquela camisa que ele está vestindo só tem dois

**Shifty*: astuto, matreiro, enganador. (N. do T.)

botões no alto. Eu percebi. Deve demorar uma semana para puxar um berro debaixo daquilo – mas ele parecia um pouco preocupado.

– Acho que ele só estava blefando – concordei. – Se ouvir falar de Linda Conquest, ficarei feliz em discutir negócios com você.

– Oquei, cara.

Voltei pela passarela asfaltada para carros. Ele ficou lá, coçando o queixo.

Capítulo seis

Dirigi ao redor do quarteirão, procurando um lugar para estacionar para que eu pudesse dar um pulo no escritório antes de ir ao centro.

Um Packard dirigido por um *chauffeur* saiu de onde estava estacionado, junto ao meio-fio, na frente de uma tabacaria a cerca de dez metros da entrada do meu prédio. Deslizei para a vaga, tranquei o carro e saí. Só então percebi que eu tinha estacionado na frente de um cupê cor de areia bem familiar. Não precisava ser necessariamente o mesmo. Havia milhares do modelo. Não havia ninguém dentro. E ninguém perto dele que estivesse usando um chapéu de palha marrom com uma fita marrom e amarela.

Contornei o carro pelo lado da rua e dei uma olhada no painel do veículo. Não dizia de quem era. Por via das dúvidas, anotei o número da placa nas costas de um envelope e segui em direção ao meu prédio. Ele não estava no saguão de entrada, nem no corredor lá de cima.

Entrei no escritório, olhei para o chão, onde normalmente fica a correspondência, não encontrei nada, me convidei para um drinque oferecido pela garrafa do escritório e fui embora. Eu não tinha tempo a perder se quisesse chegar no centro antes das três horas.

O cupê cor de areia ainda estava estacionado, ainda sem

ninguém dentro. Entrei no meu carro, liguei e saí, me juntando ao fluxo do tráfego.

Eu ainda não tinha chegado na esquina do bulevar Sunset com a Vine quando ele me achou. Continuei indo, sorrindo, e me perguntando onde ele havia se escondido. Talvez no carro estacionado atrás do dele. Eu não tinha pensado nisso.

Fui na direção sul para pegar a rua Três e segui até o final desta. O cupê cor de areia se manteve a meia quadra de mim todo o caminho. Saí para a rua Sete e para a Grand, estacionei próximo da esquina da rua Sete com a Olive, parei para comprar cigarros dos quais eu não precisava, e então caminhei na direção leste pela rua Sete sem olhar para trás. Na Spring entrei no Hotel Metropole, caminhei casualmente até o enorme balcão de cigarros na forma de ferradura, acendi um cigarro e então me sentei em uma das poltronas velhas de couro marrom do saguão.

Um homem loiro de terno marrom, óculos escuros e o já familiar chapéu entrou no saguão e passou reto pelos vasos de palmeiras e pelas arcadas de gesso até o balcão de cigarros. Comprou um maço de cigarros e o abriu ali mesmo, de pé, apoiando com calma as costas contra o balcão e concedendo ao saguão a honra de ser o objeto de um olhar de águia.

Ele apanhou o troco, saiu dali e se sentou, com as costas voltadas para uma pilastra. Abaixou a aba do chapéu por sobre os óculos escuros e pareceu pegar no sono com um cigarro apagado entre os lábios.

Eu me levantei, passeei um pouco pelo saguão e me deixei cair na poltrona ao seu lado. Olhei para ele de esguelha. Ele não se mexeu. Visto de perto, o seu rosto parecia jovem, corado e vistoso, e os pêlos loiros no queixo haviam sido barbeados com muito descuido. Por trás dos óculos escuros, seus cílios subiam e desciam rapidamente. Uma mão sobre o joelho apertava e puxava o tecido, formando rugas. Havia uma verruga na sua bochecha direita, logo abaixo do olho.

Risquei um fósforo e levei a chama até o seu cigarro:

– Fogo?

– Oh, obrigado – ele disse, muito surpreso. Ele fumou até que a ponta do cigarro brilhasse.

Apaguei o fósforo, joguei-o na caixa de areia próxima ao meu cotovelo e esperei. Ele me olhou de relance várias vezes antes de falar comigo.

– Já não o vi em algum lugar antes?

– Lá na avenida Dresden, em Pasadena, essa manhã.

Eu via as suas bochechas ficando mais rosadas do que antes. Ele suspirou.

– Devo ser péssimo nisso – ele falou.

– Cara, você é muito ruim – concordei.

– Talvez seja o chapéu.

– Esse chapéu não ajuda – falei. – Mas não é culpa dele, realmente.

– É difícil ganhar algum dinheiro nessa cidade – ele disse, com pesar. – Não se pode andar a pé, você vai à falência com as corridas de táxi, se pega táxi, e se você usa o seu próprio carro, ele vai estar sempre em algum lugar onde não se consegue chegar rápido o suficiente. É preciso ficar muito perto.

– Mas não precisa se pendurar no pescoço do sujeito – falei. – Você queria algo comigo ou está apenas praticando?

– Achei que eu acabaria descobrindo se você era esperto o suficiente que valesse a pena conversar.

– Sou muito esperto – falei. – Seria uma pena não falar comigo.

Ele olhou com cuidado para trás da sua cadeira e para os dois lados de onde estávamos sentados e então puxou para fora uma pequena carteira de pele de porco. Me deu um cartão de visita novinho em folha tirado de lá. Dizia: George Anson Phillips. Investigações confidenciais. Avenida North Wilcox, 1924, Edifício Seneger, conjunto 212, Hollywood. Um telefone com prefixo de Glenview. No canto superior esquerdo havia um olho aberto com sobrancelha arqueada, como numa expressão de surpresa, e pestanas muito longas.

– Você não pode fazer isso – falei, apontando para o olho. – Esse é o logotipo do escritório Pinkerton's. Está roubando a clientela deles.

– Ora, com os diabos – ele disse. – O pouco que eu consigo não os atrapalha

Dei um peteleco com a unha no cartão, cerrei os dentes e enfiei o cartão no bolso.

– Quer um dos meus, ou já completou o dossiê sobre a minha pessoa?

– Ah, sei tudo sobre você – ele disse. – Eu era auxiliar do xerife de Ventura na época em que você estava trabalhando no caso Gregson.

Gregson era um trambiqueiro da cidade de Oklahoma que fora perseguido em todo território dos Estados Unidos durante dois anos por uma das suas vítimas, até que ficou tão nervoso que atirou no frentista de um posto de gasolina que o confundiu com um conhecido. Parecia algo de séculos atrás.

Falei:

– Comece daí.

– Lembrei do seu nome quando o vi no registro, no painel do seu carro, esta manhã. Então, quando o perdi no caminho até a cidade, vim para cá. Eu ia me apresentar e falar com você, mas seria uma violação de sigilo. Deste jeito, é como se eu não pudesse evitar.

Outro louco. Com esse, eram três num dia, sem contar a senhora Murdock, que poderia se revelar uma louca, também.

Esperei enquanto ele tirava os óculos escuros, os limpava, colocava-os novamente e dava mais uma boa olhada nas redondezas. Então ele disse:

– Pensei que podíamos, talvez, entrar num acordo. Fazer uma espécie de sociedade. Eu vi o cara entrando no seu escritório, então imaginei que ele tivesse contratado você.

– Sabe quem era ele?

– Estou investigando ele – falou, e a sua voz parecia monótona e nem um pouco empolgada. – E não estou conseguindo absolutamente nada.

– O que ele fez para você?

– Bem, estou trabalhando para a mulher dele.

– Divórcio?

Ele olhou ao redor com muito cuidado e disse, numa voz baixa:

– É o que ela diz. Mas tenho minhas desconfianças.

– Ambos querem alguma coisa – falei. – Cada um tentando conseguir algo do outro. Cômico, não?

– De minha parte, não acho tão engraçado assim. Um cara está na minha cola a maior parte do tempo. Um cara muito alto com um olho estranho. Despisto ele mas depois de alguns instantes o vejo de novo. Um cara muito alto. Como um poste de luz.

Um cara muito alto com olhos estranhos. Baforei pensativamente.

– Algo que tenha a ver com você? – o loiro me perguntou, um pouco ansioso.

Balancei a cabeça e joguei meu cigarro na caixa de areia.

– Nunca o vi, que eu saiba.

Olhei para o meu relógio:

– Melhor nos encontrarmos e conversarmos sobre isso direito, mas agora não posso. Tenho um compromisso.

– Eu gostaria muito – ele disse. – Muito.

– Vamos, então. Meu escritório, meu apartamento, seu escritório, ou onde?

Ele coçou o queixo malbarbeado com a unha do dedão completamente roída.

– Meu apartamento – ele disse, finalmente. – Não está na lista. Me empreste um pouco aquele cartão.

Ele virou o cartão sobre a palma da mão quando o entreguei e escreveu lentamente, com uma pequena lapiseira de metal, apertando a língua entre os lábios. Ele estava ficando mais moço a cada minuto. Agora, não parecia ter mais que vinte anos, mas tinha que ter, pois o caso Gregson tinha sido seis anos antes.

Ele guardou a lapiseira e me entregou o cartão. O endereço que ele havia escrito era rua Court, 128, Apartamentos Florence, 204.

Olhei para ele com curiosidade.

– Rua Court, em Bunker Hill?

Ele concordou com a cabeça, sua pele clara corando completamente.

– Não é lá essas coisas – falou, mais do que rápido. – Não tenho tido sorte ultimamente. Você se importa?

– Não, por que me importaria?

Eu me levantei e estendi a mão. Ele a apertou e a deixou cair, e então enfiei a mão dentro do meu bolso e esfreguei a palma no lenço ali guardado. Olhando para o seu rosto mais de perto eu vi que havia suor sobre seu lábio superior e dos lados do nariz. Não estava tão quente assim.

Comecei a caminhar, então me virei, me inclinei próximo do seu rosto e disse:

– Quase todo mundo pode me enganar mas, só para ter certeza, é uma loira alta com olhos inocentes, não?

– Eu não os chamaria de inocentes – ele falou.

Recompus a minha expressão enquanto disse:

– E, cá entre nós, essa história do divórcio é uma grande farsa. A coisa é completamente outra, não?

– Sim – ele disse suavemente. – E uma coisa da qual gosto menos a cada minuto. Aqui.

Ele tirou algo do bolso e deixou cair na minha mão. Era uma chave achatada.

– Assim você não precisa ficar esperando no corredor, se eu não estiver em casa. Tenho duas dessas. A que horas acha que pode chegar?

– Lá pelas quatro e meia, pois já é tarde. Tem certeza que quer me dar essa chave?

– Ora, estamos no mesmo barco – ele disse, olhando para cima inocentemente, na minha direção. Ou tão inocentemente quanto possível por trás daquele par de óculos.

Na saída do saguão olhei para trás. Lá estava ele, sentado pacificamente, com o cigarro queimado até a metade agora apagado nos lábios e com a espalhafatosa fita marrom e amarela do chapéu tão discreta quanto um anúncio de cigarro na contracapa do *Saturday Evening Post*.

Estávamos no mesmo barco. Então eu não o enganaria. Simples assim. Eu podia ficar com a chave do seu apartamento, entrar e me sentir em casa. Eu iria calçar seus chinelos, beber a sua bebida, levantar o seu tapete e contar as notas de mil dólares embaixo dele. Estávamos no mesmo barco.

Capítulo sete

O Edifício Belfont constituía-se de oito andares comuns que foram prensados entre uma grande loja verde e prateada de roupa masculina e uma garagem de três andares mais subsolo que fazia o barulho de uma jaula de leões na hora da refeição. O pequeno e escuro saguão era tão sujo quanto um pau de galinheiro. O quadro com os nomes dos moradores tinha um bocado de espaço vazio. Apenas um dos nomes me chamou a atenção; eu já o conhecia. Oposta ao quadro, uma outra placa, grande, inclinava-se contra a parede de mármore falso. Dizia: *Aluga-se espaço adequado para tabacaria. Falar conjunto 316.*

Havia dois elevadores gradeados mas apenas um parecia estar funcionando, sem muita clientela. Um velho estava sentado dentro dele, com gestos lentos e olhos úmidos sobre um saco de aniagem dobrado em cima de um banco de madeira. Parecia estar sentado ali desde a Guerra Civil, e parecia ter se dado mal nela.

Entrei no elevador e falei "oito", ele brigou com as portas pantográficas até fecharem, puxou a sua manivela, e nos arrastamos para cima, furtivamente. O velho respirava com dificuldade, como se estivesse carregando o elevador nas costas.

Saltei no meu andar e comecei a caminhar pelo corredor, e atrás de mim o velho se debruçou para fora do elevador e assou o nariz com os dedos dentro de uma caixa de areia cheia de lixo.

O escritório de Elisha Morningstar ficava nos fundos, do lado oposto à saída de incêndio. Eram duas salas, e em ambas as portas estava escrito, em letras pretas pintadas sobre o vidro granulado: *Elisha Morningstar. Numismata.* A porta mais adiante dizia: *Entrada.*

Girei a maçaneta e entrei em um cômodo pequeno e estreito com duas janelas, uma pequena mesa surrada com uma máquina de escrever, vários quadros nas paredes com velhas moedas enfiadas em depressões cada uma com uma etiqueta amarela com inscrições embaixo, dois arquivos de metal marrom no fundo contra a parede, janelas sem cortinas e um tapete cinza-pó tão puído que seria quase impossível reparar nos rasgões, a não ser que se tropeçasse em um deles.

Uma porta interna de madeira estava aberta nos fundos, do outro lado dos arquivos, atrás da pequena mesa de datilografia. Através da porta vinham os pequenos ruídos que um homem faz quando não está fazendo nada. Então a voz áspera de Elisha Morningstar chamou:

– Entre, por favor. Entre.

Avancei e entrei. O escritório, propriamente dito, era tão pequeno quanto a outra sala, mas tinha muito mais coisas. Um cofre verde quase bloqueava a passagem na primeira metade do escritório. Por trás disso, uma velha mesa de mogno contra a porta de entrada servia de apoio para alguns livros velhos, algumas revistas antigas surradas e um monte de poeira. Na parede dos fundos, uma janela estava aberta algumas polegadas, sem no entanto atrapalhar o cheiro de mofo. Num chapeleiro, um chapéu preto seboso dependurado. Havia três mesas de pernas longas com tampos de feltro negro e sujo e mais moedas por baixo dos mostradores de vidro. Havia uma mesa pesada, com o tampo forrado de couro escuro, no meio da sala. Sobre ela, os costumeiros objetos de escritório e, ainda, um par de balanças de joalheiro embaixo de uma redoma de vidro, duas lentes de aumento com acabamento de metal e uma lupa de joalheiro sobre um bloco de anotações de couro, ao lado de um lenço amarelo de seda rasgado e manchado de tinta.

Na cadeira de rodinhas junto à mesa, estava sentado um sujeito idoso, num terno cinza-escuro com lapela alta e botões em excesso na frente. O cabelo dele era branco, arrepiado e comprido o suficiente para fazer cócegas nas orelhas. Uma faixa calva cinza-pálido brilhava no topo da cabeça, como uma rocha no cume de uma montanha. Cabelos saíam para fora das orelhas. Longos o suficiente para apanhar uma traça no ar.

Ele tinha olhos escuros e astutos, e embaixo de cada um deles pendia um bolsão de cor marrom-arroxeado e tracejado por uma rede de rugas e veias. Suas bochechas eram brilhantes, e seu nariz pequeno e pontudo parecia ter olhado de cima para inúmeras doses de álcool, nos áureos tempos. Um colarinho alto, estilo anos 20, que nenhuma lavanderia que se preze aceitaria lavar roçava o seu pomo-de-adão, e uma gravata-borboleta fina empurrava um pequeno e duro nó para fora da parte inferior do colarinho, como um rato se preparando para sair do buraco.

Ele disse:

– Minha secretária teve de ir ao dentista. É o senhor Marlowe?

Confirmei.

– Por favor, sente-se – ele acenou uma mão magra em direção à cadeira do outro lado da mesa.

Sentei.

– Tem alguma identificação, presumo?

Mostrei-a. Enquanto ele a examinava, eu o farejava do outro lado da mesa. Ele tinha um cheiro seco de mofo, como o de um chinês não muito limpo.

Ele colocou o meu cartão com a face para baixo sobre a mesa e dobrou as mãos sobre ele. Seus olhos negros astutos não perdiam nada.

– Bem, senhor Marlowe, em que posso lhe ajudar?

– Fale-me sobre o Dobrão Brasher.

– Ah, sim – ele disse. – O Dobrão Brasher. Uma moeda interessante. – Ele levantou as mãos e fez uma espécie de torre empurrando as pontas dos dedos para baixo, contra a mesa, como um advogado de família antiquado se preparando para dissertar sobre algum preciosismo gramatical. – Sob alguns aspectos, a mais interessante e valiosa de todas as antigas moedas americanas. Como sem dúvida o senhor sabe.

– Tudo o que não sei sobre moedas antigas americanas poderia encher o Rose Bowl*.

– É mesmo? – ele disse. – É mesmo? Quer que eu lhe explique?

– Por isso estou aqui, sr. Morningstar.

– É uma moeda de ouro, mais ou menos equivalente a uma moeda de ouro de vinte dólares, e de tamanho próximo à de meio dólar. Quase do mesmo tamanho. Foi feita para o Estado de Nova York no ano de 1787. Não era cunhada. Não havia casas de cunhagem até 1793, quando a primeira delas foi aberta na Filadélfia. O Dobrão Brasher foi feito provavelmente pelo processo de moldagem sob pressão, e o seu fabricante era um ourives particular chamado Ephraim Brasher, ou Brashear. Nos lugares onde o nome ainda existe é usualmente chamado Brashear, mas não na moeda, não sei por quê.

Coloquei um cigarro na boca e o acendi. Achei que podia fazer algo contra o cheiro de mofo.

– Como é este processo de moldagem sob pressão?

– As duas metades do molde eram gravadas em aço, em baixo-relevo, claro. Essas metades eram então montadas em chumbo. Pedaços de ouro eram prensados entre elas em uma prensa de moedas. Então as bordas eram aparadas e lixadas. A moeda não foi cunhada. Não havia máquinas para isso em 1787.

– Um tipo de processo bem lento – falei.

Ele concordou, balançando a cabeça branca pontuda.

– Bastante. E, já que o endurecimento da superfície de aço sem distorção não podia ser realizado naquela época, as matrizes gastavam e tinham que ser refeitas de tempos em tempos. Ocasionando pequenas variações no desenho,

*Estádio esportivo de Los Angeles. (N. do T.)

que seriam visíveis se colocadas sob uma lente de aumento. Na realidade, seria seguro dizer que duas moedas jamais seriam idênticas, a julgar pelos métodos modernos de exame microscópico. Fui claro?

– Sim – falei. – Até certo ponto. Quantas dessas moedas existem e quanto valem?

Ele desfez a torre de dedos, voltou a recolocar as palmas sobre o tampo da mesa, movimentando-as delicadamente, para cima e para baixo.

– Não sei quantas existem. Ninguém sabe. Algumas centenas, mil, talvez mais. Mas essas poucas realmente são espécimes fora de circulação, aquilo que se chamam de peças de colecionador. O valor varia de uns dois mil dólares para cima. Devo dizer que presentemente, depois da desvalorização do dólar, um espécime fora de circulação, cuidadosamente negociado por um numismata de renome, poderia facilmente chegar a dez mil dólares, ou até mais. Mas seria necessário um histórico da moeda, claro.

Falei:

– Ah – expeli a fumaça dos meus pulmões lentamente e a dispersei com a palma da minha mão, para longe do sujeito do outro lado da mesa. Ele parecia um não-fumante.

– E sem um histórico e sem ser negociado com tanto cuidado, quanto?

Ele deu de ombros:

– Haveria a possibilidade de que a moeda tivesse sido adquirida ilegalmente. Roubada, ou obtida através de algum tipo de fraude. Claro que poderia não ser isso. Moedas raras aparecem nos mais estranhos lugares nas horas mais estranhas. Em velhas caixas-fortes, em gavetas secretas de mesas em velhas casas da Nova Inglaterra. Não muito freqüentemente, é verdade. Mas acontece. Sei de uma moeda muito valiosa que caiu do estofamento de um sofá de couro de cavalo que estava sendo restaurado por um vendedor de antigüidades. O sofá havia estado no mesmo quarto na mesma casa na cidade de Fall River, no estado de Massachusetts, por noventa anos. Ninguém sabia como a moeda havia parado ali. Mas, falando genericamente, a implicação de roubo seria muito forte. Particularmente neste tipo de país.

Ele fitou o canto do teto com um olhar ausente. Eu o encarei com um olhar nem um pouco ausente. Ele parecia um homem que saberia guardar um segredo – se fosse um segredo seu.

Ele baixou os olhos lentamente até os meus e disse:

– Cinco dólares, por favor.

– Ãhn? – disse eu.

– Cinco dólares, por favor.

– Pelo o quê?

– Não seja ridículo, sr. Marlowe. Tudo o que eu lhe disse está disponível na biblioteca pública. Mais especificamente no livro *Register*, de Fosdyke. Mas você preferiu vir aqui e tomar meu tempo enquanto eu contava-lhe tudo. Por isso meus honorários são cinco dólares.

– E supondo que eu não os pague?

Ele se reclinou para trás e fechou os olhos. Um sorriso muito imperceptível se crispou nos cantos dos seus lábios.

– Você vai pagar – ele disse.

Paguei. Tirei a nota de cinco dólares da minha carteira e me levantei para me debruçar sobre a mesa e estendê-la na sua frente, cuidadosamente. Acariciei a nota com a ponta dos dedos, como se fosse um gatinho.

– Cinco dólares, sr. Morningstar – falei.

Ele abriu os olhos e olhou para a nota. Sorriu.

– E agora – falei –, vamos falar sobre o Dobrão Brasher que alguém tentou lhe vender.

Ele abriu os olhos um pouco mais.

– Oh, alguém tentou me vender um Dobrão Brasher? E por que fariam isso?

– Precisavam do dinheiro – falei. – E não queriam saber de muitas perguntas. Sabiam, ou descobriram, que o senhor era do ramo e que o prédio em que o senhor tem um escritório é uma espelunca miserável onde tudo pode acontecer. Sabiam que o seu escritório é no final do corredor e que o senhor é um homem idoso que provavelmente não faria movimentos em falso – por causa da sua saúde.

– Parece que sabiam bastante – Elisha Morningstar disse, secamente.

– Sabiam o que tinham de saber para levar adiante o negócio deles. Assim como o senhor e eu. E nada disso foi difícil de se descobrir.

Ele enfiou o dedinho na orelha, cavoucou e o trouxe de volta com um pouco de cera escura. Limpou o dedo casualmente no casaco.

– Você deduz tudo isso do simples fato de que liguei para a sra. Murdock perguntando se o seu Dobrão Brasher estava à venda?

– Claro. Ela própria achou isso. É bem razoável. Como falei ao telefone, o senhor saberia que a moeda não estava à venda. Se entende o mínimo do negócio. Como posso ver que entende.

Ele se inclinou para a frente, cerca de uma polegada. Não sorriu, propriamente, mas parecia tão animado quanto um homem de colarinho muito alto consegue parecer.

– Essa moeda teria sido oferecida – falei – em circunstâncias suspeitas. O senhor a compraria, se a conseguisse a um bom preço e tivesse o dinheiro para negociá-la. Mas o senhor ia querer saber de onde ela veio. E mesmo que estivesse bem certo de que ela havia sido roubada, ainda assim poderia comprá-la, se conseguisse um preço baixo.

– Ah, eu poderia, é? – ele parecia estar se divertindo. Um pouco, não muito.

– Claro que poderia. Se é um negociante de reputação. Suponho que seja. Comprando a moeda – a um preço baixo –, o senhor estaria protegendo o proprietário ou a companhia de seguros do proprietário da perda completa. Teriam prazer em reembolsá-lo. Acontece o tempo todo.

– Então o Dobrão Brasher dos Murdock foi roubado – ele disse, abruptamente.

– Não repita isso por aí – falei. – É um segredo.

Ele quase enfiou o dedo no nariz dessa vez. Mas se

segurou. Em vez disso, arrancou um pêlo da narina, com um movimento ágil e um rápido tremor. Ele o ergueu e o examinou. Olhando para mim através do pêlo, disse:

– E quanto o seu cliente concorda em pagar pela devolução da moeda?

Eu me inclinei por sobre a mesa e lancei-lhe um esgar sombrio.

– Mil. Quanto o senhor pagou?

– Acho que você é um rapaz muito esperto – ele falou.

Então seu rosto se contorceu, o queixo tremelicou, seu peito começou a latejar e dele veio um som como um galo convalescente que reaprende a cacarejar depois de uma longa doença.

Ele estava rindo.

Aquilo parou, depois de um tempo. Seu rosto se tornou lívido novamente e seus olhos, abertos, escuros, astutos e enrugados.

– Oitocentos dólares – ele disse. – Oitocentos dólares por um espécime de colecionador, fora de circulação, do Dobrão Brasher – ele deu uma risadinha irônica.

– Ótimo. Está aí com você? Isso lhe deixa duzentos dólares. Muito justo. Um desfecho rápido, um lucro razoável e nenhum problema para ninguém.

– Não está no meu escritório – falou. – Acha que sou bobo? – ele tirou do colete um velho relógio de prata preso a um berloque preto. Esgazeou os olhos para olhá-lo. – Digamos onze da manhã – ele falou. – Volte com o dinheiro. A moeda pode ou não estar aqui, mas, se eu estiver satisfeito com o seu comportamento, arranjarei as coisas.

– É satisfatório – falei, e me levantei. – De qualquer modo, preciso pegar o dinheiro.

– Traga-o em notas usadas – ele disse, de um jeito quase sonhador. – Notas usadas de vinte servirão. Uma ou outra nota de cinqüenta não causarão problema.

Sorri e comecei a me dirigir à porta. No meio do caminho, me virei e voltei para colocar ambas as mãos sobre a mesa e aproximar o meu rosto ao de Morningstar.

– Como ela era?

Ele pareceu completamente vazio.

– A moça que lhe vendeu a moeda.

Ele parecia mais vazio.

– Oquei – falei. – Não foi uma moça. Ela teve ajuda de alguém. Era um homem. Como era esse homem?

Ele franziu os lábios e fez outra torre de dedos.

– Era um homem de meia-idade, de compleição pesada, cerca de um metro e setenta centímetros de altura. Disse que seu nome era Smith. Vestia um terno azul, sapatos pretos, uma gravata e uma camisa verde, sem chapéu. Tinha um lenço marrom bordado no bolso externo. Seu cabelo era marrom escuro salpicado com grisalhos. Havia uma faixa careca do tamanho de uma nota de dólar no topo da sua cabeça e uma cicatriz com cerca de duas polegadas de comprimento descendo ao lado da mandíbula. No lado esquerdo, acho. Sim, no lado esquerdo.

– Nada mal – falei. – E quanto ao buraco na meia direita dele?

– Esqueci de tirar-lhe os sapatos.

– Bem descuidado da sua parte – falei.

Ele não disse nada. Ficamos apenas nos encarando, de um jeito meio curioso, meio hostil, como novos vizinhos. Então, de repente, ele rompeu em risos mais uma vez.

A nota de cinco dólares que eu lhe dera ainda repousava próximo a ele sobre a mesa. Dei-lhe um peteleco com a mão e a apanhei.

– O senhor não vai querer isto agora – falei. – Já que começamos a falar em milhões.

Ele parou de rir muito repentinamente. Então deu de ombros.

– Até as onze horas – falou. – E nada de truques, sr. Marlowe. Não pense que não sei como me proteger.

– Espero que saiba – falei –, porque está lidando com dinamite.

Deixei-o, cruzei pela outra sala, vazia, abri a porta e fechei, mas não saí. Com a minha saída deveria se ouvir passos do lado de fora do corredor, mas a basculante acima da porta que dava para a sala dele estava fechada, e eu não tinha feito muito barulho ao chegar com meus solados de borracha. Esperei que ele se lembrasse disso. Eu me esgueirei pelo tapete puído e me coloquei rente atrás da porta que ligava as duas salas, entre ela e a pequena mesa de datilografia fechada. Coisa de criança, mas que funciona de tempos em tempos, especialmente depois de um monte de conversa presunçosa, cheia de palavras ocas e tiradas oblíquas. Como um jogador de futebol ruim. E se não funcionasse desta vez, apenas estaríamos ali, olhando torto um para o outro novamente.

Funcionou. Nada aconteceu durante um tempo, exceto que um nariz foi assoado. Então, sozinho lá dentro, ele retomou a risada do galo convalescente. Então uma garganta foi limpa. Então uma cadeira de rodinhas gemeu, e pés caminharam.

Uma cabeça branca encardida espreitou a sala, a cerca de duas polegadas da porta. Ficou ali, suspensa, e eu entrei num estado de expectante animação. Então a cabeça se retirou, quatro unhas sujas apareceram na extremidade da porta e a puxaram. A porta se fechou, *clic*, estava trancada. Voltei a respirar e coloquei a orelha contra a porta.

A cadeira de rodinhas gemeu mais um tanto. O barulho áspero de um telefone sendo discado. Eu me inclinei por sobre o aparelho na pequena mesinha de datilografia e o levantei. No outro lado da linha ouvia-se o telefone chamando. Tocou seis vezes. Então a voz de um homem disse:

– Sim?

– Apartamentos Florence?

– Sim?

– Gostaria de falar com o sr. Anson no apartamento dois-zero-quatro.

– Espere na linha um instante. Vou ver se ele está.

O sr. Morningstar e eu esperamos na linha um instante. Houve um barulho do outro lado, o som histérico de uma transmissão de jogo de beisebol alta demais. Não era próximo ao telefone, mas era barulhento o suficiente.

Então pude ouvir o som vazio de passos se aproximando e o chocalhar áspero do fone sendo levantado, e a voz disse:

– Não está. Algum recado?

– Vou ligar mais tarde – o sr. Morningstar disse.

Desliguei rápido, deslizei mais rápido ainda pelo chão até a porta de entrada e a abri muito silenciosamente, como a neve quando cai, e fechei-a do mesmo modo, segurando seu peso até o último instante, para que o clique da fechadura não fosse ouvido nem mesmo a um metro de distância.

Respirei fundo ao descer o corredor, ouvindo a mim mesmo. Apertei o botão do elevador. Então tirei o cartão que o sr. George Anson Phillips havia me dado no saguão do Hotel Metropole. Eu não precisava olhar para ele para lembrar que se referia ao apartamento 204, Apartamentos Florence, no número 128 da rua Court. Fiquei lá, dando petelecos no cartão com a unha enquanto o velho elevador subiu pesadamente no poço, esforçando-se como um caminhão cheio de cascalho numa curva fechada.

Eram três e meia.

Capítulo oito

Bunker Hill é a cidade velha, a cidade perdida, a cidade surrada, a cidade desonesta. Uma vez, há muito tempo, era o melhor distrito residencial da cidade, e ainda estão de pé algumas das pontudas mansões góticas com amplas varandas e paredes cobertas por cornijas arredondadas e janelas salientes de três faces com torreões no formato de rodas de fiar. Todas elas são pensões agora, o verniz uma vez brilhante dos seus assoalhos de parquê está arranhado e gasto, e as amplas escadarias estão escurecidas pelo tempo e pelos vernizes baratos aplicados sobre gerações e mais gerações de sujeira. Nos quartos mais altos, as proprietárias matronas se bicam com os inquilinos espertinhos. Nas amplas e frescas varandas da frente das casas, levando seus sapatos encarquilhados para tomar sol e olhando para o nada, estão sentados os velhos, com os rostos parecendo batalhas perdidas.

Dentro e ao redor das velhas casas ficam os restaurantes cheios de moscas e fruteiras italianas e pensões baratas e pequenas lojas de guloseimas onde se pode comprar coisas ainda mais nojentas que guloseimas. E há hotéis imundos onde ninguém, exceto pessoas chamadas Smith e Jones, assina o livro de registros e em que o recepcionista noturno é meio leão de chácara, meio gigolô.

Das pensões saíam mulheres que deveriam ser jovens mas que têm rostos como cerveja azeda; homens com chapéus puxados para baixo e olhos rápidos que examinam a rua por trás da mão em concha que protege o fósforo que é riscado; velhos intelectuais com pigarro de fumante e nenhum dinheiro no banco; policiais ambíguos com faces de granito e olhos antipáticos; viciados e cocainômanos; pessoas que não parecem ter nada em especial e sabem disso, e, às vezes, até mesmo homens que efetivamente trabalham. Mas eles vão às ruas cedo, quando as calçadas gastas estão vazias e ainda cobertas por uma camada de orvalho.

Cheguei lá antes das quatro e meia, mas não muito antes. Estacionei no final da rua, a partir de onde o bonde sobe, resfolegante, pelo barranco de terra amarela, vindo da rua Hill, e caminhei ao longo da rua Court até o Apartamentos Florence. A fachada era de tijolos escuros, com três andares, e as janelas mais baixas, do nível da calçada, eram mascaradas por telas enferrujadas e cortinas de filó sujas. A porta de entrada tinha um painel de vidro, e restavam letras suficientes do nome para ele ser lido. Abri e entrei. Três degraus com corrimão de bronze desembocavam em um corredor estreito cujas paredes podiam ser tocadas com os braços abertos. Sem precisar se esticar. Portas vulgares pintadas com números vulgares. Um vão no pé da escadaria com um telefone público. Uma placa: *Gerente apto. 106.* No fundo do pequeno corredor havia uma porta de tela e no beco lá fora, quatro grandes latas de lixo amassadas e enfileiradas sobre as quais um balé de moscas apresentava-se à luz do dia.

Subi as escadas. O rádio que eu tinha ouvido no telefone ainda estava alardeando o jogo de beisebol. Li o números e segui em frente. O apartamento 204 ficava do lado direito, e o jogo de beisebol ficava do outro lado do corredor. Bati, ninguém me atendeu, e então bati mais alto. Atrás de mim três jogadores do Dodgers marcaram pontos ao som confuso de uma multidão eletrônica. Bati uma terceira vez e olhei para fora da janela do corredor que dava para a frente enquanto procurava no bolso a chave que George Anson Phillips havia me dado.

Do outro lado da rua ficava uma funerária italiana, limpa, quieta, reticente, com tijolos pintados de branco, que contrastavam com a calçada. Casa Funerária Pietro Palermo. O traço verde e fino de um anúncio de neon estendia-se ao longo da sua fachada, com uma aparência casta. Um homem alto de roupas escuras saiu pela porta da frente e reclinou as costas contra a parede branca. Era muito bonito. Tinha uma pele morena e bonitos cabelos cinza-metálico escovados para trás. Ele tirou para fora o que naquela distância parecia uma cigarreira preta e dourada, ou preta e prateada, abriu-a languidamente com dois dedos longos e morenos e selecionou um cigarro de ponta dourada. Guardou o estojo e acendeu o cigarro com um isqueiro de bolso que parecia fazer conjunto com a cigarreira. Guardou-o também, dobrou os braços e olhou para o nada com olhos semicerrados. Da ponta do cigarro imóvel subiu uma espiral fina de fumaça, passando pelo seu rosto, tão sutil e alongada como a fumaça de uma fogueira morrendo ao nascer do sol.

Outro batedor marcou pontos atrás de mim no jogo de beisebol. Parei de observar o italiano alto, enfiei a chave na porta do apartamento 204 e entrei.

Um cômodo quadrado com um tapete marrom, muito poucos móveis e nem um pouco convidativo. A cama embutida de parede com o costumeiro espelho torto que me olhou enquanto eu abria a porta e me fez parecer um perdedor que já fora preso duas vezes esgueirando-se para casa depois de uma festa de viciados. Havia uma espreguiçadeira de madeira e ao lado um estofado que lembrava um sofá-cama. Uma mesa em frente à janela sustinha um abajur de pantalha de papel plissado. Havia uma porta em cada um dos lados da cama.

A porta à esquerda levava a uma pequena cozinha com uma pia de pedra marrom, um fogão com três queimadores e uma velha geladeira elétrica que fez um clique e começou a ribombar numa tormenta assim que abri a porta. Sobre o balcão de pedra da pia descansavam os restos do café-da-manhã de alguém, borra de café no fundo de uma xícara, um pedaço de casca de pão queimado, farelos sobre uma tábua de cortar, um resto líquido e amarelo de manteiga derretida no canto de um pires, uma faca suja e uma cafeteira de granito que exalava o cheiro de café velho.

Contornei a parede da cama embutida e atravessei a outra porta. Dava para um pequeno corredor com um espaço aberto na parede para roupas e uma cômoda embutida. Sobre a cômoda repousavam um pente e uma escova preta com alguns cabelos loiros presos nas cerdas negras. E também uma lata de talco, uma pequena lanterna com o vidro da lâmpada quebrado, um bloco de papel, uma caneta tinteiro, um vidro de tinta sobre um mata-borrão, cigarros e fósforos em um cinzeiro de vidro que continha meia dúzia de baganas.

Nas gavetas da cômoda havia mais ou menos o que podia caber dentro de uma mala em matéria de meias, roupas de baixo e lenços. Um terno cinza-escuro que não era novo mas que ainda estava bom pendia num cabide, acima de um par de botinas pretas meio empoeiradas.

Empurrei a porta do banheiro. Abriu mais ou menos uns trinta centímetros e então parou. Meu nariz se crispou, meus lábios se tensionaram e senti o cheiro forte e muito azedo vindo de trás da porta. Me encostei nela. Ela cedeu um pouco mas voltou, como se alguém a estivesse empurrando na minha direção. Enfiei a minha cabeça pela abertura.

O chão do banheiro era pequeno demais para ele, então seus joelhos estavam dobrados para cima, abrindo-se para os lados desleixadamente, e sua cabeça estava pressionada contra o rodapé de pedra do outro lado, não dobrada para cima, mas encaixada sem folga. Seu terno marrom estava um pouco amarrotado, e seus óculos escuros projetavam-se para fora do bolso superior do terno em um ângulo perigoso. Como se fizesse alguma diferença. Sua mão direita estava jogada por cima do estômago, a mão esquerda estava caída no chão, com a palma para cima e os dedos um pouco contraídos. Havia um ferimento no lado direito da cabeça, junto ao cabelo loiro. Sua boca aberta estava cheia de sangue carmim.

A sua perna pressionava a porta. Empurrei com força, coloquei-a para o lado e entrei. Me abaixei para colocar dois dedos no seu pescoço, contra a artéria. Mas nenhuma artéria estava pulsando, sequer sussurrando ali. Nada em absoluto. A pele estava gelada. Mas não deveria estar assim tão gelada. Eu que achei que estivesse. Me levantei e encostei as costas contra a porta, fechei os punhos dentro dos meus bolsos e farejei o cheiro de pólvora. O jogo de beisebol ainda estava sendo transmitido, mas através de duas portas fechadas ele soava um tanto remoto.

Fiquei ali e olhei para ele. Nada ali, Marlowe, nadinha. E nada para você aqui. Nadica. Você sequer o conhecia. Vá embora, rápido.

Me afastei da porta, deixei-a aberta e voltei pelo pequeno corredor até a sala principal. Um rosto no espelho olhou para mim. Um rosto tenso e assustado. Dei-lhe as costas rapidamente, tirei a chave que George Anson Phillips me havia dado, a esfreguei entre as palmas úmidas das minhas mãos e a depus ao lado do abajur.

Ao abrir a porta limpei a maçaneta, e também a maçaneta do lado de fora, ao fechar a porta. Os Dodgers estavam vencendo de sete a três, indo para o oitavo ponto. Uma mulher que soava para lá de embriagada cantava *Frankie and Johnny*, na versão popular, em uma voz que nem mesmo o uísque conseguira melhorar. A voz grave de um homem resmungou que ela calasse a boca e ela continuou cantando e então houve um rápido movimento do outro lado do andar, e uma pancada, e um grito, e ela parou de cantar, e o jogo de beisebol continuou.

Coloquei o cigarro na boca, acendi, desci as escadas e fiquei na parte escura da ponta do corredor térreo olhando para a pequena placa que dizia: *Gerente: apto. 106.* Olhei-a por um longo minuto, apertando o cigarro com força entre os dentes. Me virei e caminhei pelo corredor na direção dos fundos. Uma pequena plaqueta esmaltada sobre uma porta dizia: *Gerente*. Bati na porta.

Capítulo nove

Uma cadeira foi empurrada para trás, pés se arrastaram, a porta se abriu.

– É você, o gerente?

– É – era a mesma voz que eu havia ouvido no telefone. Falando com Elisha Morningstar.

Ele segurava na mão um copo vazio e lambuzado que parecia ter servido de aquário para um peixe dourado ainda há pouco. Era um homem magro com cabelos curtos cor de cenoura que cresciam até quase o meio da testa. Tinha uma cabeça comprida e pequena, com uma certa astúcia tímida. Olhos esverdeados me encaravam por baixo de sobrancelhas laranjas. Suas orelhas eram grandes e balançavam a um vento mais forte. Tinha um nariz comprido para xeretar coisas. Todo o rosto exalava esperteza, um rosto que saberia manter um segredo, um rosto que tinha a compostura natural de um cadáver no necrotério.

Ele usava um colete aberto, sem paletó, com um cordão trançado de prender relógio e as mangas da camisa presas por ligas azuis com fechos de metal.

Falei:

– O sr. Anson?

– Dois-zero-quatro.

– Ele não está.

– E o que quer que eu faça? Bote um ovo?

– Legal! – retruquei. – Faz isso todos os dias ou hoje é o seu aniversário?

– Dê o fora – ele disse. – Suma.

E começou a fechar a porta. Abriu-a novamente para falar:

– Tome um ar. Escafeda. Desapareça.

Tendo deixado bem claras as suas intenções, ele recomeçou a fechar a porta.

Empurrei meu corpo contra ela. Ele fez o mesmo do outro lado. Isso deixou os nossos rostos próximos um do outro.

– Cinco paus – falei.

Aquilo o amoleceu. Ele abriu a porta com ímpeto, e tive que dar um passo adiante para não dar uma cabeçada no seu queixo.

– Entre – ele disse.

Uma sala de estar com uma cama embutida na parede, tudo conforme as especificações, até mesmo o abajur com pantalha de papel plissado e o cinzeiro de vidro. Este quarto era pintado de amarelo-gema. Tudo o que precisava era de umas aranhas pretas e gordas pintadas sobre o amarelo para causar um ataque de fígado em alguém.

– Sente-se – ele disse, fechando a porta.

Sentei. Olhamos um para o outro com os olhos inocentes de vendedores de automóveis usados.

– Cerveja? – ele perguntou.

– Obrigado.

Abriu duas latas, encheu o copo sujo que estivera segurando e buscou outro igual. Eu disse que beberia da lata. Ele me entregou a lata.

– Dez centavos – ele disse.

Dei-lhe dez centavos.

Ele deixou a moeda cair no bolso do colete e continuou me encarando. Puxou uma cadeira, sentou, separou os joelhos ossudos e salientes e deixou suas mãos vazias caírem entre eles.

– Não estou interessado nos seus cinco paus – ele disse.

– Tudo bem – falei. – Eu não estava realmente pensando em dá-los a você.

– Um espertinho – ele disse. – O que é que há? Dirijo um lugar respeitável. Não estamos aqui para brincadeiras.

– E um lugar bem quieto, também – falei. – Lá em cima quase se pode ouvir o grito de uma águia.

Seu sorriso era generoso, com quase dois centímetros de largura.

– Não me divirto assim tão fácil.

– Exatamente como a rainha Vitória – falei.

– Não entendi.

– Não espero milagres – falei. A conversa sem sentido teve um efeito meio refrescante e revigorante em mim, deixando-me com um humor duro e afiado.

Tirei minha carteira para fora e selecionei de lá um cartão. Não era o meu cartão. Dizia: *James B. Pollock, Cia. de Seguros Confiança. Investigador.* Tentei me lembrar de como James B. Pollock se parecia e onde eu o havia encontrado. Não consegui. Dei o cartão ao cabeça-de-cenoura.

Ele o leu e coçou a aba do nariz com um dos cantos.

– Ele fez alguma coisa? – perguntou, mantendo seus olhos verdes colados no meu rosto.

– Jóias – falei, e fiz um gesto displicente com a mão.

Ele ficou pensando no que eu havia dito. Enquanto fazia isso, tentei me decidir se aquilo o preocupava ou não. Parecia que não.

– Aparece um desses de vez em quando – ele admitiu. – Não se consegue evitar. Mas ele não parecia um desses para mim. Parecia inocente.

– Talvez eu tenha uma informação errada – falei.

Descrevi George Anson Phillips para ele, George Anson Phillips vivo, no seu terno marrom, óculos escuros e chapéu de palha escuro com a fita amarela e marrom. Me perguntava o que teria acontecido ao chapéu. Não estava lá. Ele deve ter decidido se livrar dele, achando que era muito chamativo. Seu cabelo loiro era tão chamativo quanto, mas não tanto.

– Parece ele?

O cabeça-de-cenoura não teve pressa em pensar. Finalmente ele fez que sim, os olhos verdes me observando cautelosamente, a mão magra levando o cartão até a boca e correndo o cartão ao longo dos dentes como uma vara passando ao longo de uma cerca de estacas.

– Não achei que ele fosse um desses trambiqueiros – ele disse. – Mas, bem, há trambiqueiros de todos os modelos e tamanhos. Esteve só um mês aqui. Se ele parecesse um sujeitinho suspeito, não continuaria aqui.

Consegui não rir na cara dele.

– O que diz de olharmos o apartamento enquanto ele está fora?

Ele balançou a cabeça.

– O sr. Palermo não iria gostar nada disso.

– Sr. Palermo?

– É o dono. Do outro lado da rua. Proprietário da casa funerária. Proprietário deste imóvel e de vários outros. Praticamente proprietário de todo o bairro, se entende o que quero dizer – ele torceu a boca e piscou rapidamente um olho. – Consegue votos. Não está para brincadeiras.

– Bem, enquanto ele está conseguindo votos ou brincando com um presunto ou seja lá o que for que ele esteja fazendo, vamos subir e olhar o apartamento.

– Não me faça ficar zangado com você – o homem-cenoura disse, simplesmente.

– Oh, isso me desagradaria imensamente. Vamos subir e olhar o apartamento – joguei a minha lata de cerveja vazia no cesto de lixo e observei-a repicar e cair no meio do cômodo.

O homem-cenoura se levantou de repente, separou um pouco as pernas, bateu uma palma da mão contra outra e mordeu o lábio inferior.

– Você disse algo sobre cinco paus – ele deu de ombros.

– Isso foi horas atrás – falei. – Pensei melhor a respeito. Vamos subir e olhar o apartamento.

– Repita isso – sua mão direita deslizou na direção do quadril.

– Se está pensando em puxar uma arma, fique sabendo que o sr. Palermo não gostaria nada disso – falei.

– Pros diabos com o sr. Palermo – ele rosnou, numa voz subitamente furiosa, com um rosto subitamente inflamado.

– O sr. Palermo ficará feliz em conhecer os seus sentimentos para com ele – falei.

– Olhe – o homem-cenoura falou muito lentamente, deixando os braços caírem ao lado e um pouco à frente dos quadris e chegando seu rosto próximo ao meu do modo mais durão que conseguiu –, olhe. Eu estava aqui sentado, bebendo uma cerveja. Talvez mais, talvez três cervejas. Talvez nove. O que importa? Eu não estava perturbando ninguém. Estava fazendo um dia bonito. Parecia que podia fazer uma noite bonita, também. E então você chega – ele abanou uma mão com violência.

– Vamos subir e olhar o apartamento – falei.

Ele jogou ambos os pulsos para a frente, firmemente fechados. Ao final do gesto, ele abriu amplamente as mãos, forçando os dedos o mais longe que conseguiu. Seu nariz contorceu-se.

– Se não fosse pelo meu emprego... – ele disse.

Abri a boca para falar.

– Não fale de novo! – ele cortou.

Ele colocou um chapéu, mas não um paletó. Abriu uma gaveta, tirou para fora um monte de chaves, passou por mim para abrir a porta e ficou sob o marco, gesticulando com o queixo para mim. Seu rosto ainda parecia um tanto furioso.

Percorremos o corredor e subimos as escadas. O jogo tinha acabado, e uma música dançante tomara o seu lugar. Uma música dançante muito alta. O homem-cenoura escolheu uma das chaves e a enfiou na fechadura do apartamento 204. Mais alto do que os estrondos da música, atrás de nós, no apartamento do outro lado do corredor, a voz de uma mulher de repente gritou, histérica.

O homem-cenoura retirou a chave e arreganhou os dentes, numa careta. Atravessou o corredor estreito e bateu na porta do outro lado. Teve que bater muito e durante muito tempo até que alguém prestasse atenção. Então a porta foi aberta e uma loira de feições cruéis com calças vermelhas e um pulôver verde nos olhou com olhos ardentes; um deles estava roxo, e o outro estivera, há alguns dias. Ela também tinha um ferimento na garganta, e sua mão segurava um copo alto e suado contendo algum líquido cor de âmbar.

– Cale a boca, e depressa – o homem-cenoura disse. – Muito estardalhaço. Não pretendo falar de novo. Da próxima vez, vou chamar a polícia.

A garota olhou para trás do próprio ombro e gritou, na direção do som do rádio:

– Ei, Del! O cara está mandando calarmos a boca. Quer bater nele?

Uma cadeira rangeu, o barulho do rádio morreu abruptamente, um homem grandão, moreno e de olhos amargos apareceu por trás da loira, empurrou-a para fora do caminho com uma mão e enfiou a cara na nossa direção. Ele estava precisando fazer a barba. Estava de cuecas, sapatos e uma camisa de baixo.

Ele colocou os pés no vão da porta, bufou um pouquinho pelo nariz e disse:

– Dêem o fora. Acabo de chegar do almoço. Tive um almoço péssimo. Não quero ninguém se metendo na minha vida – ele estava muito bêbado, mas de um jeito que demonstrava prática no assunto.

O homem-cenoura disse:

– O senhor me ouviu, sr. Hench. Baixe o rádio e vamos parar de pancadaria aqui. E logo.

O homem chamado Hench disse:

– Escute, seu imbecil – e se adiantou, com o pé direito pisando pesado à frente.

O pé esquerdo do homem-cenoura não esperou para ser pisado. O corpo magro se moveu para trás rapidamente, e o pesado molho de chaves caiu no chão e bateu contra a porta do apartamento 204. A mão direita do homem-cenoura fez um movimento e apareceu com um cassetete revestido de couro trançado.

Hench disse:

– Ah! – e fez um movimento em que parecia pegar um punhado de ar em cada mão, cerrou os punhos e golpeou com força no nada.

O homem cenoura golpeou-o no alto da cabeça, a mulher gritou de novo e jogou um copo de bebida na cara do namorado. Se foi porque agora era algo seguro de se fazer ou porque ela se confundiu, eu não saberia dizer.

Hench virou-se às cegas, com o rosto pingando, cambaleou e deu uma guinada que ameaçava fazê-lo cair sobre o próprio nariz a qualquer momento. A cama estava abaixada e desfeita. Hench se pôs de joelhos sobre a cama e enfiou uma das mãos embaixo do travesseiro.

Falei:

– Cuidado! Arma!

– Posso dar um jeito nisso, também – o homem-cenoura falou entre os dentes e enfiou a sua mão direita, vazia agora, por baixo do colete aberto.

Hench agora estava de joelhos. Ele se levantou, ficando apoiado apenas sobre um deles, se virou e então havia um revólver de cano curto na sua mão direita e ele estava olhando para ele, sem o segurar pela coronha, mas segurando-o sobre a palma da mão.

– Largue isso! – o homem-cenoura ordenou e entrou no quarto.

A loira prontamente pulou nas suas costas e passou seus longos braços verdes ao redor do seu pescoço, gritando obscenamente. O homem-cenoura hesitou, xingou e abanou com a arma ao redor.

– Pegue ele, Del – a loira gritava. – Pegue ele de vez!

Hench, com uma das mãos sobre a cama e um pé sobre o chão, com ambos joelhos dobrados, a mão direita segurando a arma sobre a palma da mão, olhos voltados para a arma, pôs-se em pé lentamente e grunhiu, do fundo da garganta:

– Esta não é a minha arma.

Tomei do homem-cenoura a arma que não lhe estava sendo de serventia alguma, deixando-o livre para sacudir a loira das suas costas do melhor jeito que conseguisse. Uma porta bateu lá embaixo, e passos vieram na nossa direção.

Eu disse:

– Largue a arma, Hench!

Ele levantou os olhos na minha direção, os olhos escuros e confusos subitamente sóbrios.

– Não é a minha arma – ele disse e segurou-a sobre a palma da mão. – A minha é uma Colt .32, de bolso.

Tirei a arma da sua mão. Ele não fez nenhum esforço para me impedir. Sentou-se sobre a cama, esfregou o topo da cabeça lentamente e fez uma careta de quem se esforçava para pensar.

– Onde diabos... – sua voz se extinguiu aos poucos, ele balançou a cabeça e estremeceu.

Cheirei a arma. Havia sido disparada. Soltei o pente e contei as balas pelo vão lateral. Havia seis balas. Com uma engatilhada, o total chegava a sete. A arma era uma Colt calibre .32, automática, oito tiros. Havia sido disparada. Se não havia sido recarregada, tinha dado um tiro.

O homem-cenoura tinha tirado a loira das suas costas. Ele a havia jogado em uma cadeira e estava limpando um arranhão no rosto. Seus olhos verdes pareciam maus.

– Melhor chamar os tiras – falei. – Um tiro foi dado com esta arma, e já é hora de você saber que tem um homem morto no apartamento do outro lado do corredor.

Hench olhou para mim, estupidificado, e disse em uma voz baixa e ponderada:

– Amigo, esta simplesmente não é a minha arma.

A loira soluçou de um jeito bastante teatral e me mostrou uma boca aberta e retorcida pela infelicidade e pela canastrice. O homem-cenoura saiu de mansinho pela porta.

Capítulo dez

– Atingido no pescoço por uma bala de ponta macia calibre médio – disse o inspetor de polícia Jesse Breeze. – Uma arma como essa e balas como essas aqui.

Ele brincou com a pistola na mão, a pistola que Hench havia dito que não era a sua.

– A bala foi disparada para cima e provavelmente atingiu a parte traseira do crânio. Ainda está dentro da cabeça. O cara está morto há mais ou menos duas horas. Mãos e rosto frios, mas o corpo ainda está quente. Não está rígido. Foi atingido por algo duro antes de receber o tiro. Como a coronha de uma arma. Tudo isso não significa nada para vocês, meninos e meninas?

O jornal sobre o qual ele estava sentado farfalhou. Ele tirou o chapéu e enxugou o rosto e o topo da cabeça quase careca. Uma franja de cabelos claros estava úmida e escurecida de suor. Ele colocou o chapéu de volta, um panamá de copa baixa, bronzeado pelo sol. Não era um chapéu daquele ano, e nem do anterior.

Ele era um homem grande, bastante barrigudo, que usava sapatos marrons e brancos, meias encardidas, calças brancas com riscas finas e pretas, uma camisa desabotoada que deixava entrever uns pêlos cor de gengibre na parte superior do peito e um paletó esportivo comum, azul-celeste e não mais largo, na altura dos ombros, que uma garagem para dois carros. Devia ter cerca de cinqüenta anos e a única coisa nele que sugeria se tratar de um tira era a calma e a expressão estável, sem nenhum piscar de olhos, das suas proeminentes pupilas azul-claro – um olhar que não queria ser rude, mas que qualquer pessoa que não fosse um policial acharia rude. Abaixo dos olhos, na parte superior das bochechas e do nariz, havia uma trilha larga de sardas, como um campo minado sobre um mapa de guerra.

Estávamos sentados no apartamento de Hench, e a porta estava fechada. Hench estava de camisa e colocava distraidamente uma gravata, com dedos grossos, trêmulos e inábeis. A garota estava deitada sobre a cama, com um pano verde ao redor da cabeça, uma bolsa ao lado e um casaco curto de pele de esquilo sobre os pés. Sua boca estava entreaberta, e seu rosto, cansado e em choque.

Hench disse, categórico:

– Se a idéia é que o cara foi baleado pela arma que estava embaixo do travesseiro, ok. Parece que pode ter sido. Não é a minha arma e nada que inventarem vai me fazer dizer o contrário.

– Supondo que isso seja verdade – Breeze disse –, por que, então? Alguém roubou a sua arma e deixou esta aqui. Quando, como? E que tipo de arma era a sua?

– Saímos por volta das três e meia para comer algo no botequim da esquina – Hench disse. – Pode verificar isso. Devemos ter deixado a porta destrancada. Estávamos meio altos. Acho que fizemos bastante barulho. Estávamos ouvindo o jogo de beisebol no rádio. Acho que o desligamos quando saímos. Não tenho certeza. Você lembra? – ele olhou para a moça pálida e silente sobre a cama. – Você lembra, querida?

A moça não o olhou nem respondeu.

– Ela está derrubada – Hench disse. – Eu tinha uma arma, um Colt .32, mesmo calibre que esta, mas uma arma menor. Um revólver, não uma automática. Tem um pedaço da borracha da coronha faltando. Um judeu chamado Morris me deu há uns três, quatro anos. Trabalhávamos juntos num bar. Não tenho porte de arma, mas também não carrego ela por aí.

Breeze disse:

– Enchendo a cara como vocês dois pombinhos vinham fazendo e escondendo uma arma embaixo do travesseiro, mais cedo ou mais tarde alguém seria baleado. Você devia saber disso.

– Bem, nós nem conhecíamos o cara – Hench disse. Sua gravata já estava arrumada, agora. Muito mal-arrumada. Ele estava muito sóbrio e tremendo um pouco. Ele se levantou e apanhou um paletó na extremidade da cama, vestiu-o e voltou a sentar-se. Observei seus dedos tremerem enquanto ele acendia um cigarro. – Não sabemos o nome dele. Não sabemos nada sobre ele. Eu o vi talvez duas, três vezes no corredor, mas ele nem falava comigo. É o mesmo cara, acho. Nem tenho certeza.

– É o cara que vivia aqui, sim – Breeze disse. – Deixe-me ver: este jogo de beisebol é uma retransmissão de estúdio, não é?

– Passa às três – Hench disse. – Das três às, digamos, quatro e meia, às vezes até um pouco mais tarde. Saímos depois das três e meia. Estivemos fora de vinte minutos a meia hora. Não mais do que isso.

– Acho que ele foi baleado logo antes de vocês saírem – Breeze disse. – O barulho do rádio abafaria o tiro. Devem ter deixado a porta destrancada, ou talvez até aberta.

– Pode ser – Hench disse, exausto. – Você lembra, querida?

De novo a moça sobre a cama se recusou a responder ou olhar para ele.

Breeze disse:

– Deixaram a porta aberta ou destrancada. O assassino percebeu quando vocês saíram. Ele entrou no seu apartamento, querendo se livrar da arma, viu a cama abaixada, caminhou ao redor dela e enfiou a arma embaixo do travesseiro, e, então, imaginem a surpresa. Encontrou outra arma ali, esperando por ele. Ele a levou consigo. Agora, se o assassino queria se livrar da arma, por que não largá-la no local do crime? Por que se arriscar e entrar em outro apartamento para isso? Por que florear as coisas desse jeito?

Eu estava sentado na ponta do sofá, perto da janela. Dei minha contribuição à discussão, dizendo:

– E se ele tiver batido a porta do apartamento de Philip antes de se lembrar da arma? E se, ao se recobrar do choque do assassinato por ele cometido, ele se viu no corredor, ainda com a arma do crime na mão? Ele ia querer se livrar dela logo. Então, se a porta de Hench estava aberta, e se ele ouviu-os saindo pelo corredor...

Breeze olhou para mim de relance e resmungou:

– Não estou dizendo que não seja isso. Estou apenas conjeturando. – E voltou a sua atenção para Hench novamente. – Então, se essa realmente for a arma que matou Anson, precisamos tentar rastrear a *sua* arma, Hench. Enquanto fazemos isso, precisamos ter você, e a jovem senhora, à nossa disposição. Entende isso, claro?

Hench disse:

– Ninguém vai me pressionar o suficiente para me fazer declarar outra coisa.

– Sempre podemos tentar – Breeze disse, em tom natural. – E também podemos começar logo com isso.

Ele se levantou, virou-se e varreu com a mão os jornais amarfalhados de cima da cadeira para o chão. Foi até a porta, então se voltou e ficou olhando para a moça sobre a cama:

– Está bem, irmã, ou devo chamar uma oficial mulher?

A moça deitada na cama não respondeu.

Hench disse:

– Preciso de uma bebida. Preciso urgentemente de uma bebida.

– Não enquanto eu estiver de olho em você – Breeze retrucou, e saiu pela porta.

Hench se arrastou até o outro lado do cômodo, enfiou o gargalo de uma garrafa na boca e sorveu. Abaixou a garrafa, olhou o que havia sobrado e foi até a garota. Empurrou-lhe o ombro.

– Acorde e tome um gole – rosnou para ela.

A garota olhava para o teto. Não respondeu nem demonstrou que havia ouvido o que ele dissera.

– Deixe-a em paz – falei. – Estado de choque.

Hench terminou o que havia na garrafa, a depôs cuidadosamente e olhou novamente para a garota, então deu-lhe as costas e ficou lá, olhando e franzindo o cenho para o chão.

– Cristo, bem que eu queria me lembrar melhor – suspirou.

Breeze voltou ao cômodo com um oficial jovem, corado e com roupas simples.

– Este é o tenente Spangler – disse. – Ele vai descer com vocês. Vamos indo, sim?

Hench voltou à cama e sacudiu os ombros da moça:

– Levante, querida. Vamos ter que dar uma volta.

A moça virou os olhos sem mexer a cabeça, e encarou ele lentamente. Ela levantou os ombros da cama, colocou uma mão por baixo do próprio corpo, passou as pernas pelo lado e ficou em pé, batendo o pé direito no chão, como se ele estivesse adormecido.

– É duro, garota. Mas você sabe como são as coisas – Hench disse.

A moça levou uma mão à boca e mordeu o artelho do mindinho, olhando para ele inexpressivamente. Então ela lançou a mão, repentinamente, e golpeou-o na face o mais forte que pôde. E então meio que saiu correndo pela porta.

Hench não moveu um só músculo por um longo momento. Havia um barulho confuso de homens conversando lá fora, um barulho confuso de carros na rua. Hench deu de ombros, aprumou-se e varreu o quarto com um olhar lento, como se não esperasse vê-lo de novo tão cedo – ou nunca mais. Então saiu, passando pelo oficial de faces coradas.

O oficial também saiu. A porta se fechou. O som confuso lá fora foi um pouco abafado, e eu e Breeze ficamos ali, sentados, encarando um ao outro atentamente.

Capítulo onze

Depois de um tempo, Breeze cansou de me olhar e tirou um charuto do bolso. Tirou o rótulo de celofane com uma faca, aparou a ponta do charuto e o acendeu cuidadosamente, girando-o sobre a chama. Afastando dele o fósforo enquanto olhava para o nada, pensativo, baforou do charuto e certificou-se de que ele estava queimando do jeito que ele queria.

Então apagou o fósforo sacudindo-o muito lentamente e se inclinou à frente para depositá-lo sobre o peitoril da janela aberta. Então olhou mais um pouco para mim.

– Você e eu – ele disse – vamos nos dar bem.

– Ótimo – falei.

– Mas você não acha – ele disse. – Mas vamos. Mas não porque tive alguma repentina admiração por você. É como eu trabalho. Tudo preto no branco. Tudo muito sensato. Tudo calmo e quieto. Não como essa moça. É o tipo de moça que passa a vida procurando confusão e, quando encontra, culpa o primeiro cara em quem consegue cravar as unhas.

– Ele tinha dado uns socos nela – falei. – Nada que a fizesse cair de amores por ele.

– Estou vendo – Breeze disse – que você entende muito de mulheres.

– A minha ignorância sobre elas tem me ajudado nos negócios – falei. – Me obriga a manter a mente aberta.

Ele balançou a cabeça, concordando, e examinou a ponta do charuto. Tirou um pedaço de papel do bolso e leu:

– Delmar B. Hench, 45 anos, garçom, desempregado. Maybelle Masters, 26 anos, dançarina. Isso é tudo que sei sobre eles. Tenho cá um palpite de que não há muito mais para se saber.

– Não acha que foi ele que atirou em Anson? – perguntei.

Breeze me olhou sem prazer algum.

– Cara, acabei de chegar aqui.

Ele tirou um cartão do bolso e o leu:

– James B. Pollock, Companhia de Seguros Confiança, investigador. O que você tinha em mente?

– Em uma vizinhança destas é de mau gosto usar o próprio nome – falei. – Anson também não usava.

– Qual o problema com a vizinhança?

– Praticamente todos – respondi.

– O que eu gostaria de saber – Breeze disse – é o que você sabe sobre o morto.

– Já lhe falei.

– Me fale de novo. As pessoas me contam tantas coisas que eu misturo tudo.

– Eu sei o que diz no cartão dele. Que seu nome é George Anson Phillips, que ele se diz um detetive particular. Estava do lado de fora do meu escritório quando saí para o almoço. Ele me seguiu até o centro, até o saguão do Hotel Metropole. Fiz ele me seguir até lá. Falei com ele, e ele admitiu que estava me seguindo e disse que era por que queria descobrir se eu era esperto o suficiente para me propor um negócio. Mentira, claro. Ele provavelmente não havia decidido o que fazer e estava esperando que algo decidisse por ele. Estava trabalhando num caso – ele disse – do qual estava desconfiando e queria se juntar a alguém, talvez alguém com um pouco mais de experiência do que ele, se é que ele tinha alguma. Não parecia que tivesse.

Breeze disse:

– E a única razão pela qual ele o escolheu é porque seis anos atrás você trabalhou num caso em Ventura enquanto ele era um auxiliar de xerife lá.

Eu falei:

– É essa a minha história.

– Mas não precisa ficar preso a ela – Breeze disse, calmamente. – Sempre pode nos fornecer uma versão melhorada.

– Esta basta – falei. – Digo que basta no sentido de que é ruim o suficiente para ser verdade.

Ele balançou, em concordância, a sua grande e lenta cabeça.

– O que você acha a respeito de tudo isso? – perguntou.

– Você investigou o endereço do escritório de Philip?

Ele balançou a cabeça: não.

– A minha tese é que você vai descobrir que ele foi contratado porque era um simplório. Foi contratado para alugar este apartamento aqui do lado com um nome falso e para fazer algo que se revelou algo que o desagradou. Ele estava assustado. Queria um amigo, queria ajuda. O fato de ter me escolhido depois de tanto tempo e com tão pouco conhecimento sobre mim mostra que ele não conhecia muitas pessoas no ramo das investigações particulares.

Breeze tirou o lenço do bolso e enxugou a cabeça e o rosto, novamente.

– Mas isso não explica por que ele teve que seguir você como um cachorro perdido em vez de bater na porta do seu escritório.

– Não – falei. – Não explica.

– Você pode explicar isto?

– Não, não posso.

– Bem, e como você tentaria explicar isto?

– Já expliquei do único modo que sei. Ele não estava decidido quanto a falar comigo ou não. Ele estava esperando que algo o obrigasse a se decidir. Eu decidi tudo, ao falar com ele.

Breeze disse:

– Essa é uma explicação muito simples. É tão simples que cheira mal.

– Pode ser que você tenha razão – falei.

– E, como resultado dessa rápida conversa de saguão de hotel, esse cara, um completo estranho para você, o convida para vir até o apartamento dele e lhe entrega a sua chave. Porque ele queria falar com você.

Falei:

– Sim.

– Por que ele não falou com você lá?

– Eu tinha um compromisso – respondi.

– Negócios?

Fiz que sim com a cabeça.

– Entendo. Em que você está trabalhando?

Balancei a cabeça e não respondi.

– Estamos falando de um assassinato – Breeze disse. – Vai ter que me dizer.

Balancei a cabeça de novo. O rosto dele enrubesceu um pouco.

– Olhe – ele disse, asperamente –, você precisa me dizer.

– Sinto muito, Breeze – falei. – Mas do modo como as coisas aconteceram, não tenho tanta certeza.

– Claro que você sabe que posso jogá-lo numa cela como testemunha – ele disse, casualmente.

– Sob que alegação?

– Alegando que foi você quem encontrou o corpo, que você deu um nome falso ao gerente daqui e que não está fornecendo uma explicação satisfatória das suas relações com o morto.

Perguntei:

– Vai fazer isso?

Ele sorriu, inexpressivamente:

– Tem um advogado?

– Conheço vários advogados. Não tenho nenhum fixo.

– Quantos dos chefes de polícia você conhece pessoalmente?

– Nenhum. Isto é, conversei com três deles, mas pode ser que não lembrem de mim.

– Mas tem bons contatos no gabinete do prefeito?

– Diga-me você. Eu bem que gostaria de saber.

– Olhe, meu chapa – ele disse, francamente –, você deve ter alguns amigos em algum lugar. Com certeza.

– Tenho um amigo no escritório do xerife, mas prefiro deixá-lo de fora disso.

Ele arqueou as sobrancelhas.

– Por quê? Talvez você vá precisar de amigos. A palavra de um policial, bem sabemos, pode operar milagres.

– Trata-se apenas de um amigo meu – falei. – Não me aproveito dele. Se eu me meter em confusão, não será nada bom para ele.

– E no Departamento de Homicídios?

– Tem o Randall – falei. – Se é que ele ainda está trabalhando lá. Trabalhamos juntos num caso, uma vez. Mas ele não gosta muito de mim.

Breeze suspirou e moveu os pés sobre o chão, amarfalhando ainda mais os jornais que ele havia empurrado de cima da cadeira.

– Tudo isso é verdade ou você está apenas bancando o espertinho? Quero dizer, isso sobre os caras grandões que você não conhece?

– É verdade – falei. – Mas estou usando isso de um jeito bem esperto.

– Não é nada esperto contar isso.

– Eu acho que é.

Ele colocou uma enorme mãozona cheia de sardas sobre a parte inferior do seu rosto e apertou. Quando removeu a mão, havia marcas redondas e vermelhas nas suas bochechas, da pressão dos dedos. Observei enquanto as marcas se apagavam.

– Por que você não vai para casa e deixa um homem trabalhar em paz? – ele perguntou, irritado.

Eu me levantei, concordei com a cabeça e caminhei na direção da porta. Breeze disse às minhas costas:

– Me dê o seu endereço residencial.

Dei-lhe a informação. Ele tomou nota.

– Até breve – ele disse, lúgubre. – Não saia da cidade. Vamos querer um depoimento seu. Talvez hoje à noite.

Saí. Havia dois policiais uniformizados do lado de fora, no patamar da escada. A porta do outro lado do corredor estava aberta, e um perito ainda estava trabalhando nas impressões digitais, lá dentro. Lá embaixo encontrei mais dois oficiais, um em cada ponta do corredor. Não vi o gerente do cabelos ruivos. Saí pela porta da frente. Uma ambulância se afastava do meio-fio, indo embora. Grupos de pessoas ajuntavam-se nos dois lados da rua, mas não tão numerosos quanto aqueles que se acumulariam em outras vizinhanças.

Caminhei um pouco na calçada. Um homem me pegou pelo braço e perguntou:

– Qual o estrago, cara?

Livrei meu braço sacudindo-o, sem falar ou olhar para o rosto do homem, e continuei descendo a rua, até onde o meu carro estava.

Capítulo doze

Era quinze para as sete quando entrei no meu escritório, liguei a luz e apanhei um pedaço de papel do chão. Era uma notificação do Serviço de Mensagens Pluma Verde dizendo que um pacote estava à minha espera e que me seria entregue assim que eu solicitasse, a qualquer hora do dia ou da noite. Coloquei o papel sobre a mesa, me livrei do meu casaco e abri as janelas. Tirei uma garrafa pequena de Old Taylor do fundo da gaveta da escrivaninha e bebi uma dose, fazendo o líquido dançar na minha boca. Então fiquei sentado ali, segurando o gargalo frio da garrafa e imaginando como era ser um investigador de homicídios e encontrar corpos caídos por aí e absolutamente não se importar com isso, não ter que sair de fininho limpando maçanetas, não ter que ponderar o quanto é possível contar sem me prejudicar demais. Concluí que eu não gostaria nada daquilo.

Trouxe o telefone para perto, olhei para o número na notificação e disquei. Disseram que o meu pacote poderia ser entregue naquele mesmo instante. Eu disse que estaria esperando.

Estava escurecendo lá fora. O burburinho do tráfego tinha diminuído um pouco, e o ar que entrava pela janela aberta ainda não era o ar fresco da noite, tinha aquele cheiro cansado-de-final-de-dia de poeira, de fumaça de automóveis, do sol fugindo de muros e calçadas quentes, o remoto cheiro de comida de milhares de restaurantes e, talvez, descendo das colinas residenciais acima de Hollywood – se você tivesse o olfato de um cão farejador –, um toque daquele cheiro que os eucaliptos liberam quando está quente.

Fiquei ali, sentado e fumando. Dez minutos depois bateram na porta, e eu a abri para um garoto com um boné uniformizado que pegou a minha assinatura e me deu um pequeno pacote quadrado, com não mais do que dez centímetros de lado, se tanto. Dei ao garoto uma moeda de dez centavos e ouvi enquanto ele assobiava no caminho até o elevador.

A etiqueta tinha o meu nome e endereço impressos com tinta, em uma razoável imitação de letras datilografadas, maiores e mais finas do que o corpo doze. Cortei o barbante que amarrava a etiqueta à caixa e desembrulhei o delicado papel pardo. Lá dentro havia uma caixa comum de papelão forrada com papel marrom e carimbada com *Made in Japan*. Seria o tipo de caixa que você receberia em uma loja japa para guardar alguma miniatura de animal ou um pequeno pedaço de jade. A tampa ia até embaixo da caixa e estava bem fechada. Puxei-a e pude ver papel de seda e algodão.

Afastando esses, vi uma moeda de ouro aproximadamente

do tamanho de uma moeda de meio dólar, brilhante e reluzente como se tivesse acabado de ser cunhada.

A face voltada para mim mostrava uma águia de asas abertas com um escudo no lugar do peito e as iniciais E. B. gravadas na asa esquerda. Ao redor de tudo, um círculo formado por pontinhos e, entre o círculo e a borda lisa e sem polimento da moeda, havia a legenda E PURIBUS UNUM. Na parte inferior estava a data: 1787.

Virei-a na palma da minha mão. Era pesada e fria, e sob ela a minha mão parecia úmida. O outro lado mostrava um sol nascendo ou se pondo por trás do pico agudo de uma montanha, então um círculo duplo do que pareciam ser folhas de carvalho, e então mais latim: NOVA EBORACA COLUMBIA EXCELSIOR. Na parte inferior deste lado, em pequenas letras maiúsculas, o nome BRASHER.

Eu estava olhando para o Dobrão Brasher.

Não havia mais nada na caixa ou entre o papel de seda, nada escrito no papel, tampouco. A caligrafia imitando letras de imprensa não me dizia nada. Eu não conhecia ninguém que a usasse.

Enchi pela metade uma bolsa de fumo, enrolei a moeda em papel de seda, pus um atilho de borracha ao redor dela, enfiei-a no meio do fumo, dentro da bolsa, e pus mais um pouco de tabaco por cima. Fechei o zíper e guardei tudo no meu bolso. Tranquei o papel, o barbante, a caixa e a etiqueta em um arquivo, sentei e disquei o número de Elisha Morningstar no telefone. O telefone chamou oito vezes. Ninguém atendeu. Eu dificilmente esperaria que alguém atendesse. Desliguei novamente, olhei o nome de Elisha Morningstar na lista telefônica e vi que ele não tinha nenhum telefone residencial em Los Angeles ou nas cidades da região metropolitana que apareciam na lista.

Apanhei um coldre de ombro na escrivaninha, o vesti, coloquei nele uma Colt .38 semi-automática, vesti também um chapéu e um paletó, fechei as janelas novamente, guardei o uísque, apaguei as luzes e estava destrancando a porta quando o telefone tocou.

O toque do telefone tinha um som sinistro. Não pelo toque em si, mas por causa dos ouvidos para os quais tocou. Fiquei ali, paralisado e tenso, com os lábios apertados em uma semicareta. Por trás das janelas fechadas, brilhavam luzes de neon. O ar mortiço não se moveu. Tudo parado do lado de fora, no corredor. A campainha do telefone tocou no escuro, inabalável e forte.

Voltei, me debrucei sobre a escrivaninha e atendi. Houve um clique e um zumbido na linha e, depois disso, mais nada. Baixei o gancho do telefone e fiquei ali no escuro, debruçado, segurando o fone com uma mão e apertando o gancho para baixo com a outra. Eu não sabia o que era que eu estava esperando.

O telefone tocou de novo. Fiz um som gutural e coloquei o fone junto ao ouvido de novo, sem dizer absolutamente nada.

Então lá estávamos, em silêncio, nós dois, talvez a milhas de distância, cada um segurando um fone e respirando e ouvindo e escutando absolutamente nada, nem mesmo uma respiração.

Então, depois do que pareceu um tempo muito longo, um remoto fiapo de voz sussurrou baixinho, sombriamente, sem qualquer entonação:

– Que pena para você, Marlowe.

Então o clique mais uma vez, e o zumbido na linha, e eu desliguei, atravessei o escritório e saí.

Capítulo treze

Dirigi para o oeste no Sunset Boulevard, rodei a esmo por alguns quarteirões sem conseguir chegar à conclusão sobre se alguém estava tentando me seguir, então estacionei o carro perto de uma tabacaria e fui até a cabine telefônica lá dentro. Enfiei uma moeda e pedi à telefonista um número de Pasadena. Ela me disse quanto dinheiro eu tinha de colocar no aparelho.

A voz que respondeu ao toque do outro lado da linha era ríspida e fria:

– Residência da sra. Murdock.

– É Philip Marlowe. Gostaria de falar com a sra. Murdock, por favor.

Mandaram-me esperar. Uma voz suave mas muito clara falou:

– Senhor Marlowe? A senhora Murdock está repousando neste momento. Poderia me dizer do que se trata?

– Você não devia ter dito nada a ele.

– Eu... Quem?...

– O seu cara escorregadio, com cujo lenço você enxuga as lágrimas.

– Como se atreve?

– Tudo bem – falei. – Agora me deixe falar com a sra. Murdock. É importante.

– Muito bem. Vou tentar.

A voz suave e clara foi-se embora, e eu esperei um bocado. Precisariam erguê-la de entre os travesseiros e almofadas, arrancar a garrafa de porto da suas garras cinzentas e levar o telefone até ela. De repente, alguém pigarreou na linha. Parecia um trem de carga passando por um túnel.

– Aqui é a sra. Murdock.

– Seria capaz de identificar o objeto sobre o qual estávamos falando esta manhã, sra. Murdock? Quero dizer, conseguiria identificá-lo no meio de outros exatamente como ele?

– Bem, existem outros exatamente como ele?

– Deve haver. Dezenas, centenas, pelo que sei. Pelo menos algumas dezenas. Claro, não sei onde estão.

Ela tossiu.

– Realmente não entendo muito do assunto. Acho que não conseguiria identificá-lo deste modo. Mas nas atuais circunstâncias...

– É aí que quero chegar, sra. Murdock. A identificação parece depender de se conseguir traçar a história do objeto até a senhora. Pelo menos em se tratando de uma identificação convincente.

– Sim, suponho que sim. Você sabe onde está?

– Morningstar diz que a viu. Diz que lhe foi oferecida para compra: como a senhora suspeitou. Ele não quis comprar. O vendedor não era uma mulher, diz ele. O que não significa nada, porque ele me deu uma descrição detalhada do sujeito que, ou foi inventado, ou então era alguém que ele conhecia mais do que casualmente. Então o vendedor deve ter sido uma mulher

– Entendo. Isso não é importante agora.

– Não é importante?

– Não. Tem mais alguma coisa para me dizer?

– Outra pergunta. A senhora conhece um sujeito meio loiro, jovem, chamado George Anson Phillips? Meio corpulento, veste um terno marrom e um chapéu de palha escura com uma fita colorida. Estava vestindo isso hoje. Dizia ser um detetive particular.

– Não conheço. Por que deveria?

– Não sei. Ele, de algum modo, apareceu em cena. Acho que foi ele quem tentou vender o artigo. Morningstar tentou ligar para ele depois que eu saí. Eu me meti no escritório e ouvi o telefonema.

– Você o quê?

– Me meti.

– Por favor não seja espirituoso, sr. Marlowe. Mais alguma coisa?

– Sim. Concordei pagar a Morningstar mil dólares pela devolução da... do objeto. Ele disse que conseguiria comprá-lo por oitocentos dólares.

– E onde você pretendia conseguir o dinheiro, posso saber?

– Bem, eu estava apenas falando. Este Morningstar é uma raposa velha. Dinheiro é a linguagem que ele entende. E também podia ser que a senhora quisesse pagar a quantia. Não estou tentando persuadi-la. Sempre se pode ir à polícia. Mas, se por alguma razão a senhora preferisse não ir à polícia, essa poderia ser a única maneira de conseguir a moeda de volta: comprando-a.

Eu provavelmente seguiria falando assim por um longo tempo, sem saber exatamente o que eu queria dizer, se ela não me fizesse parar com um barulho que parecia ser uma foca latindo.

– Tudo isso é completamente desnecessário agora, sr. Marlowe. Decidi encerrar o assunto. A moeda me foi devolvida.

– Espere um instante na linha – falei.

Coloquei o telefone de volta no gancho, abri a porta da cabine e enfiei a minha cabeça para fora, enchendo os meus pulmões com aquilo que na tabacaria eles chamavam de ar. Ninguém estava prestando atenção em mim. Lá na frente o atendente, com um guarda-pó azul claro, conversava, do outro lado do balcão de cigarros. O rapaz detrás do balcão estava esfregando copos na pia. Duas garotas de calças estavam jogando na máquina de fliperama. Um sujeito alto de camisa preta e com um lenço amarelo pálido no pescoço estava folheando as revistas. Não parecia um pistoleiro.

Fechei a cabine novamente, apanhei o fone e falei:

– Tinha um rato roendo o meu pé. Está tudo bem agora. Está com o objeto de volta, a senhora disse. Simples assim. Como?

– Espero que você não esteja muito decepcionado – ela disse no seu invariável tom barítono. – As circunstâncias são um pouco complicadas. Pode ser que eu queira explicar, pode ser que não. Pode ligar para cá amanhã de manhã. Já que não mais desejo continuar a investigação, o adiantamento cobrirá o pagamento total.

– Deixe eu entender isso direitinho – falei. – A senhora realmente recebeu a moeda de volta? E não apenas uma promessa de que ela será devolvida?

– Certamente que não. E estou ficando cansada. Então, se você...

– Um momento, senhora Murdock. Não vai ser simples assim. Aconteceram algumas coisas.

– De manhã poderá me falar sobre elas – ela disse asperamente e desligou.

Saí da cabine telefônica e acendi um cigarro com dedos atrapalhados. Fui até o fundo do estabelecimento. O atendente estava sozinho agora. Estava apontando um lápis com uma pequena faca, muito concentrado, com a testa franzida.

– É um lápis bem afiado esse que você tem aí – falei.

Ele levantou o olhar, surpreso. As garotas na máquina de fliperama olharam para mim, surpresas. Andei mais um pouco e olhei para o meu próprio rosto no espelho atrás do balcão. Eu parecia surpreso.

Sentei em um dos bancos altos e disse:

– Um *scotch* duplo, sem gelo.

O homem do balcão pareceu surpreso.

– Sinto muito, isto não é um bar, senhor. Mas pode comprar uma garrafa no balcão das bebidas.

– Está bem – falei. – Quer dizer, não está bem, não. Acabo de ter um choque. Estou um pouco atordoado. Me dê uma xícara de café, fraco, e um sanduíche de presunto fatiado bem fino em um pão dormido. Não, melhor eu não comer ainda. Até logo.

Levantei do banco e caminhei até a porta em um silêncio que era tão barulhento quanto uma tonelada de carvão descendo por uma rampa. O homem da camisa preta e lenço amarelo me lançou um olhar por cima do seu *New Republic*.

– Você deveria deixar de lado essas perfumarias e pôr as mãos em algo mais sólido, como histórias policiais e de crimes – falei, só para ser simpático.

Saí. Atrás de mim alguém disse:

– Hollywood está cheio desses aí.

Capítulo quatorze

Começara a ventar, dando uma impressão de secura e de tensão, sacudindo as copas das árvores e fazendo com que os postes de luz arqueados das ruas jogassem sombras que se pareciam a lava escorrendo. Fiz a curva e dirigi para o leste novamente.

A loja de penhores ficava em Santa Mônica, perto de Wilcox, um lugarzinho antiquado, lavado suavemente pelas ondas do tempo. Na vitrine havia tudo o que se podia imaginar, de um conjunto de iscas para pescar truta em uma delicada caixa de madeira a um órgão portátil; de um carrinho de nenê dobrável a uma câmera fotográfica com uma lente de quatro polegadas de comprimento, de um lornhão de madrepérola em um estojo de veludo desbotado a um Colt Frontier .44 de ação simples, do modelo que ainda fazem para pacíficos oficiais do Oeste que foram ensinados pelos avós a lixar o gatilho e usar apenas o cão, para atirar com a rapidez dos velhos pistoleiros.

Entrei na loja, um sino badalou em cima da minha cabeça, alguém fez um barulho e assoou o nariz lá no fundo, e passos vieram na minha direção. Um velho judeu, com um solidéu preto lá no alto da cabeça, apareceu atrás do balcão, sorrindo para mim por sobre os óculos sem armação.

Tirei minha bolsa de fumo para fora, apanhei o Dobrão Brasher de lá e o coloquei sobre o balcão. A vitrine dava para o interior da loja, e me senti pelado. Nada de cubículos com paredes de madeira, escarradeiras entalhadas à mão e portas que se trancavam sozinhas quando fechadas.

O judeu pegou a moeda e a pesou na mão.

– Ouro, não é? Talvez você seja uma mina de ouro – ele disse, piscando.

– Vinte e cinco dólares – falei. – A mulher e as crianças estão com fome.

– Oh, isso é terrível. Ouro, parece, pelo peso. Ouro puro e, talvez, platina, talvez – ele a pesava casualmente em uma pequena balança manual. – É ouro – ele disse. – Então você estava querendo dez dólares?

– Vinte e cinco dólares.

– Por vinte e cinco dólares o que eu faria com isto? Vender, talvez? Pois deve conter uns quinze dólares em ouro. Oquei, quinze dólares.

– Você tem um bom cofre?

– Meu cavalheiro, nesse ramo se encontram os melhores cofres que o dinheiro pode comprar. Nada a se preocupar quanto a isso. Quinze dólares, então?

– Pode fazer o recibo.

Ele escreveu o recibo, metade com a caneta, metade com a língua. Dei-lhe meu verdadeiro nome e endereço. Avenida North Bristol, 1624, Apartamentos Bristol, Hollywood.

– Vive nesse bairro e está pedindo empréstimo de quinze dólares – o judeu disse tristemente, destacou a minha parte do recibo e contou o dinheiro.

Fui até a tabacaria da esquina, comprei um envelope, peguei uma caneta emprestada e coloquei o tíquete do penhor no correio, endereçado para mim mesmo.

Eu estava com fome e me sentindo vazio por dentro. Fui até a rua Vine para comer, e depois disso dirigi até o centro novamente. O vento ainda soprava e estava mais seco do que nunca. O volante parecia arenoso sob os meus dedos, e o interior das minhas narinas estava seco e contraído.

Luzes estavam acesas, aqui e ali, nos prédios altos. A loja de roupas verde e prateada na esquina da Nona Avenida com a Hill ofuscava de tanta luz. No Edifício Belfont algumas janelas brilhavam aqui e ali, mas não muitas. O mesmo cavalo de carga estava sentado no elevador, no seu pequeno banquinho embutido, olhando reto à frente, de olhos vazios, quase passando desta para melhor.

Falei:

– Imagino que não saiba onde posso contatar a administração do prédio?

Ele virou a cabeça lentamente e olhou para mim com olhos ausentes:

– Ouvi dizer que em Nova York eles têm elevadores que voam. Trinta andares numa arrancada. Alta velocidade. Isso é Nova York.

– Pros diabos com Nova York – falei. – Gosto daqui.

– Devem precisar de um cara bom para dirigi-los tão rápido.

– Não se engane, vovô. Tudo o que aqueles engraçadinhos precisam fazer é apertar alguns botões, dizer "Bom dia, senhor Fulano", e ficar se olhando no espelho do elevador. Agora, se se trata de um modelo T destes aqui, aí sim é preciso de um homem para dirigi-lo. Satisfeito?

– Trabalho doze horas por dia – ele disse. – E sou grato por isso.

– Não deixe o sindicato ouvi-lo.

– Sabe o que o sindicato pode fazer?

Balancei a cabeça. Ele me disse. Então ele abaixou os olhos até que eles quase me fitaram.

– Não vi o senhor em outro lugar?

– Vamos voltar ao administrador do prédio... – falei, delicadamente.

– Há um ano ele quebrou os óculos – o velho disse. – Eu podia ter caído na gargalhada. Quase fiz isso.

– Sim. Onde posso encontrá-lo, a essa hora da noite?

Ele me olhou um pouco mais diretamente.

– Oh, o administrador do prédio? Ele está em casa, não?

– Com certeza. Provavelmente. Ou foi ao cinema. Mas onde é a casa dele? Qual o nome dele?

– Você precisa de alguma coisa?

– Sim – apertei a mão com tanta força dentro do bolso que me esforcei para não gritar. – Quero o endereço do locatário de uma das salas. O locatário cujo endereço estou procurando não consta na lista telefônica – não o seu endereço residencial. Quero dizer, o lugar onde ele mora, quando não está no escritório – tirei as mãos dos bolsos e fiz um desenho no ar, escrevendo lentamente as letras: c-a-s-a.

O velho disse:

– Qual dos locatários? – foi uma pergunta tão direta que levei um susto.

– O senhor Morningstar.

– Ele não está em casa. Ainda está no escritório.

– Tem certeza?

– Com certeza tenho certeza. Não reparo muito nas

pessoas. Mas ele é velho como eu, e nele eu reparo. Ele ainda não desceu.

Entrei no elevador e falei:

– Oitavo andar.

Ele lutou com as portas até fechá-las, e subimos. Ele não olhou mais para mim. Quando o elevador parou e eu saí, ele não voltou a falar comigo ou a olhar na minha direção. Apenas ficou lá, sentado, com o olhar vazio, empoleirado no banquinho de madeira. Quando dobrei no corredor, ele ainda estava sentado ali. E a expressão vazia estava de volta ao seu rosto.

No fundo do corredor, duas portas estavam iluminadas. Aparentemente eram as únicas que estavam. Parei do lado de fora para acender um cigarro e escutar, mas não ouvi nenhum barulho que denunciasse alguma atividade. Abri a porta em que estava escrito *Entrada* e pisei no pequeno escritório que tinha a pequena mesa de datilografia. A porta de madeira ainda estava entreaberta. Caminhei até ela, bati na madeira e disse:

– Senhor Morningstar.

Nenhuma resposta. Silêncio. Sequer o barulho de uma respiração. O cabelos da minha nuca se arrepiaram. Contornei a porta. A luz do teto refletia-se na tampa de vidro sobre as balanças de joalheiro, na velha madeira polida que emoldurava o tampo de couro, na lateral da mesa, em um sapato preto de bico quadrado com elásticos nas laterais com uma meia de algodão branca enfiada dentro.

O sapato estava na posição errada, apontando para o canto do teto. O resto da perna estava oculta, atrás do enorme cofre. Parecia que eu estava me arrastando em areia movediça.

Ele jazia de costas, torto. Muito solitário, completamente morto.

A porta do cofre estava escancarada, e chaves pendiam da fechadura do compartimento interno. Uma gaveta de metal estava puxada para fora. Estava vazia agora. Podia ter havido dinheiro lá dentro, antes.

Nada mais na sala parecia diferente.

Os bolsos do velho tinham sido puxados para fora, mas não mexi nele, somente me inclinei sobre o corpo e pus o dorso da mão na sua face lívida cor de violeta. Era como tocar a barriga de um sapo. O sangue havia vazado pela têmpora, onde fora atingido. Mas desta vez não havia cheiro de pólvora no ar, e a cor violeta da sua pele mostrava que ele havia morrido de uma parada cardíaca, devido ao choque e ao medo, provavelmente. O que não mudava o fato de se tratar de um assassinato.

Deixei as luzes acesas, limpei as maçanetas e desci pela escada de incêndio até o sexto andar. Li os nomes nas portas conforme caminhava, por nenhuma razão em especial. *H. R. Teager, laboratório dentário, L. Pridview, contador, Dalton e Ress, serviço de datilografia, Dr. E. J. Blaskowitz* e, abaixo do nome, em letras pequenas: *Médico quiroprata.*

O elevador subiu resfolegando, e o velho não olhou para mim. Sua expressão era tão vazia quanto o meu cérebro.

Da esquina, liguei para o pronto-socorro, sem dar meu nome.

Capítulo quinze

As peças de xadrez, vermelhas e cor de marfim, estavam alinhadas, prontas e tinham aquele ar agudo, competente e complexo que sempre têm no início de um jogo. Eram dez horas da noite, eu estava no meu apartamento, tinha um cachimbo na boca, um drinque ao alcance da mão e nada na cabeça a não ser dois assassinatos e o mistério sobre como a senhora Elizabeth Bright Murdock havia conseguido de volta seu Dobrão Brasher enquanto eu ainda o guardava no meu bolso.

Abri uma pequena brochura sobre torneios de xadrez publicado em Leipzig, escolhi um atraente gambito de rainha, movi o peão branco para a quarta casa da rainha, e a campainha da porta tocou.

Contornei a mesa e apanhei a Colt .38 da escrivaninha de carvalho e fui até a porta segurando-a ao longo do corpo, junto à minha perna direita.

– Quem é?

– Breeze.

Voltei até a escrivaninha para guardar a arma de novo antes de abrir a porta. Breeze estava lá, parecendo tão grande e desleixado como sempre, mas um pouco mais cansado. O policial jovem de rosto corado chamado Spangler estava com ele.

Sutilmente me fizeram recuar para dentro da sala, e Spangler bateu a porta. Seus jovens olhos brilhantes relancearam numa direção e noutra enquanto Breeze repousava os seus, mais velhos e mais duros, sobre a minha face, durante um bom tempo, até que passou por mim e foi até o sofá.

– Olhe por aí – ele disse, com o canto da boca.

Spangler se afastou da porta e se dirigiu até a sala de jantar, olhou lá para dentro, atravessou de novo a sala e foi até o hall de entrada. A porta do banheiro gemeu, os passos dele seguiram adiante.

Breeze tirou o chapéu e enxugou o domo da sua cabeça, semicareca. Portas foram abertas e fechadas na distância. Armários. Spangler voltou.

– Não há ninguém – ele disse.

Breeze aquiesceu e se sentou, colocando o chapéu panamá ao seu lado.

Spangler viu a arma sobre a mesa. Ele disse:

– Se importa se eu der uma olhada?

Eu respondi:

– Rá-rá-rá para vocês dois.

Spangler caminhou até a arma e levou o cano ao nariz, cheirando-o. Soltou o carregador, ejetou a bala que estava na câmara e inseriu-a de novo no carregador. Colocando-o sobre a mesa, levantou a pistola, que agora estava aberta, até que entrasse luz pelo vão da culatra e ele pudesse inspecionar o cano.

– Um pouco de poeira – ele disse. – Não muita.

– O que esperava? – perguntei. – Rubis?

Ele me ignorou, olhando para Breeze, e acrescentou:

– Eu diria que essa arma não foi disparada nas últimas 24 horas. Tenho certeza.

Breeze balançou a cabeça, mordeu os lábios um pouco e explorou meu rosto com os olhos. Spangler voltou a montar cuidadosamente a arma, a depôs sobre a mesa e também se sentou. Colocou um cigarro entre os lábios, o acendeu e baforou um pouco, satisfeito.

– De qualquer forma, sabemos muito bem que não foi uma arma de calibre .38 de cano longo – ele disse. – Uma coisa dessas atravessa uma parede. Nenhuma chance de a cápsula ficar dentro do crânio de um homem.

– Do que vocês estão falando? – perguntei.

Breeze disse:

– Do que sempre se fala, no nosso ramo. Assassinato. Puxe uma cadeira. Relaxe. Pensei ter ouvido vozes aqui dentro. Talvez seja do apartamento do lado.

– Talvez – falei.

– Você sempre tem uma arma rolando sobre a mesa?

– Exceto quando está sob o meu travesseiro – falei. – Ou embaixo do meu braço. Ou na gaveta da escrivaninha. Ou em qualquer outro lugar em que eu a coloque. Isso o ajuda?

– Não viemos aqui para brigar, Marlowe.

– Tudo bem – falei. – Então você revista o meu apartamento e manuseia propriedades minhas sem pedir permissão. O que faz quando quer brigar? Me derruba com um soco e me chuta a cara?

– Ah, está bem – ele disse e sorriu, irônico.

Eu sorri, irônico, de volta. Todos nós sorrimos. Então Breeze disse:

– Posso usar o telefone?

Apontei-lhe o aparelho. Ele discou um número e falou com alguém chamado Morrison, dizendo:

– Breeze, ligando de... – ele olhou para a base do telefone e leu o número. – A qualquer hora agora. Marlowe é o nome. Claro. Cinco ou dez minutos, está bem.

Ele desligou e voltou para o sofá.

– Aposto que não consegue adivinhar por que estamos aqui.

– Estou sempre pronto para receber os irmãos – falei.

– Assassinato não é nada engraçado, Marlowe.

– Alguém disse que era?

– Não acha que você age como se fosse?

– Eu não tinha percebido.

Ele olhou para Spangler e deu de ombros. Então olhou para o chão. Então levantou seus olhos lentamente, como se estivessem pesados, e olhou para mim novamente. Eu estava sentado próximo ao tabuleiro de xadrez, agora.

– Você joga muito xadrez? – ele perguntou, olhando para as peças.

– Não muito. De vez em quando brinco um pouco de jogar, para pensar em algumas coisas.

– Não é preciso dois caras para jogar xadrez?

– Eu jogo a partir de torneios que foram registrados e publicados. Há toda uma literatura sobre xadrez. Às vezes consigo resolver alguns problemas. Não de xadrez, propriamente. Por que estamos falando sobre xadrez? Drinques?

– Agora não – Breeze disse. – Falei com Randall. Ele lembra muito bem de você, por causa de um caso lá na praia.

Ele mexeu os pés sobre o tapete, como se eles estivessem muito cansados. Seu rosto sólido estava marcado por rugas e cinza de cansaço.

– Ele disse que você não mataria ninguém. Que no fundo você é um cara legal.

– Simpático da parte dele – falei.

– Ele disse que você sabe fazer um bom café, que levanta tarde, que é capaz de conversas brilhantes e que deveríamos acreditar em qualquer coisa que você diga, desde que possamos confirmá-la com cinco testemunhas independentes umas das outras.

– Randall que vá para o inferno – falei.

Breeze balançou a cabeça como se eu tivesse acabado de dizer o que ele queria que eu dissesse. Não estava sorrindo e não parecia durão, apenas um homem grande e forte tentando fazer o seu trabalho. Spangler estava com a cabeça reclinada para trás na cadeira, com os olhos semicerrados, e estava observando a fumaça do seu cigarro.

– Randall diz que deveríamos ter cuidado com você. Ele diz que você não é tão esperto quanto acha que é, mas que as coisas acontecem com você. E um cara assim pode ser muito mais problemático do que um cara muito esperto. É o que ele diz, compreende? Você parece ok para mim. Gosto de tudo preto no branco. É por isso que estou lhe contando.

Falei que era gentil da parte dele.

O telefone tocou. Olhei para Breeze, mas ele não se moveu, então apanhei o fone e atendi. Era a voz de uma moça. Achei-a vagamente familiar, mas não sabia dizer de onde.

– É Philip Marlowe?

– Sim.

– Senhor Marlowe, estou em apuros. Sérios apuros. Preciso desesperadamente vê-lo. Quando posso vê-lo?

Falei:

– Quer dizer essa noite? Com quem estou falando?

– Meu nome é Gladys Crane. Moro no Hotel Normandia, em Rampart. Quando pode...

– Quer dizer que quer que eu vá até aí hoje? – perguntei, pensando na voz, tentando identificá-la.

– Eu... – ouvi um clique, e a ligação morreu.

Fiquei ali sentado, segurando o fone, franzindo o cenho para o aparelho, olhando para Breeze. Seu rosto estava sossegadamente vazio de qualquer interesse.

– Uma moça dizendo que está em apuros – falei. – A ligação caiu.

Abaixei o gancho da base do telefone, esperando que tocasse novamente. Os dois tiras ficaram completamente em silêncio e sem se mexer. Silenciosos demais, parados demais.

O telefone tocou de novo, larguei o gancho e disse:

– Quer falar com Breeze, não é?

– Sim – era a voz de um homem e soava um tanto surpresa.

– Vá em frente, continue com seus truques – falei, me levantei da cadeira e fui até a cozinha.

Ouvi Breeze falando muito rapidamente, então o som do fone sendo recolocado no gancho.

Peguei uma garrafa de Four Roses do armário da cozinha e três copos. Peguei gelo e *ginger ale* da geladeira, misturei três drinques, levei-os em uma bandeja e depus a bandeja na mesa de centro à frente do sofá em que Breeze estava sentado. Peguei dois dos copos, entreguei um a Spangler e levei o outro até a minha cadeira.

Spangler segurou o copo, confuso, pinçando o lábio inferior com dois dedos, olhando para ver se Breeze aceitaria o drinque.

Breeze olhou para mim, me encarando. Então suspirou. Então apanhou o copo, bebericou, suspirou de novo e balançou a cabeça para os lados, com um meio sorriso; do jeito que um homem faz quando você dá a ele um drinque, do qual ele necessita muito, e o drinque está bom, e o primeiro gole é como uma visão de um mundo mais limpo, mais ensolarado, mais iluminado.

– Me parece que entende as coisas rápido, sr. Marlowe – ele disse, e se reclinou sobre o sofá, completamente relaxado. – Acho que agora podemos trabalhar juntos.

– Não desse jeito – falei.

– Hã? – Ele juntou as sobrancelhas.

Spangler se inclinou para frente na sua cadeira e parecia esperto e atento.

– Assim, mandando vagabundas me ligarem e me enrolarem para que vocês possam dizer que reconheceram a minha voz em algum lugar, alguma vez.

– O nome da garota é Gladys Crane – Breeze disse.

– Foi isso que ela disse. Nunca ouvi falar nela.

– Oquei – Breeze disse. – Oquei. – Ele levantou no ar as

mãos sardentas. – Não estamos tentando fazer nada que não seja legítimo. Mas esperamos que você também não esteja.

– Não esteja o quê?

– Fazendo algo que não seja legítimo. Como ocultar informações.

– E por que eu não deveria ocultar informações de vocês, se eu tiver vontade? – perguntei. – Vocês não estão me pagando salário nenhum.

– Escute, não fique bravo, Marlowe.

– Não estou bravo. Não tenho nenhuma intenção de ficar bravo. Conheço os tiras bem demais para ficar bravo com eles. Vá em frente, diga o que tem de dizer e não me venha com armadilhas como essa ligação.

– Estamos em um caso de assassinato – Breeze disse. – Temos que tentar fazer o melhor possível. Você encontrou o corpo. Tinha falado com o cara. Que tinha convidado você para ir até o apartamento dele. Ele lhe deu a chave do apartamento. Você disse que não sabia para que ele queria vê-lo. Imaginamos que talvez, com tempo para pensar, você tivesse se lembrado.

– Em outras palavras, eu estava mentindo da primeira vez – falei.

Breeze sorriu um sorriso cansado.

– Você está por aí tempo suficiente para saber que as pessoas sempre mentem em casos de assassinato.

– O problema com isso é: como vão saber o exato momento em que eu parar de mentir?

– Quando o que você disser começar a fazer sentido, estaremos satisfeitos.

Olhei para Spangler. Estava tão debruçado para frente que estava quase caindo da cadeira. Parecia que iria dar um pulo. Não consegui pensar em nenhuma razão para ele dar um pulo, então imaginei que ele estivesse excitado. Olhei de novo para Breeze. Estava tão excitado quanto um buraco na parede. Tinha um dos seus charutos envoltos em celofane entre os grossos dedos e estava cortando o celofane em tiras com um canivete. Observei-o tirando o plástico, cortando a extremidade do charuto com a lâmina, guardando o canivete, não sem antes limpar cuidadosamente a lâmina nas calças. Observei-o riscar um fósforo de madeira, acender o charuto cuidadosamente, girando-o sobre a chama, então afastar o fósforo queimando do charuto e fumá-lo até decidir que ele estava devidamente aceso. Então sacudiu e apagou o fósforo e o depôs ao lado do celofane amassado sobre o tampo de vidro da mesa de centro. Então se reclinou, puxou uma das pernas da calça e baforou, em paz. Cada movimento foi exatamente igual à vez em que ele acendera um charuto no apartamento de Hench, e exatamente igual a sempre que ele acendia um charuto. Ele era esse tipo de homem, e isso o fazia perigoso. Não tão perigoso quanto um homem brilhante, mas muito mais perigoso do que um sujeito rapidamente excitável como Spangler.

– Nunca vi Phillips antes de hoje – falei. – Não estou contando a vez que ele disse ter me visto em Ventura porque não lembro disso. Conheci-o exatamente do jeito que falei. Ele ficou me seguindo, e eu o interpelei. Queria falar comigo, me deu a sua chave, fui até o seu apartamento e, quando ele não respondeu, usei a chave para entrar. Como ele havia me dito para fazer. Ele estava morto. A polícia foi chamada, e, por causa de uma série de acontecimentos ou incidentes que nada tiveram a ver comigo, uma arma foi achada embaixo do travesseiro de Hench. Uma arma que havia sido disparada. Já falei isso, e é verdade.

Breeze disse:

– Quando o encontrou, você foi até o apartamento do gerente, um cara chamado Passmore, e fez ele subir até lá com você sem dizer a ele que alguém estava morto. Você deu um cartão de visitas falso a Passmore e falou sobre jóias.

Concordei.

– Com pessoas como Passmore e pensões como aquela, sempre vale a pena ser um pouco cauteloso. Eu estava interessado em Phillips. Pensei que Passmore pudesse me dizer algo a respeito dele, se não soubesse que ele estava morto.

Coisas que ele não me diria se soubesse que a polícia logo estaria a caminho para interrogá-lo. Isso é tudo.

Breeze bebeu um pouco do drinque, fumou um pouco do charuto e disse:

– O que eu gostaria de entender direito é o seguinte: tudo o que você nos contou pode ser pura verdade, e, mesmo assim, você pode não estar nos contando a verdade. Se entende o que quero dizer.

– Como assim? – perguntei, entendendo perfeitamente o que ele queria dizer.

Ele deu um tapinha no joelho e me observou com um quieto olhar pretensioso-vindo-de-baixo. Não era hostil, sequer era desconfiado. Apenas um homem quieto tentando fazer o seu trabalho.

– Assim: você está em um caso. Não sabemos do que se trata. Phillips estava bancando o detetive particular. Ele estava num caso. Ele seguiu você. Como podemos saber, ao menos que você nos diga, que o caso dele e o seu caso não se conectam, de algum modo? E se eles se conectam, então é problema nosso. Certo?

– É um modo de ver as coisas – falei. – Mas não é o único modo, e não é o meu modo.

– Não esqueça que este é um caso de assassinato, Marlowe.

– Não estou esquecendo. Mas não esqueça que estou nessa cidade há muito tempo, há mais de quinze anos. Vi muitos casos de assassinato irem e virem. Alguns foram solucionados, outros não puderam ser solucionados, e alguns poderiam ter sido solucionados mas não foram. E um ou outro deles deve ter sido mal solucionado. Alguém foi pago para levar a culpa, e há muitas chances de que tenham sabido ou pelo menos suspeitado disso. E fizeram vista grossa. Mas vamos pular isso. Acontece, mas não muito freqüentemente. Por exemplo, o caso Cassidy. Acho que você lembra, não?

Breeze olhou para o relógio.

– Estou cansado – ele disse. – Vamos esquecer o caso Cassidy. Vamos nos ater ao caso Phillips.

Balancei a cabeça.

– Quero chegar num ponto, e é um ponto importante. Veja o caso Cassidy. Cassidy era um homem muito rico, um multimilionário. Tinha um filho crescido. Uma noite os tiras foram chamados à sua casa, e o jovem Cassidy estava caído de costas, no chão, com sangue cobrindo o rosto e um buraco de bala ao lado da cabeça. Seu secretário estava caído de costas no banheiro contíguo, com a cabeça contra a outra porta do banheiro, que levava a um corredor, e com um cigarro apagado entre os dedos da mão esquerda. Apenas uma guimba apagada que havia fumegado a pele entre os seus dedos. Uma arma estava caída próximo à sua mão direita. Ele havia sido baleado na cabeça, mas não por um tiro à queima-roupa. Haviam bebido muito. Quatro horas tinham-se passado desde a hora da morte, e o médico da família tinha estado lá durante três delas. Agora, o que foi feito do caso Cassidy?

Breeze suspirou.

– Assassinato e suicídio durante uma bebedeira. O secretário enlouqueceu e atirou no jovem Cassidy. Li nos jornais ou algo assim. Era isso que queria que eu dissesse?

– Você leu nos jornais – falei –, mas não foi assim que aconteceu. Mais ainda: você sabia que não tinha sido assim, o promotor sabia que não tinha sido assim e os investigadores da promotoria se afastaram do caso em questão de horas. Não houve inquérito. Mas qualquer repórter policial da cidade e qualquer tira de qualquer delegacia sabia que foi Cassidy quem atirou, que foi Cassidy que estava enlouquecidamente bêbado, que o secretário tentou detê-lo e não conseguiu, e finalmente tentou fugir dele, mas não rápido o suficiente. A ferida de Cassidy era à queima-roupa, a do secretário, não. O secretário era canhoto e tinha um cigarro na mão esquerda quando foi baleado. Mesmo que seja destro, você não troca o cigarro para a outra mão e atira num homem enquanto fuma casualmente. Pode ser que eles tentem isso no *Gang busters*, mas secretários de homens ricos não fazem isso. E o que fazia a família e o médico da família durante as quatro horas em que não chamaram a polícia? Arranjavam as coisas de modo que houvesse apenas uma investigação superficial. E por que não foram feitos testes nas mãos, atrás de resquícios de nitrato? Por que não se desejava a verdade. Cassidy era graúdo demais. Mas era um caso de assassinato, não?

– Ambos os caras estavam mortos – Breeze disse. – Que diabos de diferença fazia quem atirou em quem?

– Você nunca parou para pensar – perguntei – que o secretário de Cassidy podia ter uma mãe, ou uma irmã, ou uma namorada, ou todos os três? Que elas tinham orgulho, fé e amor por um rapaz que foi maquiado de um paranóico bêbado por causa do pai do chefe e por causa de uns cem milhões de dólares?

Breeze levantou seu copo lentamente, terminou o drinque lentamente, depôs o copo lentamente e lentamente girou-o sobre o tampo de vidro da mesinha. Spangler ficou sentado, rígido, com olhos brilhantes e lábios entreabertos em cima de um meio sorriso um tanto artificial.

Breeze disse:

– Qual o seu ponto?

Falei:

– Até que vocês mostrem que têm almas, não serão donos da minha. Até que se possa confiar em vocês sempre, em todas ocasiões e condições, para que busquem a verdade, a encontrem e deixem as peças se encaixarem onde devem – até que chegue esse momento, tenho direito de ouvir a minha consciência e proteger meu cliente da melhor maneira possível. Até que eu tenha certeza de que não vão fazer mais mal a ele do que a verdade requer. Ou até que eu seja arrastado diante de alguém que me obrigue a falar.

Breeze disse:

– Você me soa um pouco como um cara que está tentando aliviar a consciência.

– Diabos – falei. – Vamos tomar outro drinque. E então você pode me contar sobre aquela moça com quem me fez falar ao telefone.

Ele sorriu:

– Aquela era a senhora que mora ao lado de Phillips. Ela ouviu um cara falando com ele na porta, uma noite. Ela trabalha durante o dia como lanterninha. Então pensamos que talvez ela devesse ouvir a sua voz. Não fique imaginando coisas.

– Que tipo de voz era?

– Uma voz meio má. Ela disse que não gostou nada da voz.

– Imagino que tenha sido isso o que fez vocês lembrarem de mim – falei.

Apanhei os três copos e levei-os até a cozinha.

Capítulo dezesseis

Quando cheguei na cozinha, eu tinha esquecido qual copo era de quem, então enxagüei e sequei todos eles, e estava começando a fazer mais drinques quando Spangler apareceu e se colocou atrás de mim.

– Não se preocupe – falei. – A casa não está servindo cianureto hoje.

– Não dê uma de espertinho com o velho – ele disse baixinho, para a minha nuca. – Ele conhece mais coisas do que você imagina.

– Legal você dizer isso – falei.

– Eu gostaria de ler sobre o caso Cassidy – ele disse. – Parece interessante. Deve ter sido antes da minha época.

– Foi há muito tempo – falei. – E nunca aconteceu. Eu só estava brincando.

Coloquei os copos sobre a bandeja, levei-os de volta à sala de estar e os distribuí. Peguei o meu e fui para o meu lugar: a cadeira atrás do tabuleiro de xadrez.

– Outra armadilha – falei. – Seu guarda-costas se esgueira até a cozinha e me aconselha, pelas suas costas, que devo ser muito cauteloso em relação a todas as coisas que você sabe e que eu não sei que você sabe. Ele tem uma cara perfeita para isso. Amigável, extrovertido e cora facilmente.

Spangler sentou-se na ponta da cadeira e corou. Breeze olhou para ele casualmente, sem nenhuma expressão específica.

– O que você descobriu sobre Phillips? – perguntei.

– Sim – Breeze disse. – Phillips. Bem, George Anson Phillips é o tipo de caso patético. Achou que era um detetive, mas parece que não conseguiu fazer com que ninguém concordasse com ele. Falei com o xerife de Ventura. Disse que George era um bom garoto, talvez bom demais para ser um bom tira, mesmo se ele tivesse algum cérebro. George fazia o que eles diziam e o fazia muito bem, contanto que dissessem com que pé começar, quantos passos dar para cada lado e coisinhas do tipo. Mas ele não evoluiu muito, se entende o que quero dizer. Era o tipo de tira que prenderia um ladrão de galinhas, se visse o cara roubar a galinha, cair na fuga, bater a cabeça num poste ou coisa parecida e desmaiar. De outro modo poderia se tornar um pouco violento e precisava ser levado de volta ao escritório para instruções. Bem, depois de um tempo acabou cansando o xerife, e ele liberou George.

Breeze bebeu um pouco mais do seu drinque e coçou o queixo com a unha do dedão, que mais parecia a lâmina de uma pá.

– Depois disso George trabalhou em uma loja em Simi para um homem chamado Sutcliff. Era um negócio de venda a crédito com cadernetas para cada cliente, e George tinha problemas com as cadernetas. Ele esquecia de anotar as compras ou anotava no livro errado. Alguns clientes o corrigiam e outros deixavam que George esquecesse. Então Sutcliff pensou que talvez George se desse melhor fazendo outra coisa, e ele veio para Los Angeles. Tinha economizado um dinheirinho, não muito, mas o suficiente para conseguir uma licença de detetive, fazer um seguro e alugar um pedaço de um escritório. Estive lá. O que ele tinha era uma escrivaninha com outro cara que dizia que estava vendendo cartões de natal. Chamado Marsh. Se George tinha um cliente, a combinação era que Marsh saía para dar uma volta. Marsh diz que não sabe onde George vivia e que George não tinha cliente algum. Quer dizer, nenhum negócio surgiu no escritório, que Marsh saiba. Mas George colocou um anúncio no jornal e pode ter conseguido algum cliente daí. Acho que conseguiu, porque uma semana atrás Marsh encontrou um bilhete sobre a sua mesa em que George avisava que ficaria fora da cidade por uns dias. Foi a última vez que ele soube de George. Então George foi até a rua Court, alugou um apartamento sob o nome de Anson e foi apagado. E isso é tudo que sabemos sobre George até agora. Um casinho bem patético.

Ele me olhou de um jeito direto e desinteressado e levou o copo até os lábios.

– E quanto a esse anúncio?

Breeze depôs o copo, cavou um pedaço fino de papel da sua carteira e o colocou sobre a mesinha de coquetel. Fui até lá, o apanhei e li. Dizia:

Por que se preocupar? Por que ficar com dúvidas ou confuso? Por que ser consumido pela suspeita? Consulte um investigador eficiente, cuidadoso, confidencial e discreto. George Anson Phillips. Glenview 9521.

Coloquei o papel sobre o vidro de novo.

– Não é pior do que muitos anúncios do ramo – Breeze disse. – E não parece destinado a uma clientela séria.

Spangler disse:

– A garota do escritório de classificados redigiu para ele. Ela disse que quase não conseguia parar de rir, mas George achou que era bacana. O escritório do *Chronicle* no bulevar Hollywood.

– Você levantou isso rápido – falei.

– Não temos problema algum em conseguir informações – Breeze disse. – Exceto, talvez, de você.

– E quanto a Hench?

– Quanto a Hench, nada. Ele e a moça estavam enchendo a cara. Bebiam um pouco e cantavam um pouco, brigavam um pouco, ouviam o rádio e saíam para comer algo, de vez em quando, quando lembravam. Acho que estavam assim há dias. Acabamos com aquilo na hora. A moça estava com os dois olhos machucados. No próximo *round*, Hench poderia quebrar o pescoço dela. O mundo está cheio de vagabundos como Hench – e como ela.

– E quanto à arma que Hench disse que não era dele?

– É a arma do crime. Ainda não achamos o projétil, só a cápsula. Estava embaixo do corpo de George e combina. Demos mais alguns tiros e comparamos as marcas do ejetor e do percussor.

– Você acredita que alguém a plantou embaixo do travesseiro do Hench?

– Claro. Por que Hench atiraria em Phillips? Ele sequer o conhecia.

– Como você sabe?

– Eu sei – Breeze disse, abrindo os braços. – Olhe, há coisas que você sabe porque foi provado por A mais B. E há coisas que você sabe porque são razoáveis e tem de ser assim. Você não atira em alguém e então faz uma bagunça para chamar a atenção, com a arma embaixo do seu travesseiro o tempo todo. A moça estava com Hench o dia inteiro. Se Hench atirou em alguém, ela teria alguma idéia disso. Ela não sabe nada a respeito. Ela abriria tudo, se tivesse. O que é Hench, para ela? Um cara com quem se distrair, nada mais. Olhe, esqueça Hench. O cara que atirou ouve o rádio alto e sabe que o som vai acobertar o tiro. Mas mesmo assim ele bate em Phillips, o arrasta até o banheiro e fecha a porta antes de atirar. O cara não está bêbado. Está cuidando das coisas, e com muita atenção. Ele sai, fecha a porta do banheiro, o rádio pára. Hench e a moça saem para comer. Simplesmente acontece assim.

– Como sabe que o rádio parou?

– Me falaram – Breeze disse, calmamente. – Outras pessoas moram naquele cortiço. Imagine que o rádio parou e eles saíram. Não sem fazer barulho. O assassino sai do apartamento, e a porta de Hench está aberta. Isso porque, se não fosse assim, ele não prestaria atenção na porta de Hench.

– As pessoas não deixam suas portas abertas em prédios desse tipo. Principalmente em bairros como este.

– Bêbados deixam. Bêbados são descuidados. A mente deles não consegue se concentrar. E eles só pensam numa coisa de cada vez. A porta estava aberta. Talvez só um pouquinho, mas ainda assim, aberta. O assassino entrou, enterrou a sua arma na cama e encontrou outra arma lá. Ele levou esta última embora, apenas para piorar as coisas para Hench.

– Você pode verificar a arma – falei.

– A arma de Hench? Vamos tentar, mas Hench diz que não sabe o número de série. Se encontrarmos, podemos fazer algo. Duvido. Vamos tentar checar a arma que temos, mas sabe como são essas coisas. Você vai tão longe, e acha que a coisa toda vai se abrir para você, e então a pista morre, simplesmente. Um beco sem saída. Mais alguma coisa que nós sabemos e que pode lhe ser útil no seu trabalho?

– Estou ficando cansado – falei. – Minha imaginação não está funcionando às mil maravilhas.

– Estava indo bem ainda há pouco – Breeze disse. – No caso Cassidy.

Não falei nada. Enchi meu cachimbo novamente, mas ele ainda estava muito quente para ser aceso. Coloquei-o sobre a beirada da mesa para esfriar.

– A verdade é – Breeze disse, lentamente – que eu não sei o que fazer com você. Não consigo imaginá-lo encobrindo deliberadamente um assassinato. E tampouco consigo imaginá-lo sabendo tão pouco sobre tudo isso quanto você finge saber.

Novamente, não falei nada.

Breeze se curvou à frente para girar o toco do charuto no cinzeiro até apagar a brasa. Terminou seu drinque, colocou o chapéu e ficou de pé.

– Quando tempo você pretende ficar aí, se fazendo de bobo? – ele perguntou.

– Não sei.

– Deixe-me ajudá-lo. Dou até amanhã ao meio-dia, um pouco mais do que doze horas. Não vou aprontar meu relatório *post-mortem* antes disso, de qualquer forma. Você tem até lá para conversar sobre essas coisas com o seu cliente e esclarecer tudo.

– E depois disso?

– Depois disso vou ver o chefe dos investigadores e dizer-lhe que um detetive particular chamado Philip Marlowe está ocultando informações das quais preciso para uma investigação de assassinato, ou que tenho muita certeza de que está. E aí? Imagino que ele vai mandar prendê-lo e isso vai ser péssimo para a sua reputação.

Falei:

– Ú-hú! Você revistou a mesa de Phillips?

– Claro. Um rapazinho muito organizado. Nada na mesa, exceto uma espécie de diário. Nada lá, também, exceto relatos sobre como ele foi à praia ou levou uma garota ao cinema e ela não se excitou muito. Ou sobre como ele ficou sentado no escritório e nenhum cliente apareceu. Uma vez ele ficou um pouco chateado com a sua lavanderia e escreveu uma página inteira a respeito. No geral, eram apenas três ou quatro linhas. Só havia uma coisa curiosa. Tudo era escrito numa caligrafia que imitava letra de imprensa.

Falei:

– Imprensa?

– É, letras de imprensa a caneta e tinta. Não estou falando de letras maiúsculas, como quando se quer disfarçar a caligrafia. Apenas letras pequenas, rápidas e bem-feitas, como se o cara pudesse escrever daquele jeito tão rápido e facilmente quanto de qualquer outro modo.

– Ele não escreveu assim no cartão que me deu – falei.

Breeze pensou naquilo por um momento. Então ele concordou.

– É verdade. E não havia nenhum nome na capa do diário, tampouco. Talvez as letras de imprensa fossem apenas uma brincadeira dele.

– Como a taquigrafia de Pepys* – falei.

– O que é isso?

– Um diário que um homem escreveu em um tipo de taquigrafia própria, muito tempo atrás.

Breeze olhou para Spangler, que estava de pé à frente da sua cadeira, sorvendo as últimas gotas do seu copo.

– Melhor irmos embora – Breeze disse. – Este cara está preparando outro caso Cassidy.

Spangler depôs o copo, e ambos se dirigiram para a porta. Breeze mexeu com um pé no chão e me olhou de lado, com a mão na maçaneta.

– Você conhece alguma loira alta?

– Eu teria que pensar com calma – falei. – Espero que sim. Muito alta?

– Alta, apenas. Não sei quão alta. Exceto que seria alta para um cara que já é alto. Um espertinho italiano chamado Palermo é proprietário daquele prédio de apartamentos na rua Court. Fomos até lá, falar com ele na funerária. É dono dela, também. Ele diz que viu uma loira alta sair do prédio por volta das três e meia. O gerente, Passmore, não lembra de ninguém naquele chiqueiro a quem se poderia chamar de loira alta. O italiano diz que era um avião. Acredito no que ele disse porque ele nos deu uma boa descrição de você. Ele não viu essa loira alta entrar, apenas a viu sair. Estava usando calças, um casaco esporte e uma capa.

– Isso não me diz nada – falei. – Mas acabo de lembrar de outra coisa. Anotei o número da placa do carro de Phillips nas costas de um envelope. Isso provavelmente vai levá-los ao antigo endereço dele. Vou pegá-lo.

---

* Samuel Pepys (1633-1703), político e homem público inglês, foi secretário de Estado da Marinha Britânica e membro do Parlamento. Durante dez anos, escreveu as suas impressões sobre a sociedade do seu tempo e confessou seus próprios vícios em um diário, escrito em um sistema de códigos inventado por Shelton, um professor londrino. O diário chegou a seis volumes totalizando cerca de três mil páginas, foi publicado apenas em 1825, quando o reverendo John Smith o traduziu, e tornou-se um documento importante para estudiosos e historiadores ingleses. (N. do T.)

Eles ficaram ali enquanto fui pegar o papel do meu casaco, no meu quarto. Entreguei o pedaço de envelope a Breeze, ele leu o que estava escrito e o enfiou na sua carteira.

– Então você só se lembrou disso agora, é?

– Exatamente.

– Ora, ora – ele disse. – Ora, ora.

Os dois se foram pelo corredor na direção do elevador, balançando as cabeças.

Fechei a porta e voltei ao meu quase intocado segundo drinque. Estava aguado. Levei-o de volta à cozinha, reforcei-o e fiquei ali, segurando o copo e olhando pela janela para os eucaliptos, que balançavam os galhos das suas copas contra o céu escuro e azulado. O vento parecia estar soprando novamente. Bateu contra a janela norte, e houve um barulho forte e lento de pancadas na parede do edifício, como um cabo de luz chocando-se contra o cimento.

Provei meu drinque e desejei que eu não tivesse estragado uísque novinho com ele. Virei-o na pia, apanhei um copo limpo e bebi um pouco de água gelada.

Doze horas para amarrar uma situação que eu sequer havia começado a entender. Ou isso ou entregar uma cliente e deixar os tiras trabalharem nela e na família dela. Contrate Marlowe e encha a sua casa de policiais. Por que se preocupar? Por que ficar em dúvida e confuso? Por que ser roído pela suspeita? Consulte o embriagado, descuidado, o perneta e dissipado investigador, Philip Marlowe, Glenview, 7537. Fale comigo e conheça os melhores tiras da cidade. Por que desesperar? Por que ficar solitário? Ligue para Marlowe e espere a viatura chegar.

Isso tampouco me levaria a lugar algum. Voltei à sala, levei o fósforo ao cachimbo que já havia esfriado e que repousava sobre a borda do tabuleiro de xadrez. Aspirei a fumaça lentamente, mas ainda estava com gosto de borracha quente. Deixei o cachimbo de lado e fiquei em pé no meio do sala, puxando o meu lábio inferior e deixando ele se chocar de volta contra os meus dentes.

O telefone tocou. Apanhei-o e grunhi dentro dele.

– Marlowe?

A voz era um sussurro baixo e áspero. E era um sussurro baixo e áspero que eu já havia ouvido antes.

– Tudo bem – falei. – Desembuche logo quem você é. No bolso de quem é que andei enfiando a mão?

– Talvez você seja um sujeito esperto – o sussurro áspero disse. – Talvez queira fazer algum bem a si próprio.

– Que tipo de bem?

– Digamos, bem no valor de cinco notas de cem.

– Isso é ótimo – falei. – Fazendo o quê?

– Mantendo o seu nariz limpo e distante – a voz disse. – Quer falar a respeito?

– Onde, quando e com quem?

– Clube Idle Valley. Morny. A qualquer hora.

– Quem é você?

Um riso indistinto soou na linha.

– Apenas pergunte no portão por Eddie Prue.

Um clique e a ligação caiu. Botei o fone no gancho.

Era quase onze e meia quando tirei meu carro da garagem e fui na direção da estrada Cahuenga.

Capítulo dezessete

Cerca de trinta quilômetros ao norte da estrada, um bulevar largo com canteiros de flores nas calçadas subia em direção das montanhas. Continuava por cinco quarteirões e então morria – sem haver sequer uma casa em todo este trajeto. Mais além, uma estrada asfaltada em curva mergulhava montanhas adentro. Este era o Idle Valley*.

Nas escarpas da primeira montanha havia uma construção baixa e branca com uma cobertura com telhas ao lado da estrada. Tinha um pórtico coberto e um sinal iluminado sobre ele dizia: *Patrulha de Idle Valley.* Portões estavam abertos

---

*Idle Valley: literalmente, "vale ocioso", "vale à toa". (N. do T.)

para trás no terreno elevado em meio ao qual uma placa branca e quadrada dizia PARE em letras fosforescentes. Outro canhão de luz inundava o trecho de estrada à frente da placa.

Parei. Um homem de uniforme com uma estrela no peito e uma arma no coldre de couro trissado olhou para o meu carro, e então para uma placa pendurada num poste.

Ele veio até o carro.

– Boa tarde. Não temos o número do seu carro. Esta é uma estrada privada. Está de visita?

– Indo para o clube.

– Qual?

– O Clube Idle Valley.

– Oitenta e sete, setenta e sete. É como o chamamos aqui. Quer dizer, o estabelecimento do sr. Morny?

– Correto.

– Você não é membro, imagino.

– Não.

– Tenho de anunciá-lo. Para alguém que é sócio ou para alguém que mora no vale. Aqui é tudo propriedade particular, sabe?

– Nada de penetras, então?

Ele sorriu:

– Nada de penetras.

– O nome é Philip Marlowe – falei. – Procurando por Eddie Prue.

– Prue?

– O secretário do sr. Morny. Ou algo assim.

– Só um minuto, por favor.

Ele foi até a porta da casa e falou com alguém. Outro homem uniformizado fez uma ligação de interfone lá dentro. Um carro chegou por trás de mim e buzinou. O barulho da máquina de escrever veio da porta aberta do escritório da segurança. O homem que havia falado comigo olhou para o carro que buzinava e fez sinal para que entrasse. O carro fez a volta por trás de mim e desapareceu no escuro, um sedã conversível longo e verde com três senhoras aparentemente embriagadas nos assentos da frente, cheias de cigarros e sobrancelhas arqueadas e expressões de vá-para-o-inferno. O farol do carro brilhou numa curva, e o veículo desapareceu.

O homem uniformizado voltou até onde eu estava e pôs uma mão na porta do carro.

– Oquei, sr. Marlowe. Apresente-se ao guarda do clube, por favor. Um quilômetro e meio à frente, na sua direita. Há um estacionamento iluminado e o número na parede. Só o número. Oitenta e sete, setenta e sete. Lá, dirija-se ao guarda, por favor.

Falei:

– Por que eu faria isso?

Ele foi muito calmo, muito educado e muito firme.

– Precisamos saber exatamente onde o senhor vai. Há muito o que proteger em Idle Valley.

– Digamos que eu não fale com o guarda.

– Está brincando comigo? – sua voz endureceu.

– Não. Apenas gostaria de saber.

– Um par de patrulheiros começaria a procurá-lo.

– Quantos são na sua patrulha?

– Sinto muito – ele disse. – Cerca de um quilômetro e meio à direita, senhor Marlowe.

Olhei para a arma presa ao seu quadril, para o distintivo especial pregado na sua camisa.

– E chamam isso aqui de democracia – falei.

Ele olhou para trás, então cuspiu no chão e colocou uma mão na borda da janela do carro.

– Talvez você tenha companhia – ele disse. – Eu conhecia um cara que era do Clube John Reed*. Lá em Boyle Heights.

– Camarada – repliquei.

– O problema das revoluções – ele disse – é que elas caem nas mãos das pessoas erradas.

---

*Alusão ao jornalista John Reed (1887-1920), um dos primeiros propagandistas do marxismo nos Estados Unidos e autor das célebres reportagens *Insurgent México*, sobre a revolução mexicana, e *Os dez dias que abalaram o mundo*, sobre a revolução russa. (N. do T.)

– É verdade – falei.

– Por outro lado – ele disse –, elas poderiam ser piores do que o bando de ricaços hipócritas que mora por aqui?

– Talvez você mesmo more aqui algum dia – falei.

Ele cuspiu novamente.

– Eu não moraria aqui nem que me pagassem cinqüenta mil por ano e me deixassem dormir em pijamas de *chiffon* com um colar de pérolas rosadas ao redor do meu pescoço.

– Eu detestaria oferecer isso a você – falei.

– Faça-me a oferta a qualquer hora – ele disse. – Do dia ou da noite. Faça a oferta e verá o que lhe acontece.

– Bem, vou indo agora falar com o seu guarda no clube – eu disse.

– Mande-o cuspir na perna esquerda das calças dele – ele falou. – Diga-lhe que eu mandei dizer.

– Vou fazer isso – falei.

Um carro veio por trás e buzinou. Fui em frente. Meio quarteirão adiante uma limusine preta me fez sair da estrada com a sua buzina e me ultrapassou fazendo um barulho de folhas secas caindo.

O vento estava quieto, e o luar do vale era tão forte que as sombras pareciam ter sido cortadas com instrumentos de marcenaria, de tão escuras e definidas.

Para além da curva, todo o vale se descortinava para mim. Umas mil casas brancas construídas em cima e embaixo das colinas, dez mil janelas iluminadas e estrelas pairando sobre elas, polidamente, sem chegar muito perto, por conta da patrulha.

A parede do clube que dava para a estrada era branca e vazia, sem porta de entrada, sem janelas no andar de baixo. O número era pequeno mas brilhava num neon cor de violeta. 8777. Nada mais. Ao lado, sob fileiras de luzes voltadas para baixo e protegidas por rebatedores, ficavam filas de carros, distribuídos nas vagas delimitadas por linhas brancas no asfalto preto e liso. Serviçais em uniformes alinhados moviam-se entre as luzes.

A estrada dava a volta até atrás da casa. Uma varanda

funda de concreto ficava ali, com uma cobertura de vidro e metal, e luzes muito difusas. Saí do carro e recebi um tíquete com a placa do veículo. Levei o tíquete até um pequeno guichê onde estava sentado um homem uniformizado e o joguei na frente dele.

– Philip Marlowe – falei. – Visitante.

– Muito obrigado, sr. Marlowe.

Ele escreveu o nome e o número, me devolveu o tíquete e apanhou um telefone.

Um homem negro, em um uniforme branco de guarda, com casaco trespassado, dragonas douradas e um boné grande com uma fita dourada abriu a porta para mim.

O saguão parecia uma superprodução musical. Muitas luzes e brilhos, muito cenário, muitas roupas, muito som, um elenco de estrelas, e um roteiro com toda originalidade e vigor de uma unha quebrada. Sob a bela, suave e indireta iluminação, as paredes pareciam erguerem-se eternamente, e perderem-se entre estrelas suaves e lascivas que piscavam de verdade. O tapete era tão espesso que quase era preciso botas de proteção para andar sobre ele. No fundo havia uma enorme escadaria com laterais em aço cromado e esmalte branco que subia em degraus largos, rasos e atapetados. Na entrada para a sala de jantar, um *maître* gorducho postava-se de pé negligentemente, com uma faixa de cetim de duas polegadas de largura nas laterais das calças e um monte de menus dourados embaixo do braço. Tinha o tipo de rosto que vai de uma expressão educada e afetada a uma fúria fleumática quase sem alterar nenhum músculo.

A entrada do bar ficava à esquerda. Estava escuro e quieto, e um barman mexia-se como uma mariposa contra o brilho pálido de uma pilha de copos. Uma loira alta e bonita, em um vestido que parecia água do mar polvilhada com pó de ouro, saiu do lavabo feminino tocando os lábios e virou-se na direção da saída, cantarolando suavemente.

O som de rumba chegou através da saída, e ela balançou sua cabeça dourada ritmadamente, sorrindo. Um homem gordo e baixinho com rosto vermelho e olhos faiscantes esperava por ela com uma capa branca dobrada sobre o braço. Ele cravou seus dedos grossos no braço nu da moça e olhou para ela.

Uma atendente vestindo pijamas chineses cor de pêssego veio pegar o meu chapéu e lançar um olhar desaprovador para as minhas roupas. Seus olhos lembravam pecados os mais estranhos.

Uma moça vendendo cigarros desceu pela escada. Ela usava uma pluma de ema no chapéu, roupas que podiam ser escondidas atrás de um palito de dentes, uma das suas longas e lindas pernas era prateada, a outra era dourada. Ela tinha a expressão profundamente desdenhosa de uma mulher que marca seus encontros via ligações interurbanas.

Fui até o bar e afundei num banco de couro cheio de reentrâncias. Copos tilintaram gentilmente, luzes brilhavam suavemente, vozes baixas sussurravam conversas amorosas, ou pelo menos dez por cento delas o faziam ou seja lá sobre o que se sussurra em um lugar como aquele.

Um homem alto, alinhado, de terno cinza divinamente bem cortado de repente se levantou de uma pequena mesa próxima à parede, caminhou até o bar e começou a xingar um dos barman. Xingou-o em uma voz alta e clara, por um longo minuto, chamando-o por uns nove palavrões que geralmente não são pronunciados por homens altos e alinhados em ternos cinzas bem cortados. Todos pararam de conversar e olharam para ele, em silêncio. Sua voz cortava através da rumba como uma pá corta através da neve.

O barman ficou impassível, olhando para o homem. O barman tinha cabelos encaracolados, uma pele clara e reluzente, e um par de olhos muito atentos. Não se moveu nem falou. O homem alto parou de esbravejar e afastou-se do bar, caminhando duro. Todos o observaram enquanto se afastava, exceto o barman.

O barman passou lentamente ao longo do bar até a ponta onde eu estava sentado, sem olhar na minha direção, com nada no rosto a não ser palidez. Então se virou para mim e disse:

– O que posso lhe servir, senhor?

– Quero falar com um cara chamado Eddie Prue.

– E daí?

– Ele trabalha aqui – falei.

– Trabalha aqui fazendo o quê? – sua voz estava perfeitamente estável, tão seca quanto a areia do deserto.

– Pelo que sei, é o cara que segue o chefe. Se entende o que quero dizer.

– Oh, Eddie Prue – ele movimentou lentamente um lábio por cima do outro e fez pequenos círculos sobre o balcão com um pano. – Seu nome?

– Marlowe.

– Marlowe. Bebe algo enquanto espera?

– Um martíni seco quebraria o galho.

– Um martíni. Seco. Muito, muito seco.

– Oquei.

– Vai comê-lo com uma colher ou com garfo e faca?

– Corte em tirinhas – falei. – Só vou mordiscá-lo.

– Sim, claro, no caminho até a escola – ele disse. – Quer que eu embrulhe a azeitona para viagem?

– Pode tentar socá-la no meu nariz – falei. – Se isso vai fazê-lo se sentir melhor.

– Muito obrigado, senhor – ele disse. – Um martíni seco.

Ele se afastou de mim uns três passos, então voltou, se debruçou sobre o bar e disse:

– Cometi um erro em um drinque. O cavalheiro estava me falando a respeito.

– Eu ouvi.

– Ele estava falando comigo como um cavalheiro fala sobre esse tipo de coisa. Como diretores de cinema famosos gostam de apontar para você os seus pequenos erros. E você ouviu.

– É – falei, me perguntando quanto tempo aquilo iria durar.

– Ele se fez ouvir. O cavalheiro. Realmente. Então eu venho até aqui e praticamente insulto você.

– Sim – falei.

Ele levantou um dedo e olhou para ele, pensativamente.

– Simples assim – ele disse. – Um perfeito estranho.

– São meus enormes olhos castanhos – falei. – Eles têm esse jeitinho meigo.

– Desculpe, cara – ele disse, e sem falar mais nada, saiu.

Vi-o falando num telefone no final do bar. Então o vi chacoalhando uma coqueteleira. Quando voltou com o drinque, ele estava bem de novo.

Capítulo dezoito

Levei o drinque até uma pequena mesa contra a parede, sentei ali e acendi um cigarro. Cinco minutos passaram-se. A música que estava saindo dos auto-falantes da parede mudou sem que eu me desse conta. Uma garota estava cantando. Ela tinha um rico e profundo tom de contralto que era muito agradável de se ouvir. Ela estava cantando *Dark eyes*, e a banda atrás dela parecia estar caindo no sono.

Houve um pesado som de aplausos e alguns assovios quando ela terminou.

Um homem na mesa ao lado da minha disse para a sua mulher:

– Eles conseguiram trazer Linda Conquest e banda de novo. Ouvi falar que ela tinha se casado com um cara em Pasadena, mas não deu certo.

– Bonita voz. Para quem gosta de cantoras mulheres.

Fiz menção de levantar, mas uma sombra caiu sobre a minha mesa e de repente um homem estava sentado ali.

Uma quantidade enorme de um homem com o rosto devastado e um olho direito pálido e morto que tinha a íris esbranquiçada e o olhar imóvel da cegueira. Ele era tão alto que teve de se abaixar para colocar a mão no encosto da cadeira à minha frente. Ficou ali, me observando sem dizer nada, e eu fiquei ali, sentado, bebericando o resto do meu drinque e ouvindo a voz de contralto cantando outra música.

Os clientes do lugar pareciam gostar de músicas cafonas. Talvez estivessem todos cansados de ser vanguardistas nos seus locais de trabalho.

– Eu sou Prue – o homem disse, no seu sussurro áspero.

– Assim imaginei. Você quer falar comigo, eu quero falar com você, e quero falar com a moça que acaba de cantar.

– Vamos lá.

Havia uma porta trancada no fundo do bar. Prue destrancou-a e a segurou enquanto passávamos por ela e por um lance de degraus acarpetados à esquerda. Um longo e reto corredor com várias portas fechadas. Ao final dele, via-se uma estrela que brilhava no céu, atrás da tela de uma janela. Prue bateu na porta próxima à tela, abriu-a e deu um passo ao lado para eu ir na frente.

Era um escritório bem aconchegante, não grande demais. Havia um sofá junto à janela francesa, e um homem de paletó estava de pé, de costas, olhando para fora. Tinha cabelos grisalhos. Havia um grande cofre preto e cromado, alguns arquivos, um grande globo sobre um pedestal, um pequeno bar embutido e a costumeira escrivaninha executiva grande, ampla, pesada, com a costumeira cadeira de espaldar alto estofada em couro.

Olhei para os enfeites da mesa. Tudo era de cobre e tudo combinava. Uma lâmpada de cobre, um conjunto para caneta-tinteiro e uma pequena bandeja para lápis, um cinzeiro em cobre e em vidro com um elefante de cobre na borda, um abridor de cartas de cobre, uma garrafa térmica de cobre sobre uma bandeja de cobre, cantoneiras de cobre no mata-borrão. Havia um ramo de ervilhas-de-cheiro quase cor de cobre em um vaso de cobre.

Me pareceu cobre demais.

O homem junto à janela se virou e me mostrou que já entrava nos cinqüenta anos, que tinha cabelos cinzas aos montes e um rosto pesado e bonito com nada de muito particular a não ser uma pequena cicatriz na bochecha esquerda que praticamente reproduzia o efeito de uma profunda covinha. Lembrei da covinha. Eu teria esquecido o homem.

Lembrei que eu o tinha visto em filmes há muito tempo, pelo menos dez anos. Não lembrei quais filmes ou sobre o que eram ou o que ele fazia neles, mas lembrei do rosto moreno, pesado e bonito e da cicatriz. Seus cabelos eram escuros, naquela época.

Ele caminhou até a escrivaninha, sentou-se, apanhou o abridor de cartas e com a ponta deste cutucou o dedão. Olhou para mim sem expressão alguma e disse:

– Você é Marlowe?

Fiz que sim.

– Sente-se.

Sentei. Eddie Prue estava sentado em uma cadeira contra a parede e balançava-se para trás, tirando do chão as pernas dianteiras da cadeira.

– Não gosto de bisbilhoteiros – Morny disse.

Dei de ombros.

– Não gosto deles por uma série de razões – ele disse. – Não gosto deles de jeito nenhum e em nenhuma ocasião. Não gosto deles quando incomodam meus amigos. Não gosto deles quando se metem com a minha mulher.

Não falei nada.

– Não gosto deles quando interrogam o meu motorista ou quando dão uma de durões com os meus convidados – ele disse.

Não falei nada.

– Em suma – ele disse –: não gosto deles.

– Acho que estou começando a entender o que quer dizer – falei.

Ele ficou púrpura, e seus olhos faiscaram.

– Por outro lado – ele disse –, no momento pode ser que eu tenha alguma utilidade para você. Posso pagar para você jogar no meu time. Pode ser uma boa idéia. Posso pagá-lo para manter seu nariz longe dos meus negócios.

– Poderia me pagar quanto? – perguntei.

– Posso lhe dar tempo e saúde.

– Acho que já ouvi essa ladainha antes – falei. – Só não consigo dizer onde.

Ele depôs o abridor de cartas, escancarou uma porta da escrivaninha e tirou para fora uma garrafa de cristal. Ele derramou um pouco do líquido num copo, bebeu, colocou a tampa de volta na garrafa e tornou a guardá-la na escrivaninha.

– No meu ramo – ele disse –, caras durões custam dez centavos a dúzia. E durões iniciantes custam cinco centavos a dúzia. Cuide das suas coisas, eu vou cuidar das minhas, e não teremos problema algum.

Ele acendeu um cigarro. Suas mãos tremiam um pouco.

Olhei através do quarto até o homem alto sentado ereto contra a parede, como um vagabundo em um botequim de interior. Ele apenas ficava sentado ali, sem nenhum movimento, com os seus longos braços pendentes, seu rosto cinzento e enrugado cheio de nada.

– Alguém falou algo sobre um dinheiro – eu disse a Morny. – Para que isso? Eu sei a razão de toda essa choradeira. É você, tentando se convencer de que pode me assustar.

– Fale assim comigo – Morny disse – e você corre o risco de usar botões de chumbo e paletó de madeira.

– Ora, ora – falei. – O bom e velho Marlowe com botões de chumbo no paletó.

Eddie Prue fez um som seco na garganta que pode ter sido um engasgo.

– E quanto a eu cuidar dos meus problemas e não dos seus – falei –, pode ser que os meus problemas e os seus problemas se misturem um pouco. Mas não por culpa minha.

– Melhor que isso não aconteça – Morny disse. – Misturam-se de que jeito? – Ele levantou os olhos rapidamente e os deixou cair novamente.

– Bem, por exemplo, seu valentão aqui me telefonando e tentando me apavorar. E mais tarde da noite me ligando e falando sobre cinco notas de cem dólares e sobre como seria bom eu vir até aqui e falar com você. E, por exemplo, esse mesmo valentão, ou alguém que se parece exatamente como ele – o que não é muito provável –, seguindo por aí um colega meu que calhou de ser baleado essa tarde, na rua Court, em Bunker Hill.

Morny tirou o cigarro da boca e estreitou os olhos para olhar para a ponta dele. Cada movimento, cada gesto saído diretamente do catálogo.

– Quem foi baleado?

– Um cara chamado Phillips, um rapazinho jovem e loiro. Você não ia gostar dele. Era um bisbilhoteiro.

Descrevi Phillips.

– Nunca ouvi falar nesse sujeito – Morny disse.

– E, também, por exemplo, uma loira alta que não morava lá foi vista saindo do prédio logo após ele ter sido morto – falei.

– Que loira alta? – sua voz se alterou um pouco. Havia urgência nela agora.

– Não sei qual. Ela foi vista, e o homem que a viu poderia identificá-la, se a visse de novo. Claro, ela não necessariamente tem algo a ver com Phillips.

– Esse tal de Phillips era um detetive?

Aquiesci com a cabeça.

– Já falei isso duas vezes.

– Por que ele foi morto, e como?

– Tomou uma coronhada que o fez desmaiar e foi baleado no seu próprio apartamento. Não sabemos por que foi morto. Se soubéssemos, muito provavelmente saberíamos quem o matou. Parece ser essa a situação.

– Quem é "nós"?

– A polícia e eu. Eu o encontrei morto. Então tive que ficar por perto.

Prue abaixou as pernas dianteiras da sua cadeira no tapete em silêncio e olhou para mim. Seu olho bom tinha uma expressão sonolenta da qual não gostei.

Morny disse:

– E o que você falou aos tiras?

Respondi:

– Muito pouco. Concluo, a partir dos seus comentários, que você sabe que estou procurando por Linda Conquest.

A senhora Leslie Murdock. Encontrei-a. Ela está cantando aqui. Não sei por que tanto segredo. Parece-me que a sua mulher e o senhor Vannier bem que poderiam ter me dito. Mas não disseram.

– O que a minha mulher diria a um bisbilhoteiro – Morny disse – não encheria o olho de um mosquito.

– Sem dúvida ela tinha as suas razões – falei. – De qualquer forma, isso não é muito importante agora. Na realidade, sequer é muito importante que eu veja a senhorita Conquest. Mesmo assim, eu gostaria de falar um pouco com ela. Se não se importa.

– Digamos que eu me importe – Morny disse.

– Acho que mesmo assim vou querer falar com ela – respondi.

Tirei um cigarro do bolso e o girei entre os dedos, admirando as sobrancelhas grossas e ainda escuras de Morny. Tinham um formato bonito, uma curvatura elegante.

Prue tossiu. Morny olhou para ele, franziu o cenho e olhou de volta para mim, mantendo a testa franzida.

– Perguntei o que você disse aos tiras – ele disse.

– Falei a eles o mínimo possível. Que esse cara, Phillips, pediu que eu fosse vê-lo. Me deu a entender que estava muito envolvido em um trabalho que estava lhe cheirando mal e que precisava de ajuda. Quando cheguei lá, ele estava morto. Foi isso o que falei à polícia. Eles acharam que não contei toda a história. E provavelmente não contei. Ainda tenho até amanhã ao meio-dia para contar-lhes o resto. De modo que estou tentando descobrir o resto.

– Perdeu seu tempo vindo aqui – Morny disse.

– Eu tinha entendido que eu tinha sido chamado.

– Você pode voltar para o inferno a qualquer hora que quiser – Morny disse. – Ou pode fazer um pequeno servicinho para mim. Por quinhentos dólares. Seja como for, deixará Eddie e eu de fora de qualquer conversa que tiver com a polícia.

– Qual a natureza do serviço?

– Você esteve na minha casa esta manhã. Deve fazer uma idéia.

– Não trato de casos de divórcio.

Seu rosto ficou branco.

– Eu amo a minha mulher – ele disse. – Estamos casados há apenas oito meses. Não quero divórcio algum. Ela é uma moça doce, e via de regra, sabe das coisas. Mas acho que no momento ela está jogando um jogo errado.

– Errado em que sentido?

– Não sei. É isso que quero descobrir.

– Deixe eu entender isso direitinho – falei. – Você está me contratando para eu fazer um serviço – ou para eu abandonar um serviço que já tenho?

Prue tossiu contra a parede.

Morny serviu-se de um pouco mais de brandy e virou o líquido rápido para dentro da garganta. As cores voltaram um pouco ao seu rosto. Ele não me respondeu.

– E deixe eu entender outra coisa direitinho – falei. – Não se importa que a sua mulher se divirta por aí, mas não quer que ela se divirta por aí com alguém chamado Vannier. É isso?

– Confio no coração dela – ele disse, lentamente. – Mas não confio no julgamento dela em relação aos outros. Coloquemos as coisas assim.

– E quer que eu descubra algo sobre esse homem, Vannier?

– Quero que descubra qual a jogada dele.

– Oh. Ele tem uma jogada?

– Acho que sim. Não sei bem qual.

– Você acha que ele tem – ou quer achar que ele tem?

Ele me encarou com superioridade por um momento, então puxou a gaveta do meio da escrivaninha, enfiou a mão lá dentro e jogou um papel dobrado na minha direção. Apanhei-o e o desdobrei. Era uma cópia carbono de um recibo. *Cal-Western Companhia de Equipamentos Dentários*, e um endereço. A nota era por quinze quilos de cristobalite Kerr, US$ 15,75, e doze quilos de albastone branco, US$ 7,75 mais taxas. Estava no nome de *H. R. Teager*, e havia um carimbo dizendo *pago*. Estava assinado: *L. G. Vannier.*

Coloquei o papel sobre a mesa.

– Isso caiu do bolso dele uma noite, quando ele estava aqui – Morny disse. – Há cerca de dez dias. Eddie pôs um dos seus enormes pés sobre ele, Vannier não percebeu que o havia deixado cair.

Olhei para Prue, e então para Morny, e então para o meu dedão.

– Isso deve significar algo para mim?

– Achei que era um detetive esperto. Imaginei que pudesse descobrir.

Olhei para o papel novamente, dobrei-o e o coloquei no bolso.

– Imagino que você não o daria para mim a menos que significasse alguma coisa – falei.

Morny foi até o cofre preto e cromado que ficava contra a parede e o abriu. Voltou com cinco notas novinhas espalhadas entre os seus dedos como uma mão de pôquer. Arrumou-as uma sobre as outras, folheou-as ligeiramente e as jogou sobre a escrivaninha, à minha frente.

– Aqui estão suas cinco notas de cem – ele disse. – Tire Vannier da vida da minha mulher e receberá outra quantia igual. Não me importo sobre como vai fazê-lo e não quero saber nada sobre como vai fazê-lo. Apenas o faça.

Mexi nas notas novas e crocantes com dedos ávidos. Então as empurrei na direção dele.

– Pode me pagar quando, e se, eu terminar o serviço – falei. – Hoje meu pagamento será uma rápida conversa com a senhorita Conquest.

Morny não tocou o dinheiro. Ele levantou a garrafa quadrada e serviu-se outro drinque. Desta vez serviu um para mim e o empurrou sobre a mesa.

– E quanto ao assassinato de Phillips – falei –, o Eddie aqui estava meio que seguindo Phillips. Quer me dizer por quê?

– Não.

– O problema com um caso destes é que a informação pode vir de outra pessoa. Quando um assassinato chega aos jornais, nunca se sabe como a história será contada. Se isso acontecer, você vai colocar a culpa em mim.

Ele me olhou por um tempo e disse:

– Acho que não. Eu estava meio amargo quando você chegou, mas você se comportou muito bem. Vou correr o risco.

– Obrigado – falei. – Se importaria de me dizer por que fez Eddie ligar para mim e tentar me apavorar?

Ele olhou para baixo e tamborilou os dedos na mesa.

– Linda é uma velha amiga minha. O jovem Murdock esteve aqui hoje à tarde para vê-la. Ele contou a ela que você estava trabalhando para a senhora Murdock. Ela contou para mim. Eu não sabia qual era o serviço. Você diz que não faz divórcios, então não podia ser que a velha tivesse contratado você para armar algo do tipo – ele levantou os olhos nas últimas palavras e os fixou em mim.

Eu o encarei de volta e esperei.

– Acho que simplesmente sou um cara que gosta dos amigos – ele disse. – E que não quer que eles sejam importunados por detetives.

– Murdock lhe deve algum dinheiro, não é verdade?

Ele franziu o cenho.

– Não discuto coisas deste tipo.

Ele terminou o drinque, balançou a cabeça e se levantou:

– Vou mandar Linda vir falar com você. Leve o seu dinheiro.

Ele foi até a porta e saiu. Eddie Prue descontraiu seu longo corpo, se levantou, me deu um sorriso cinza e difuso que não significava absolutamente nada e saiu, atrás de Morny.

Acendi outro cigarro e olhei mais uma vez para a nota da companhia de equipamentos dentários. Caminhei até a janela e fiquei olhando para fora, para além do vale. Um carro serpenteava, subindo a colina na direção de uma grande casa com uma torre que tinha uma metade feita de tijolos de vidro com luzes por trás. Os faróis do carro atravessaram a casa e se voltaram para dentro da garagem. As luzes se apagaram, e o vale pareceu ainda mais escuro.

Estava muito silencioso e fresco agora. A banda de

música parecia estar em algum lugar sob os meus pés. O som vinha abafado, e não era possível distinguir a melodia.

Linda Conquest entrou pela porta aberta atrás de mim, fechou-a e ficou me olhando com uma luz fria nos olhos.

Capítulo dezenove

Ela se parecia com a fotografia que eu tinha dela, e ao mesmo tempo não se parecia. Tinha a boca larga e sensual, o nariz pequeno, os olhos grandes e frios, o cabelo escuro dividido no meio, com um risco claro e longo. Estava vestindo um casaco branco sobre o vestido, com a gola virada para cima. Estava com as mãos enfiadas nos bolsos do casaco e tinha um cigarro na boca

Ela parecia mais velha, seus olhos estavam mais duros, e seus lábios pareciam ter esquecido como sorrir. Eles sorriam quando ela cantava, aquele sorriso artificial de palco. Mas em repouso eles eram finos, tensos e bravos.

Ela foi até a mesa e ficou olhando para baixo, como se contando os enfeites de cobre. Ela avistou a garrafa de cristal, tirou a tampa, serviu-se de um drinque e o entornou com um rápido golpe do pulso.

– Você é um tal de Marlowe? – ela perguntou, olhando para mim.

Ela apoiou os quadris contra a extremidade da escrivaninha e cruzou os tornozelos.

Eu disse que sim, eu era um homem chamado Marlowe.

– De um modo geral – ela disse –, tenho certeza de que não vou gostar nem um pouquinho de você. Então diga o que tem a dizer e desapareça.

– O que eu gosto neste lugar é que tudo é exatamente como manda o figurino – falei. – O tira no portão, o brilho da porta, as garotas dos cigarros e as atendentes, o judeu sensual gordo e pegajoso com a dançarina longilínea oficialmente entediada, o gerente bem vestido, bêbado e horrivelmente rude xingando o barman, o cara silencioso com uma arma, o proprietário de boate com o cabelo levemente grisalho e os maneirismos de filmes B, e agora você: a morena alta e fogosa com o olhar negligente, a voz rouca e o vocabulário durão.

Ela disse:

– É mesmo? – e encaixou o cigarro entre os lábios e baforou lentamente. – E o detetive metido a esperto com piadas do ano passado e um sorriso pretensioso?

– Afinal, o que me dá o direito de falar com você, não é mesmo?

– Vou cair na sua armadilha. O que lhe dá o direito?

– Ela o quer de volta. Rápido. Tem de ser rápido, ou vai haver problemas.

– Pensei – ela começou a dizer mas parou subitamente. Observei-a enquanto removia do rosto o súbito traço de interesse ao brincar com o cigarro e ao inclinar a cabeça. – Ela quer o quê de volta, sr. Marlowe?

– O Dobrão Brasher.

Ela levantou os olhos até mim e balançou a cabeça, recordando-se, mostrando que se recordava.

– Oh, o Dobrão Brasher.

– Aposto que você o esqueceu completamente – falei.

– Bem, não. Já o vi algumas vezes – ela disse. – Ela o quer de volta, você disse. Quer dizer que ela acha que eu o peguei?

– É. Exatamente.

– É uma velha mentirosa e suja – Linda Conquest disse.

– Pensar que os outros são mentirosos nem sempre faz eles serem mentirosos. Às vezes apenas faz com que estejam enganados. Ela está enganada?

– Por que eu roubaria a moeda idiota dela?

– Bem... vale um bocado de dinheiro. Ela acha que você pode estar precisando de dinheiro. Pelo que sei, ela não foi muito generosa.

Ela riu um risinho contido e cheio de desprezo.

– Não – ela disse. – A senhora Elizabeth Murdock não poderia ser enquadrada como uma pessoa muito generosa.

– Talvez você tenha pego a moeda por despeito, ou algo assim – falei, esperançoso.

– Talvez eu devesse lhe dar um tapa na cara.

Ela apagou o cigarro no cinzeiro tamanho aquário do Morny, enfiando distraidamente o abridor de cartas na bagana amassada e deixando o cigarro cair na lata de lixo.

– Mudando para assuntos mais importantes – falei –: você vai lhe dar o divórcio?

– Por 25 mil – ela disse, sem olhar para mim – eu teria prazer em fazê-lo.

– Você não está apaixonada por esse sujeito, hein?

– Está despedaçando o meu coração, Marlowe.

– Ele está apaixonado por você – falei. – Afinal, você se *casou* com ele.

Ela me olhou com tédio.

– Cavalheiro, não pense que não paguei por esse erro.

E acendeu outro cigarro.

– Mas uma garota precisa viver. E nem sempre é tão fácil quanto parece. E então uma garota pode cometer um erro, casar com o cara errado e com a família errada, procurando por algo que não está lá. Segurança, ou seja o que for.

– E sem precisar sentir amor algum para fazê-lo – falei.

– Não quero ser cínica demais, Marlowe. Mas você ficaria surpreso com a quantidade de garotas que se casam para encontrar um lar, especialmente as garotas que estão cansadas de lutar contra esse tipo de otimismo que freqüenta esses antros de gim e brilhos.

– Você tinha um lar e desistiu dele.

– O preço era alto demais. Aquele barril de vinho do porto deixou as coisas difíceis demais. Que tal é ela como cliente?

– Já tive piores.

Ela tirou um floco de tabaco dos lábios.

– Percebeu o que ela está fazendo com aquela moça?

– Merle? Reparei que a estava xingando.

– Não é apenas isso. Ela a usa como a uma boneca. A garota sofreu algum tipo de trauma, e a velha bruta usa isso para dominá-la completamente. Quando há visitas, ela grita com a garota, mas, quando estão sozinhas, chega a acariciar o cabelo dela e a sussurrar no seu ouvido. E a menina treme toda.

– Não cheguei a perceber tudo isso – falei.

– A moça é apaixonada por Leslie, mas não sabe. Emocionalmente ela é como uma criança de dez anos de idade. Algo engraçado vai acontecer naquela família um dia desses. Fico feliz porque não vou estar lá.

Falei:

– Você é uma garota esperta, Linda. E é durona e sabe das coisas. Suponho que quando se casou pensou que conseguiria colocar as mãos num bom dinheiro.

Ela retorceu os lábios.

– Pensei que ao menos seriam umas boas férias. Não foi nem mesmo isso. Eis uma mulher sagaz e sem escrúpulos, Marlowe. Seja lá o que for que ela tenha pedido para você fazer, nada é o que ela diz. Ela está tramando algo. Tome cuidado.

– Ela seria capaz de matar um ou dois homens?

Ela riu.

– Não estou brincando – falei. – Dois homens foram mortos, e pelo menos um deles tem envolvimento com moedas raras.

– Não estou entendendo – ela me olhou, direta. – Assassinados, quer dizer?

Balancei a cabeça.

– Você contou isso ao Morny?

– Sobre um deles.

– Contou à polícia?

– Sobre um deles. O mesmo.

Seus olhos se movimentaram sobre o meu rosto. Ficamos olhando um para o outro. Ela parecia um pouco pálida, ou apenas cansada. Achei que ela estava um pouco mais pálida do que antes.

– Está inventando tudo isso – ela disse, entre os dentes.

– Sobre o Dobrão Brasher? – falei. – Você não o pegou. Oquei. E quanto ao divórcio?

– Não é problema seu.

– Concordo. Bem, obrigado por falar comigo. Conhece um cara chamado Vannier?

– Sim – e nesse momento seu rosto se congelou. – Não muito. É um amigo de Lois.

– Um amigo muito íntimo.

– Um dia desses ele é bem capaz de se transformar no principal convidado de um pequeno funeral, também.

– Sugestões – falei – foram feitas nesse sentido. Há algo sobre esse cara. Cada vez que o nome dele aparece, estraga a festa.

Ela me olhou e não disse nada. Achei que uma idéia estava surgindo por trás dos seus olhos, mas, se estava, não deu o ar da graça. Ela disse, em um tom de voz baixo:

– Morny vai matar Vannier com toda a certeza, se ele não largar a Lois.

– Estou com você. Lois cai por qualquer par de calças. Qualquer um vê isso.

– Talvez Alex seja a única pessoa que não o percebe.

– Vannier não tem nada a ver com o meu caso, de qualquer forma. Não tem relação alguma com os Murdocks.

Ela levantou um canto da boca e disse:

– Não? Deixe eu lhe contar uma coisa. Embora eu não tenha razão nenhuma para fazer isso. Simplesmente, sou uma moça de grande coração. Vannier conhece Elizabeth Bright Murdock, e muito bem. Ele nunca foi até a casa, a não ser uma vez, enquanto eu ainda morava lá. Mas ligou várias vezes. Atendi algumas das ligações. Sempre pedia para falar com Merle.

– Ora, que estranho – falei. – Merle, é?

Ela se inclinou para esmagar o cigarro e mais uma vez esfaqueou a bituca e a derrubou na cesta de lixo.

– Estou muito cansada – ela disse, de repente. – Por favor, vá embora.

Fiquei ali por um momento, olhando para ela e pensando. Então falei:

– Boa noite, e obrigado. Boa sorte.

Saí e a deixei ali em pé, com as mãos nos bolsos do casaco branco, a cabeça inclinada e os olhos fitando o chão.

Eram duas horas quando voltei a Hollywood, guardei o carro e subi ao meu apartamento. O vento havia se dissipado, mas o ar ainda tinha aquela secura e aquela luminosidade do deserto. O ar do apartamento estava parado, e a ponta do charuto de Breeze o deixara ainda pior. Abri as janelas e arejei o lugar enquanto tirava a roupa e esvaziava os bolsos do meu paletó.

Deles, juntamente com outras coisas, surgiu o recibo da firma de materiais dentários. Ainda parecia um recibo para um tal H. R. Teager por quinze quilos de cristobalite e doze quilos de albastone.

Puxei a lista telefônica para cima da mesa da sala de estar e procurei por Teager. E então minha confusa memória teve um clique e tudo entrou no lugar. Seu endereço era rua Nove Oeste, 422. O endereço do Edifício Belfont era rua Nove Oeste, 422.

Laboratório dentário H. R. Teager tinha sido um dos nomes que vi nas portas do sexto andar do Edifício Belfont quando eu me esgueirei pela escada de incêndio do escritório de Elisha Morningstar.

Mas até mesmo os Pinkertons têm que dormir, e Marlowe precisava muito, muito mais do que os Pinkertons. Fui para a cama.

Capítulo vinte

Estava tão quente em Pasadena quanto o dia anterior, e a enorme casa de tijolos vermelhos escuros na avenida Dresden parecia igualmente fresca, e o pequeno negro pintado à espera no jardim parecia igualmente triste. As mesmas borboletas aterrissaram no mesmo arbusto de hortênsias – ou pelo menos parecia o mesmo –, o mesmo cheiro pesado de verão pairava sobre a manhã, e a mesma velha ranzinza com voz do agreste selvagem abriu quando bati.

Ela me conduziu pelos mesmos corredores para a mesma sala escura. Nela, a senhora Elizabeth Bright Murdock estava sentada na mesma *chaise longue* e, enquanto eu entrava, ela se servia de uma dose do que parecia ser a mesma garrafa de porto, mas era provavelmente uma neta daquela.

A criada fechou a porta, eu me sentei e coloquei o meu chapéu sobre o chão, exatamente como no dia anterior. A senhora Murdock me deu o mesmo olhar direto e ríspido e disse:

– E então?

– As coisas vão mal – falei. – A polícia está atrás de mim.

Isso não pareceu alterá-la nem um pouco.

– Realmente. Achei que você fosse mais competente do que isso.

Varri aquilo pro lado e disse:

– Quando saí daqui ontem de manhã, um homem me seguiu em um cupê. Não sei o que ele estava fazendo aqui ou como ele chegou até aqui. Suponho que tenha me seguido na vinda, mas tenho minhas dúvidas a respeito. Despistei-o, mas ele apareceu de novo no corredor do prédio do meu escritório. Me seguiu novamente, então o convidei a me explicar o porquê, e ele disse que sabia quem eu era e que precisava de ajuda e pediu para eu ir até o seu apartamento em Bunker Hill, para ter uma conversa com ele. Fui, depois de ter estado com o senhor Morningstar, e encontrei o homem morto e baleado no chão do seu próprio banheiro.

A senhora Murdock bebericou um pouco de porto. Sua mão pode ter tremido um pouco, mas a luz do cômodo era fraca demais para eu ter certeza. Ela pigarreou.

– Continue.

– O nome dele é George Anson Phillips. Um cara jovem e loiro, bastante estúpido. Alegou ser um detetive particular.

– Nunca ouvi falar nele – a senhora Murdock disse com frieza. – Nunca o vi, que eu saiba, e não sei nada sobre ele. Acha que eu o contratei para seguir você?

– Eu não sabia o que pensar. Ele falou sobre juntarmos

as nossas forças e me deu a impressão de que estava trabalhando para algum membro da sua família. Mas ele não disse isso com todas as letras.

– Ele não estava. Pode ter certeza quanto a isso – a voz de barítono era mais firme que uma rocha.

– Acho que não sabe tanto sobre a sua família quanto acha que sabe, senhora Murdock.

– Sei que esteve interrogando meu filho. Contrariamente às minhas ordens – ela disse, friamente.

– Não o interroguei. *Ele* me interrogou. Ou tentou.

– Vamos discutir sobre isso depois – ela disse, asperamente. – E quanto a este homem que você encontrou morto? Está envolvido com a polícia por causa dele?

– Naturalmente. Eles querem saber por que ele me seguiu, em que eu estava trabalhando, por que ele falou comigo, por que pediu que eu fosse até o apartamento dele e por que eu fui. Mas isso é da missa a metade.

Ela terminou o porto do cálice e serviu mais uma dose.

– Como vai a sua asma? – perguntei.

– Mal – ela disse. – Continue com a sua história.

– Falei com o senhor Morningstar. Contei isso à senhora no telefone. Ele disse que não estava com o Dobrão Brasher, mas admitiu que havia sido oferecido para ele e que poderia comprá-lo. Conforme já lhe falei. Então a senhora me disse que o dobrão já havia sido devolvido, e cá estamos.

Esperei, achando que ela poderia me contar alguma história sobre como a moeda havia sido devolvida, mas ela apenas me encarou inexpressivamente por sobre o cálice de vinho.

– Então, como eu fiz uma espécie de combinação com o senhor Morningstar para pagar mil dólares pela moeda...

– Você não tinha autoridade para fazer uma coisa dessas – ela latiu.

Eu balancei a cabeça, concordando.

– Talvez eu estivesse apenas provocando-o um pouco – falei. – E sei que eu estava provocando um pouco a mim mesmo. De qualquer forma, depois do que a senhora me disse ao telefone, tentei entrar em contato com ele para avisá-lo de que o negócio não sairia. O endereço dele não está na lista telefônica, exceto o do escritório. Fui até o escritório. Era bem tarde. O ascenscrista disse que ele ainda estava lá. Estava caído de costas, no chão, morto. Morto com uma porrada na cabeça e de susto, aparentemente. Homens velhos morrem com facilidade. O golpe na cabeça pode não ter sido dado com intenção de matá-lo. Liguei ao pronto-socorro, mas não forneci meu nome.

– Isso foi muito sábio da sua parte.

– Foi? Foi gentil da minha parte, mas não sei se chamaria isso de sábio. Quero ser legal, senhora Murdock. A senhora entende isso, ao seu modo cru, espero. Mas dois assassinatos aconteceram em questão de horas e ambos corpos foram encontrados por mim. E ambas as vítimas estavam ligadas – de algum modo – ao Dobrão Brasher.

– Não estou entendendo. Este outro, o jovem, também?

– Sim. Não lhe falei no telefone? Achei que tinha falado – franzi as sobrancelhas, tentando me lembrar. Eu tinha certeza de que havia falado.

Ela disse, com calma:

– É possível. Eu não estava prestando muita atenção ao que você dizia. Entenda, o dobrão já havia sido devolvido, e você parecia um pouco bêbado.

– Eu não estava bêbado. Posso ter ficado um pouco em choque, mas não estava bêbado. A senhora trata tudo isso de um jeito muito calmo.

– O que quer que eu faça?

Inspirei profundamente.

– Já estou ligado a um assassinato, por ter encontrado o corpo e ter avisado à polícia. Posso, agora, ser ligado a outro, por ter encontrado o corpo e *não* ter avisado à polícia. O que é muito mais sério para mim. Do jeito que as coisas estão, tenho até o meio-dia de hoje para revelar o nome do meu cliente.

– Isso – ela disse, ainda calma demais para o meu gosto – seria uma quebra de sigilo. Não vai fazer isso, tenho certeza.

– Eu gostaria que a senhora deixasse esse maldito porto de lado por um momento e fizesse algum esforço para entender a situação – joguei-lhe na cara.

Ela pareceu vagamente surpresa e empurrou o cálice para longe de si – a uma distância de umas quatro polegadas.

– Esse cara, Phillips – falei –, tinha um registro de detetive particular. Como é que eu o encontrei morto? Porque ele me seguiu, e eu falei com ele, e ele me pediu para ir até o apartamento dele. E quando cheguei lá, ele estava morto. A polícia sabe de tudo isso. Pode até ser que eles acreditem nisso. Mas eles não acreditam que a conexão entre Phillips e eu seja assim tão acidental. Eles acham que havia alguma ligação mais profunda entre nós e insistem em saber o que eu estou fazendo, para quem estou trabalhando. Está claro?

– Dará um jeito de sair dessa – ela disse. – Entendo que isso vá me custar um pouco de dinheiro, claro.

Senti como se estivessem beliscando o meu nariz. Minha boca ficou seca. Eu precisava de ar. Inspirei profundamente mais uma vez e com o olhar dei outro mergulho no monte de banha de baleia que estava sentado na minha frente, do lado do cômodo, na *chaise longue* vermelha, de um modo tão imperturbável quanto um presidente de um banco recusando um pedido de empréstimo.

– Estou trabalhando para a senhora – falei –, agora, essa semana, hoje. Na próxima semana estarei trabalhando para outra pessoa, espero. E na semana depois dessa, para uma terceira pessoa. Para fazer isso, preciso estar em termos razoáveis com a polícia. Eles não precisam me amar, mas precisam ter uma certeza razoável de que não os estou enganando. Vamos supor que Phillips não soubesse nada sobre o Dobrão Brasher. Suponhamos, até mesmo, que ele sabia sobre a moeda, mas que a morte dele nada teve a ver com ela. Ainda assim tenho de dizer aos tiras o que sei sobre ele. E eles precisam interrogar qualquer pessoa que queiram interrogar. Não consegue entender isso?

– A lei não lhe assegura o direito de proteger um cliente?

– ela lascou. – Se não assegura, qual a utilidade de se contratar um detetive?

Eu me levantei, caminhei ao redor da minha cadeira e sentei novamente. Me inclinei para a frente, pus as mãos sobre os joelhos e os apertei até que os meus artelhos ficassem brancos.

– A lei, seja o que for, é uma questão de dar e receber, senhora Murdock. Como a maior parte das coisas. Mesmo se eu tivesse o direito legal de me fechar como uma ostra – recusando-me a falar – e conseguisse me safar disso uma vez, mesmo assim seria o fim da minha carreira. Eu seria um cara marcado. De um jeito ou de outro, eles iriam me ferrar. Eu valorizo o seu caso, senhora Murdock, mas não o suficiente para cortar a garganta pela senhora e sangrar até a morte no seu colo.

Ela apanhou o copo e o esvaziou.

– Você fez uma bela de uma confusão – ela disse. – Não achou a minha nora e não achou meu Dobrão Brasher. Mas achou um par de homens mortos com os quais nada tenho a ver e arrumou cuidadosamente as coisas de maneira que devo contar à polícia todos os meus assuntos privados e particulares para protegê-lo da sua própria incompetência. É isso que estou vendo. Se estou errada, por favor me corrija.

Ela se serviu de um pouco mais de vinho, sorveu-o rápido demais e teve um ataque de tosse. Sua mão trêmula deslizou para o cálice sobre a mesa, derramando vinho. Ela se jogou para a frente no assento e seu rosto ficou púrpura.

Num pulo fui até onde ela estava e dei um tapa nas suas costas carnudas que faria estremecer o prédio da Prefeitura.

Ela deixou escapar um gemido estrangulado, tomou fôlego arquejando e parou de tossir. Apertei um dos botões do interfone e quando alguém respondeu, num som metálico e alto, pelo orifício do aparelho, falei:

– Traga um copo d'água para a senhora Murdock, rápido! – e soltei o botão.

Sentei-me novamente e observei enquanto ela se recompunha. Quando sua respiração se acalmou, falei:

– Você não é durona. Apenas acha que é. Tem vivido há muito tempo com pessoas que têm medo de você. Espere até dar de cara com a lei. Esses rapazes são profissionais. Você é apenas uma amadora mimada.

A porta se abriu, e a empregada trouxe um jarro de água e um copo. Ela os colocou sobre a mesa e foi embora.

Servi um copo d'água à senhora Murdock e o pus na sua mão.

– Beba devagar. Não vai gostar nada do gosto, mas não vai lhe fazer mal.

Ela tomou alguns goles, então bebeu metade do copo, deixou-o de lado e enxugou os lábios.

– E pensar – ela disse, irritadiça – que de todos os detetives de aluguel que eu poderia ter contratado eu tinha que escolher logo um homem que me insultaria em minha própria casa.

– Isso tampouco vai levá-la a lugar algum – falei. – Não temos muito tempo. Qual será a nossa história para a polícia?

– A polícia não significa nada para mim. Absolutamente nada. E se der meu nome a eles, vou encarar isso como uma quebra completamente suja de sigilo.

Isso me levou de volta ao ponto de partida.

– Assassinatos mudam tudo, senhora Murdock. Não se pode ficar calado em um caso de assassinato. Teremos de explicar a eles por que e para que me contratou. Não vão publicar nos jornais, sabe. Isto é, não vão, se acreditarem. Certamente não vão acreditar que a senhora me contratou para investigar Elisha Morningstar apenas porque ele lhe ligou e queria comprar o dobrão. Pode ser que eles não descubram que a senhora não poderia ter vendido a moeda, se quisesse, por que pode ser que eles não encarem a coisa por esse lado. Mas não vão acreditar que contratou um detetive particular apenas para investigar um possível comprador. Por que a senhora faria isso?

– Isso é problema meu, não?

– Não. Não se pode espantar os tiras desse jeito. É preciso satisfazê-los e fazê-los acreditarem que está sendo sincera, cooperando e que não tem nada a esconder. Enquanto acharem que está escondendo algo, não a deixarão em paz. Conte uma história plausível e razoável e eles irão embora, felizes. E a história mais razoável e plausível é sempre a verdade. Alguma objeção em revelá-la?

– Toda e qualquer objeção possível – ela disse. – Mas parece não fazer muita diferença. Precisa dizer a eles que eu suspeitava que a minha nora tivesse roubado a moeda, e que eu estava errada?

– Seria o ideal.

– E que a moeda foi devolvida, e como?

– Seria o ideal.

– Isso vai me humilhar profundamente.

Dei de ombros.

– Você é um animal calejado – ela disse. – É um peixe de sangue-frio. Não gosto de você. Me arrependo amargamente de tê-lo conhecido.

– O sentimento é mútuo – falei.

Ela levou um dedo gordo até um botão e latiu dentro do interfone.

– Merle. Peça ao meu filho para vir aqui agora mesmo. E acho que você também pode vir junto com ele.

Ela soltou o botão, apertou as mãos grossas uma contra a outra e deixou-as cair pesadamente sobre as coxas. Seus olhos vazios subiram até o teto.

Sua voz era calma e triste, e dizia:

– Meu filho pegou a moeda, senhor Marlowe. Meu filho. Meu próprio filho.

Não falei nada. Ficamos sentados ali, olhando um para o outro. Em poucos minutos ambos vieram, e ela latiu para eles sentarem.

Capítulo vinte e um

Leslie Murdock estava vestindo uma calça esverdeada, e seu cabelo parecia úmido, como se ele tivesse acabado de tomar uma ducha. Ele sentou inclinado para a frente, olhando para os sapatos brancos de antílope nos seus pés e girando um anel no dedo. Não trazia a sua longa piteira preta e parecia um tanto solitário sem ela. Até mesmo seu bigode parecia mais caído do que parecera no meu escritório.

Merle Davis parecia exatamente igual ao dia anterior. Provavelmente ela sempre parecia igual. Seu cabelo loiro-cobre estava amarrado firmemente, seus óculos de aro de tartaruga pareciam igualmente grandes e vazios, e os olhos por trás deles, igualmente vagos. Ela estava até mesmo usando o mesmo vestido de linho com mangas curtas e nenhum enfeite, nem mesmo brincos.

Tive a curiosa sensação de estar vivendo uma segunda vez algo que já havia acontecido.

A senhora Murdock bebericou do seu porto e disse, calmamente:

– Muito bem, meu filho. Conte ao senhor Marlowe sobre o dobrão. Receio que ele precise saber.

Murdock olhou para mim rapidamente e então deixou seus olhos cair, de novo. Sua boca estava contraída. Quando falou, sua voz não tinha expressão, era um som simples e monocórdio, como um homem fazendo uma confissão depois de uma exaustiva batalha com a sua consciência.

– Como lhe falei ontem, em seu escritório, devo um monte de dinheiro a Morny. Doze mil dólares. Eu neguei, depois, mas é verdade. Devo-lhe dinheiro. Não queria que mamãe soubesse. Ele estava me pressionando bastante pelo pagamento. Acho que eu sabia que eu teria de contar a ela no final das contas, mas fui fraco o suficiente para tentar abafar o assunto. Peguei o dobrão, usando as chaves de mamãe uma tarde, enquanto ela dormia e Merle estava fora. Dei-o a Morny, e ele concordou em guardá-lo como uma garantia, pois expliquei-lhe que ele não conseguiria os doze mil dólares a menos que pudesse relatar a origem da moeda e provar que ela era legitimamente propriedade sua.

Ele parou de falar e levantou os olhos na minha direção para ver se eu estava engolindo a história. A senhora

Murdock mantinha os olhos cravados no meu rosto. A moça estava olhando para Murdock com a boca entreaberta e uma expressão de sofrimento no rosto.

Murdock continuou.

– Morny me deu um recibo, no qual concordava em guardar a moeda e não vendê-la sem aviso prévio. Algo assim. Não sei se isso tinha validade legal. Quando este homem, Morningstar, ligou e perguntou sobre a moeda, imediatamente suspeitei que Morny estava tentando vendê-la ou, pelo menos, pensando em vendê-la e estava tratando de conseguir uma avaliação com alguém que entendia de moedas raras. Fiquei intensamente assustado.

Ele olhou para cima novamente e fez uma espécie de careta para mim. Talvez fosse a cara de alguém ficando intensamente assustado. Então ele tirou o lenço do bolso, enxugou a testa e ficou sentado, segurando-o entre as mãos.

– Quando Merle me disse que mamãe havia contratado um detetive... Merle não deveria ter me contato, mas mamãe prometeu não xingá-la por isso – ele olhou para a mãe.

O velho cavalo de guerra cerrou as mandíbulas com um ar feroz. A mocinha ainda mantinha os olhos no rosto dele e não pareceu muito preocupada quanto a ser xingada. Ele continuou:

– Então tive certeza que ela havia dado pela falta do dobrão e por isso havia contratado você. Não acreditei que ela o tivesse contratado para encontrar Linda. O tempo todo eu sabia onde Linda estava. Fui até o seu escritório para ver o que eu conseguia descobrir. Não descobri muita coisa. Então fui ver Morny ontem de tarde e contei tudo a ele. Primeiro ele riu na minha cara, mas, quando contei-lhe que nem mesmo a minha mãe podia vender a moeda sem violar os termos do testamento de Jasper Murdock e que ela certamente colocaria a polícia atrás dele quando eu dissesse a ela onde a moeda estava, então ele afrouxou. Ele se levantou, foi até o cofre, tirou a moeda de lá e a entregou para mim sem nenhuma palavra. Devolvi-lhe o recibo de caução e ele o rasgou. Então eu trouxe a moeda para casa e contei tudo à mamãe.

Ele parou de falar e enxugou o rosto novamente. Os olhos da menina moviam-se para cima e para baixo, acompanhando os movimentos da mão dele.

No silêncio que se seguiu, eu disse:

– Morny ameaçou você?

Ele balançou a cabeça.

– Ele disse que queria o seu dinheiro, que precisava dele e que eu tratasse de me mexer para providenciá-lo. Mas ele não estava me ameaçando. Foi muito decente, na verdade. Consideradas as circunstâncias.

– Onde foi isto?

– No Clube Idle Valley, no escritório dele.

– Eddie Prue estava lá?

A mocinha tirou rapidamente os olhos do rosto dele e olhou para mim. A senhora Murdock cortou, áspera:

– Quem é Eddie Prue?

– O guarda-costas de Morny – falei. – Não perdi *todo* o meu tempo ontem, senhora Murdock.

Olhei para o filho dela, esperando.

Ele disse:

– Não, não o vi. Conheço ele de vista, claro. Só é preciso vê-lo uma vez para se lembrar dele. Mas não estava por lá ontem.

Perguntei:

– Isto é tudo?

Ele olhou para a mãe. Ela disse, bruscamente:

– Não é o suficiente?

– Talvez – falei. – Onde está a moeda agora?

– Onde esperaria que ela estivesse? – ela latiu.

Quase falei a ela, só para vê-la saltar. Mas consegui me controlar. Falei:

– Parece que as coisas estão resolvidas, então.

A senhora Murdock disse, pesadamente:

– Dê um beijo na sua mãe, meu filho, e vá embora.

Ele se levantou, obediente, foi até ela e a beijou na testa. Ela acariciou a mão do filho. Ele saiu da sala com a cabeça caída e fechou a porta sem fazer barulho. Falei para Merle:

– É melhor pedir para ele ditar isso tudo para você exatamente do jeito que falou, fazer uma cópia e pedir para ele assinar.

Ela pareceu alvoroçada. A velha vociferou:

– Ela certamente não fará nada disso. Volte para o seu trabalho, Merle. Eu queria que você ouvisse isso. Se eu alguma vez a pegar de novo violando os meus segredos, você sabe o que vai acontecer.

A mocinha ficou de pé e sorriu para a senhora Murdock com olhos brilhantes.

– Oh, sim, senhora Murdock. Não o farei. Nunca. Pode confiar em mim.

– Espero que sim – o dragão velho grunhiu. – Saia.

Merle saiu suavemente.

Duas grandes lágrimas se formaram nos olhos da senhora Murdock e lentamente desceram pelo couro de elefante do seu rosto, chegaram aos cantos do seu nariz carnudo e deslizaram abaixo da sua boca. Ela vasculhou ao redor atrás do lenço, enxugou as lágrimas e depois os olhos. Guardou o lenço, apanhou seu vinho e disse, placidamente:

– Gosto muito do meu filho, senhor Marlowe. Muito. Isto tudo me entristece profundamente. Acha que ele terá de contar esta história à polícia?

– Espero que não – falei. – Ele teria um trabalhão para fazê-los acreditar.

Sua boca se abriu de um golpe e seus dentes lampejaram na minha direção em meio à luz difusa. Ela apertou os lábios e me lançou uma cara feia com a cabeça abaixada.

– O que, exatamente, quer dizer com isso? – ela disparou.

– Exatamente o que eu disse. A história não soa verdadeira. Parece fabricada, simples demais. Ele a inventou sozinho ou a senhora a bolou e ensinou a ele?

– Senhor Marlowe – ela disse, em uma voz triste –, está trotando sobre gelo muito fino.

Fiz um gesto de deixa-para-lá com a mão.

– E não estamos todos? Tudo bem, suponhamos que a

história seja verdadeira. Morny vai negá-la, e estaremos de volta ao ponto zero. Morny será obrigado a negá-la, porque de outro modo estaria ligado a um duplo assassinato.

– Qual o problema de ser exatamente essa a situação? – ela exclamou.

– Por que Morny, um homem rico, com proteção e alguma influência, se envolveria com dois assassinatos só para evitar de se ver envolvido com algo corriqueiro, como vender uma coisa que lhe foi dada como garantia? Não faz sentido para mim.

Ela me encarou, sem falar nada. Eu dei-lhe um sorriso irônico, porque pela primeira vez ela ia gostar de algo que eu iria dizer.

– Encontrei a sua nora, senhora Murdock. Acho muito estranho que o seu filho, que parece tão sob o seu controle, não tenha contado à senhora onde ela estava.

– Eu não perguntei isso a ele – ela disse em uma voz curiosamente baixa, para o seu padrão.

– Ela está de volta onde começou, cantando com a banda no Clube Idle Valley. Falei com ela. É uma garota bem difícil, num certo sentido. Não gosta muito da senhora. Não é impossível acreditar que ela tenha realmente pego a moeda, em parte por despeito. E é ainda menos impossível que Leslie soubesse disso ou que tenha descoberto e ficado calado para protegê-la. Ele diz que é muito apaixonado por ela.

Ela sorriu. Não era um sorriso bonito, estando no rosto que estava. Mas ainda assim era um sorriso.

– Sim – ela disse, suavemente. – Sim. Pobre Leslie. Ele faria isso. E nesse caso... – ela parou e seu sorriso se alargou até que praticamente se paralisou – e nesse caso minha querida nora pode estar envolvida em um assassinato.

Observei-a degustar a idéia por um quarto de minuto.

– E a senhora adoraria isso.

Ela aquiesceu, ainda sorrindo, saboreando a idéia antes de perceber a dureza da minha voz. Então seu rosto se contraiu, e seus lábios se fecharam. Entre os dentes ela disse:

– Não gosto do seu tom. Não gosto nem um pouco do seu tom de voz.

– Não a culpo – falei. – Eu mesmo não gosto dele. Não gosto de nada disso aqui. Não gosto dessa casa ou da senhora ou do ambiente de terror dessa espelunca, ou da cara de vítima da mocinha ou desse verme que é o seu filho, ou deste caso ou da verdade que não me contam e das mentiras que contam e...

Então ela começou a gritar, com gritos saindo de uma cara púrpura e furiosa, olhos injetados de fúria, cortantes de ódio:

– Saia daqui! Saia desta casa de uma vez por todas! Não demore mais um segundo! Saia!

Eu me levantei, apanhei o chapéu do chão e disse:

– Com todo o prazer.

Dirigi a ela um olhar cansado, caminhei até a porta, abri-a e saí. Fechei-a sem fazer barulho, segurando a maçaneta firmemente com a mão e fazendo a porta se acomodar num clique delicado.

Eu não tinha nenhuma razão para fazer isso.

Capítulo vinte e dois

Ouvi passos atrás de mim. Meu nome foi chamado, e continuei indo até chegar no meio da sala principal. Então parei, me virei e a deixei me alcançar, sem fôlego, seus olhos tentando saltar por trás dos óculos e seu brilhante cabelo loiro-cobre apanhando reflexos engraçados das janelas altas.

– Senhor Marlowe! Por favor! Por favor, não vá embora. Ela que falar com o senhor. Ela quer de verdade!

– Não estou interessado. Você está com batom vermelho carmim nos lábios, hoje. E fica bem.

Ela agarrou a minha manga.

– Por favor!

– Pros diabos com ela – falei. – Mande ela se jogar no

lago. Marlowe também pode se irritar. Mande ela pular duas vezes no lago, se uma não for suficiente. – Aquilo foi pouco inteligente, mas rápido.

Olhei para baixo, na direção da mão que segurava a minha manga, e a acariciei. Ela a retirou na hora, e seus olhos pareceram chocados.

– Por favor, senhor Marlowe. Ela está em apuros. Precisa da sua ajuda.

– Eu também estou em apuros – resmunguei. – Estou afundado até as orelhas em apuros. Por que você está chorando?

– Oh, eu realmente gosto dela. Sei que ela é ríspida e autoritária, mas seu coração é ouro puro.

– Que o coração dela vá para o inferno, também – falei. – Não espero ficar íntimo o suficiente dela para que isso faça alguma diferença para mim. Ela é uma velha gorda e mentirosa. Estou cansado dela. Ok, acho que ela está em apuros, mas não é problema meu. Preciso que me contem as coisas.

– Oh, tenho certeza de que se pelo menos o senhor fosse paciente...

Coloquei meu braço ao redor dos seus ombros, sem pensar. Ela deu um pulo de um metro, e seus olhos faiscaram de pânico.

Ficamos ali, olhando um para o outro, fazendo barulho com as nossas respirações, eu com a boca aberta, como sempre me acontece, ela com os lábios apertados e com as narinas pálidas tremendo. Por baixo da maquiagem mal feita, seu rosto estava pálido.

– Olhe – falei, lentamente –, alguma coisa lhe aconteceu quando você era uma garotinha?

Ela balançou a cabeça, muito rápido.

– Algum homem assustou você ou algo do tipo?

Ela balançou a cabeça positivamente, de novo. Mordeu o lábio inferior entre seus dentes brancos.

– E você é assim desde então?

Ela apenas ficou ali, branca.

– Olhe – falei –, não vou fazer nada que vá assustá-la. Nunca.

Seus olhos derreteram-se em lágrimas.

– Se toquei em você – falei –, foi apenas como tocar uma cadeira, ou uma porta. Não significou nada. Está claro?

– Sim – uma palavra saiu, finalmente. O pânico ainda convulsionava nas profundezas dos seus olhos, por trás das lágrimas. – Sim.

– Então está bem – falei. – Eu sou um cara comportado. Não precisa se preocupar comigo, nunca mais. Agora, veja Leslie. Ele tem a mente em outras coisas. Mas você sabe que ele é legal – nesse sentido, quero dizer. Certo?

– Oh, sim – ela disse. – Sim, absolutamente.

Leslie era o máximo. Para ela. Para mim ele era um punhado de cocô de passarinho.

– Agora, veja o velho barril de vinho – falei. – Ela é bruta, durona, acha que pode comer paredes e cuspir tijolos, grita com você, mas no fundo ela é correta com você, não é?

– Oh, ela é sim, senhor Marlowe. Eu estava tentando lhe dizer...

– Claro. Agora, por que você não supera isso? Ele ainda está por perto, esse sujeito que a machucou?

Ela levou a mão à boca e mordeu a parte carnuda da base do dedão, olhando para mim por sobre ele, como se fosse um balcão.

– Ele está morto – ela disse. – Ele caiu de uma... uma janela.

Com a mão direita fiz sinal para que parasse.

– Oh, aquele cara. Ouvi falar nele. Não consegue esquecê-lo?

– Não – ela disse, balançando a cabeça muito séria por trás da mão. – Não posso. Não consigo esquecer isso de jeito nenhum. A senhora Murdock me diz o tempo todo para esquecer. Ela fala comigo horas e horas, dizendo para eu esquecer. Mas eu simplesmente não consigo.

– Seria infinitamente melhor – resmunguei – se ela

conseguisse fechar a matraca por horas e horas. Ela apenas reaviva a coisa toda.

Ela pareceu surpresa e um tanto ofendida com aquilo.

– Oh, não é só isso – ela disse. – Eu era a secretária dele. Ela era a sua esposa. Ele era o primeiro marido dela. Naturalmente ela também não consegue esquecer. Como poderia?

Cocei uma orelha. Aquilo parecia uma evasiva. Seu rosto não expressava grande coisa agora, exceto o fato de ela não parecer se dar conta de que eu estava ali. Eu era uma voz vindo de algum lugar, mas um tanto impessoal. Quase uma voz na cabeça dela.

Então tive um dos meus engraçados e muitas vezes inconfiáveis palpites.

– Olhe – falei –, há alguém que tem esse efeito em você? Alguma pessoa mais do que as outras?

Ela varreu a sala com os olhos. Olhei junto com ela. Não havia ninguém embaixo de cadeira alguma ou olhando para nós através de uma porta ou de uma janela.

– Por que tenho de contar-lhe isto? – ela respirou.

– Não precisa. Faça como se sentir melhor.

– Promete não contar a ninguém? Ninguém no mundo inteiro, nem mesmo para a senhora Murdock?

– Muito menos para ela – falei. – Prometo.

Ela abriu a boca, e um sorrisinho engraçado e confidente apareceu no seu rosto, e então algo deu errado. Sua garganta congelou. Ela soltou um som gutural. Seus dentes trincavam-se de verdade.

Eu queria apertá-la num abraço, mas fiquei com medo de tocá-la. Ficamos parados. Nada aconteceu. Continuamos parados. Eu estava sendo tão inútil quanto um segundo ovo para um beija-flor.

Então ela se virou e correu. Ouvi seus passos ecoando pelo corredor. Ouvi uma porta se fechar.

Fui atrás dela pelo corredor e cheguei até a porta. Ela estava soluçando do outro lado. Fiquei ali, ouvindo os soluços.

Não havia nada que eu pudesse fazer a respeito. Eu me perguntei se havia algo que qualquer pessoa pudesse fazer.

Voltei até a varanda de vidro, bati na porta, a abri e enfiei a cabeça por ela. A senhora Murdock estava sentada exatamente na mesma posição em que eu a havia deixado. Parecia não ter se mexido um só milímetro.

– Quem está apavorando essa mocinha? – perguntei a ela.

– Saia da minha casa – ela disse, entre seus lábios obesos.

Não me mexi. Então ela soltou na minha cara uma gargalhada rouca.

– Se acha um homem esperto, senhor Marlowe?

– Bem, não estou contando vantagem – falei.

– Vamos supor que o senhor descubra sozinho.

– Às suas custas?

Ela encolheu os pesados ombros.

– Possivelmente. Depende. Quem sabe?

– A senhora não está comprando coisa alguma – falei. – Ainda assim vou ter de falar com a polícia.

– Não comprei nada – ela disse – e não paguei por coisa alguma. Exceto pela devolução da moeda. Fico satisfeita de aceitar isto pelo dinheiro que já lhe dei. Agora vá embora. Você me entedia. Imensamente.

Fechei a porta e saí. Não havia mais soluços atrás da porta. Tudo estava muito quieto. Segui em frente.

Saí sozinho da casa. Fiquei ali, ouvindo os raios de sol queimando a grama. Um carro foi ligado nos fundos, e um Mercury cinza se aproximou pela passarela ao lado da casa. Leslie Murdock estava na direção. Quando ele me viu, parou.

Saiu do carro e caminhou rapidamente até mim. Estava bem vestido, agora. Gabardine creme, roupas novinhas em folha: calças, sapatos preto e branco com biqueira preta encerada, um paletó esportivo de xadrez preto e branco miúdo, lenço preto e branco, camisa creme, sem gravata. Tinha um par de óculos escuros de lentes verdes sobre o nariz.

Ele chegou próximo de mim e disse em uma voz baixa, meio tímida:

– Imagino que pense que sou um completo imbecil.

– Por causa daquela história que contou sobre o dobrão?

– Sim.

– Aquilo não afetou nem um pouco a minha idéia sobre a sua pessoa – falei.

– Bem...

– O que exatamente quer que eu diga?

Ele encolheu os ombros cuidadosamente vestidos em um movimento depreciativo. Seu tolo e pequeno bigode ruivo brilhou na luz do sol.

– Acho que gosto que gostem de mim – ele disse.

– Sinto muito, Murdock. Admiro que você seja tão dedicado à sua mulher. Se é que se trata disso.

– Oh. Não acreditou naquilo que eu contei? Quero dizer, achou que eu disse tudo aquilo apenas para protegê-la?

– É uma possibilidade.

– Entendo – ele colocou um cigarro na longa piteira negra, que ele tirou de trás do lenço que enfeitava o bolso superior. – Bem, acho que posso entender que você não goste de mim – o covarde movimento dos seus olhos era visível por trás das lentes verdes, como peixes nadando em uma piscina funda.

– É uma questão tola – falei. – E completamente irrelevante. Para nós dois.

Ele levou um fósforo ao cigarro e deu uma tragada.

– Entendo – ele disse, em uma voz baixa. – Me perdoe por eu ser ingênuo a ponto de trazer esta questão à tona.

Ele girou sobre os calcanhares, caminhou de volta para o seu carro e entrou. Olhei-o desaparecer ao longe antes de me mexer. Então fui até o pequeno negro pintado e acariciei um pouco a sua cabeça antes de ir embora.

– Meu filho – falei a ele –, você é o único nessa casa que não é biruta.

Capítulo vinte e três

O alto-falante da polícia na parede grunhiu e uma voz disse:

– K. G. P. L. Testando.

Um clique, e o som morreu.

O inspetor Jesse Breeze alongou os braços para o alto no ar, bocejou e falou:

– Está atrasado umas duas horas, não?

Falei:

– Sim. Mas deixei-lhe um recado dizendo que me atrasaria. Tive que ir ao dentista.

– Sente-se.

Ele tinha uma mesa pequena e bagunçada no canto da sala. Sentava-se atrás dela, com uma janela alta sem cortinas à sua esquerda e uma parede com um grande calendário na altura dos olhos à sua direita. Os dias que já haviam virado poeira estavam cuidadosamente marcados com um X em lápis preto de ponta macia, para que Breeze, relanceando para o calendário, sempre soubesse exatamente que dia era.

Spangler estava sentado ao lado em uma mesa menor e muito mais arrumada. Tinha um mata-borrão verde, um jogo de canetas de ônix, um pequeno calendário de cobre e uma concha de abalone cheia de cinzas, fósforos e pontas de cigarro. Spangler estava jogando um punhado de canetas de brinde contra o encosto de feltro de um sofá que ficava ao fundo, encostado na parede, como um atirador de facas mexicano jogando facas em um alvo. Não estava se dando bem. As canetas recusavam-se a permanecer fincadas.

A sala tinha aquele cheiro remoto, não exatamente sujo, não exatamente limpo e nem muito humano que alguns cômodos sempre têm. Dê um prédio novo em folha para o departamento de polícia, e em três meses todas as salas vão ter este mesmo cheiro. Isso deve significar alguma coisa.

Um repórter de polícia de Nova York escreveu uma vez que quando você entra e passa pelas luzes verdes de uma delegacia de polícia, você sai deste mundo para um lugar além da lei.

Sentei-me. Breeze tirou um charuto novinho em folha ainda envolto pelo celofane e toda a velha rotina começou. Observei-a detalhe por detalhe, invariável, precisa. Ele tragou, balançou o fósforo, depositou-o gentilmente no cinzeiro de vidro preto e disse:

– Ei, Spangler.

Spangler virou a cabeça, e Breeze virou a cabeça. Eles sorriram um para o outro. Breeze apontou o charuto na minha direção:

– Veja-o suar – disse.

Spangler teve de girar completamente o corpo para me ver suar. Mas se eu estava suando, eu não sabia.

– Vocês, rapazes, são tão bonitinhos quanto um par de bolas de golfe perdidas – falei. – Como diabos vocês conseguem?

– Pule as piadinhas – Breeze disse. – Teve uma manhã ocupada?

– Bastante – falei.

Ele ainda estava sorrindo. E Spangler também. Seja lá o que for que Breeze estivesse achando daquilo tudo, ele detestava ter que engoli-lo.

Finalmente ele limpou a garganta, endireitou sua grande cabeça cheia de sardas, virou-a o suficiente para não ficar olhando diretamente para mim mas em um ângulo em que pudesse me enxergar e disse numa espécie de voz vaga e vazia:

– Hench confessou.

Spangler se virou ostensivamente para me olhar. Se inclinou para a frente, na beira da cadeira, e seus lábios se entreabriram em um meio sorriso estático e quase indecente.

Falei:

– O que usaram nele? Uma machadinha?

– Não.

Estavam os dois quietos, olhando para mim.

– Um carcamano – Breeze disse.

– Um o quê?

– Rapaz, não está contente? – Breeze disse.

– Vai me dizer ou vai ficar aí sentado, gordo e complacente, enquanto fico contente?

– Nós gostamos de ver um cara contente – Breeze disse. – Não é sempre que temos essa oportunidade.

Levei um cigarro à boca e balancei-o para cima e para baixo.

– Usamos um carcamano nele – Breeze disse. – Um carcamano chamado Palermo.

– Oh. Sabe de uma coisa?

– O quê? – Breeze falou.

– Estou me perguntando qual é o problema com os diálogos de policiais.

– O quê?

– Eles acham que todas as suas falas são ótimas frases de efeito.

–Você quer saber – Breeze perguntou, calmamente – ou prefere fazer piadinhas?

– Quero saber.

– Foi assim, então: Hench estava bêbado. Quero dizer que ele estava muito bêbado, lá no fundo, não apenas na superfície. Fodidamente bêbado. Estava assim há semanas. Tinha praticamente desistido de comer e dormir. Só bebida. Chegou ao ponto em que a bebida não mais o embriagava, ele estava ficando sóbrio. Era a última ligação que ele tinha com o mundo real. Quando um cara fica assim e você tira a bebida dele e não há nada que o segure, ele pira de vez.

Não falei nada. Spangler ainda tinha o mesmo sorrisinho erótico no seu jovem rosto. Breeze bateu com o dedo no seu charuto mas nenhuma cinza caiu, então ele o colocou de volta na boca e continuou.

– Ele é um psicopata, mas não queremos transformar nosso suspeito em um psicopata. Deixamos isso bem claro. Queremos um cara que não tenha nenhum antecedente como psicopata.

– Achei que vocês tinham certeza de que Hench era inocente.

Breeze balançou a cabeça vagamente.

– Isso era ontem à noite. Ou talvez eu estivesse apenas brincando. De qualquer forma, à noite, bimba, Hench perdeu o controle. Então o levam à emergência do hospital e o enchem de drogas. O médico da prisão fez isso. Isso fica entre nós. Nada de drogas no registro. Está entendendo?

– Claramente – falei.

– Sei. – Ele pareceu um tanto desconfiado da minha declaração, mas estava muito concentrado no seu assunto para perder tempo com isso. – Bem, esta manhã ele estava bem. Drogas ainda fazendo efeito, pálido, mas pacífico. Fomos vê-lo. Como está indo, rapaz? Precisa de alguma coisa? Precisa de qualquer coisa que seja? Ficaríamos felizes de trazê-lo para você. Estão tratando você bem aqui? Você conhece o papo.

– Conheço – falei. – Conheço o papo.

Spangler lambeu os lábios de um jeito maldoso.

– Então, depois de algum tempo ele abre a boca o suficiente para dizer "Palermo". Palermo é o nome do carcamano do outro lado da rua que é dono da funerária, do prédio e tal. Lembra? Sim, lembra. Ele tinha dito algo sobre uma loira alta. Tudo mentira. Esses carcamanos só têm loiras altas na cabeça. Às dúzias. Mas este Palermo é importante. Perguntei por aí. Ele consegue votos por lá. É um cara que não se pode provocar. Bem, não pretendo provocá-lo. Falei para Hench: "Quer dizer que Palermo é um amigo seu?" Ele diz: "Prenda Palermo". Então voltamos para cá, telefonamos para Palermo, e Palermo diz que já está vindo. Oquei. Ele chega aqui bem rápido. Conversamos da seguinte maneira: Hench quer vê-lo, sr. Palermo. Eu não saberia dizer por quê. Ele é um pobre sujeito, Palermo diz. Um cara legal. Acho que ele é ok. Ele quer me ver, tudo bem. Vou vê-lo. Vou vê-lo sozinho. Sem tira algum. Eu digo: oquei, sr. Palermo. Vamos até a emergência, Palermo fala com Hench e ninguém ouve. Depois de um tempo, Palermo sai e diz: oquei, tira. Ele confessou. Vou pagar o advogado, talvez. Gosto do pobre sujeito. Simples assim. E ele vai embora.

Não falei nada. Houve uma pausa. O alto-falante na parede divulgou um boletim, Breeze esticou a cabeça, ouviu umas dez ou doze palavras e então não deu mais bola.

– Então vamos lá com um escrivão, e Hench nos entrega o ouro. Phillips deu uma cantada na garota de Hench. Isso anteontem, no corredor. Hench estava na sala e viu, mas Phillips entrou no seu apartamento e fechou a porta antes que Hench pudesse chegar ao corredor. Mas Hench estava brabo. Deu um soco no olho da garota. Mas isso não o satisfez. Ficou remoendo a história, como um bêbado fica remoendo as coisas. Ele diz para ele mesmo: aquele cara não pode cantar a minha garota. Sou o tipo de cara que vai dar a ele algo do que se lembrar. Então ele fica de olho em Phillips. Ontem de tarde ele vê Phillips entrar no seu apartamento. Ele manda a garota dar uma volta. Ela não quer dar uma volta, então Hench dá-lhe outro soco no outro olho. Ela vai dar uma volta, Hench bate na porta de Phillips, e Phillips abre. Hench ficou um pouco surpreso com isso, mas expliquei a ele que Phillips estava esperando por você. Seja como for, a porta é aberta, Hench entra, fala a Phillips sobre como está se sentindo e sobre o que vai fazer, Phillips se assusta e puxa uma arma. Hench o atinge com um porrete. Phillips cai, e Hench ainda não está satisfeito. Você bate num cara com um porrete, o cara cai, e o que você tem? Nenhuma satisfação, nenhuma vingança. Hench junta a arma do chão. Ele está muito bêbado, insatisfeito, e Phillips agarra o seu tornozelo. Hench não sabe por que fez o que fez, então. Está tudo confuso na sua cabeça. Ele arrasta Phillips para o banheiro e termina o trabalho com a arma do próprio cara. E aí, gostou?

– Adorei – eu disse. – Mas qual é a satisfação de Hench?

– Bem, você sabe como são os bêbados. Seja como for, ele empacota o cara. Bem, não é a arma de Hench, você sabe, mas ele não pode fazer daquilo tudo um suicídio. Não teria graça nenhuma para ele assim. Então Hench pega a arma e se livra dela. Não nos contou onde. Provavelmente a entrega a algum marginal da vizinhança. Então ele vai se encontrar com a garota, e eles comem.

– Este foi um toque adorável – falei. – Colocar a arma embaixo do seu próprio travesseiro. Nunca no mundo eu pensaria nisso.

Breeze se reclinou e olhou para o teto. Spangler, já que grande parte do espetáculo havia terminado, girou na sua cadeira, apanhou um punhado de canetas e atirou uma delas no encosto de feltro.

– Veja a coisa por este ângulo – Breeze disse: – Qual a conseqüência dessa proeza? Veja como Hench fez. Estava bêbado, mas estava ligado. Ele encontrou a arma e a mostrou antes que Phillips fosse encontrado morto. Primeiro ficamos com a impressão de que a arma embaixo do travesseiro matou um cara – tendo sido disparada e tal – e então encontramos o cadáver. Acreditamos na história de Hench. Parecia razoável. Por que pensaríamos que um homem seria tão imbecil para fazer o que Hench fez? Não faz nenhum sentido. Então acreditamos que alguém colocou a arma embaixo do travesseiro de Hench, levou a arma dele e se livrou dela em algum lugar. E digamos que Hench tenha jogado fora a arma do crime em vez da sua própria, ele teria se saído melhor? As coisas estando do jeito que estavam, seríamos obrigados a suspeitar dele. E desse modo não teríamos começado pensando nada a respeito dele. Do jeito que ele arranjou as coisas, ele nos fez pensar que era um bêbado indefeso que saiu, deixou sua porta aberta e que alguém o usou para se livrar de uma arma.

Ele esperou, com a boca entreaberta e um charuto à frente dela, sustentado por uma mão rígida e sardenta, e com os olhos azul-claro cheios de uma sombria satisfação.

– Bem – falei –, se ele ia acabar confessando, não teria feito muita diferença. Ele vai alegar alguma coisa?

– Claro. Acho que sim. Imagino que Palermo vá livrá-lo por homicídio culposo. Naturalmente, não tenho certeza.

– Por que Palermo quer livrá-lo?

– Ele meio que gosta de Hench. E Palermo é um cara com quem não podemos mexer.

Falei:

– Entendo.

Eu me levantei. Spangler olhou para mim de esguelha com uns olhos cintilantes.

– E quanto à garota?

– Não diz uma palavra. É esperta. Não podemos fazer nada contra ela. Um trabalhinho bem-feito. Você não reclamaria, não é? Seja qual for o seu negócio, ele ainda é todo seu. Está me entendendo?

– E a garota é uma loira alta – falei. – Não das mais bonitas, mas ainda assim, uma loira alta. Embora seja só uma. Talvez Palermo não se importe com isso.

– Diabos, eu não tinha pensado nisso – Breeze disse. Ele pensou no assunto e espantou a idéia com um gesto. – Não pode ser, Marlowe. Ela não tem classe suficiente.

– Arrumada e sóbria, nunca se sabe – falei. – Classe é algo que se dissolve rapidamente em álcool. Isso é tudo que querem comigo?

– Acho que sim – ele tirou o charuto da boca e o apontou para os meus olhos. – Não que eu não gostaria de ouvir a sua história. Mas acho que não tenho o direito absoluto de insistir nisso, do jeito que as coisas estão.

– Decente de sua parte, Breeze – falei. – E da sua também, Spangler. Muitas felicidades e coisas boas na vida de vocês dois.

Eles me observaram sair, ambos com as bocas um pouco entreabertas.

Eu caminhei até o grande saguão de mármore e tirei meu carro do estacionamento da polícia.

Capítulo vinte e quatro

O senhor Pietro Palermo estava sentado em um quarto que, exceto por uma escrivaninha de tampo de correr de mogno, um tríptico de motivos sacros com molduras douradas e um crucifixo de ébano e marfim, parecia exatamente um escritório vitoriano. Continha um sofá em formato de ferradura e cadeiras com espaldar de mogno esculpido e protetores de tecido fino. Havia um relógio de bronze sobre o console de mármore cinza-esverdeado, um relógio de pêndulo tique-taqueando preguiçosamente no canto e algumas flores artificiais embaixo de uma redoma de vidro sobre uma mesa oval com o tampo de mármore e pernas curvas e elegantes. O tapete era grosso e estampado por delicados ramos de flores. Havia até mesmo um armário para bibelôs, com montes deles dentro: pequenas xícaras de porcelana, pequenas figurinhas de vidro e porcelana, objetos variados de marfim e pau-marfim, pratos pintados, um conjunto americano antigo de saleiro em forma de cisne, coisas do tipo.

Cortinas de renda compridas pendiam por sobre as janelas, mas o cômodo dava para o sul, e havia muita luz. Do outro lado da rua eu podia ver as janelas do apartamento onde George Anson Phillips havia sido morto. A rua entre os dois imóveis estava ensolarada e quieta.

O italiano alto de pele morena e cabelos cinza-metálico leu meu cartão e disse:

– Tenho trabalho a fazer dentro de doze minutos. O que deseja, senhor Marlowe?

– Fui eu quem encontrou o homem morto do outro lado da rua, ontem. Era um amigo meu.

Seus olhos negros e frios me olharam, silentes.

– Não foi isso que disse ao Luke.

– Luke?

– Ele gerencia o prédio para mim.

– Não falo muito com estranhos, senhor Palermo.

– Isso é bom. Mas está falando comigo.

– O senhor é um homem distinto, um homem de importância. Com o senhor eu posso falar. Me viu ontem. Me descreveu à polícia. Muito acuradamente, dizem.

– *Si*. Vejo muitas coisas – ele disse, sem nenhuma emoção.

– O senhor viu uma loira alta saindo de lá ontem.

Ele me estudou.

– Não foi ontem. Foi três dias atrás. Falei ontem aos tiras – ele estalou os dedos compridos e morenos: – A polícia, pfui!

– Viu algum estranho ontem, senhor Palermo?

– Entrei e saí o dia inteiro – ele disse. – Subindo e descendo escadas também – ele olhou para o relógio de pulso.

– Nada, então – falei. – Esta manhã o senhor viu Hench.

Ele ergueu os olhos e os correu preguiçosamente pelo meu rosto.

– Os tiras disseram isso, é?

– Eles me disseram que você conseguiu que Hench confessasse. Disseram que ele é seu amigo. Quão bom amigo eles não sabiam, claro.

– Hench confessou, é? – ele sorriu, um sorriso repentino e brilhante.

– Só que não foi Hench que matou – falei.

– Não?

– Não.

– Isso é interessante. Continue, senhor Marlowe.

– A confissão dele é uma mentira. Por alguma razão o senhor convenceu-o a fazê-la.

Ele se levantou e foi até a porta e chamou:

– Tony.

Sentou-se novamente. Um carcamano baixinho com cara de durão entrou no quarto, olhou para mim e se sentou contra a parede em uma cadeira de espaldar reto.

– Tony, esse homem é o senhor Marlowe. Olhe, veja o cartão.

Tony se aproximou para pegar o cartão e sentou-se com ele na mão.

– Olhe bem para este homem, Tony. Não esqueça ele, hein?

Tony disse:

– Deixe comigo, senhor Palermo.

Então Palermo perguntou:

– Era amigo seu, é? Um bom amigo?

– Sim.

– Isso é ruim. É. Isso é ruim. Vou dizer uma coisa. O amigo de um homem é o amigo de um homem. Digo isso para você. Mas não diga a mais ninguém. Não para os malditos tiras, hein?

– Não.

– É uma promessa, senhor Marlowe. É algo para não se esquecer. Não esquecerá?

– Não vou esquecer.

– Tony, ele não vai esquecer você. Entende?

– Dei-lhe a minha palavra. O que me contar aqui ficará entre nós.

– Isso é bom. Oquei. Venho de uma família grande. Muitas irmãs e irmãos. Um irmão muito ruim. Quase tão ruim quanto Tony.

Tony sorriu.

– Oquei, esse irmão vive muito quieto. Do outro lado da rua. Precisa se mudar. Oquei, os tiras enchem o prédio. Não é muito bom. Perguntas demais. Não é bom para os negócios, não é bom para esse irmão ruim. Entende?

– Sim – falei –, entendo.

– Oquei, esse Hench ruim, mas pobre sujeito, bêbado, sem trabalho. Não paga aluguel, mas eu tenho bastante dinheiro. Então eu digo: olhe, Hench, você confessa. Você, doente. Duas, três semanas doente. Você vai a julgamento. Tenho um advogado para você. Então você manda a confissão aos diabos. Eu estava bêbado. Os malditos tiras ficam sem nada. O juiz solta você e você volta para mim e eu tomo conta de você. Oquei? Então Hench diz oquêi, confessa. Isso é tudo.

Eu digo:

– Depois de duas ou três semanas o irmão ruim vai estar muito longe daqui, e o caso vai ter esfriado, e os tiras provavelmente vão rotular o assassinato de Phillips como sem solução. É isso?

– *Si* – ele sorriu de novo. Um sorriso brilhante e cálido, como o beijo da morte.

– Isso dá conta de Hench, senhor Palermo – falei. – Mas não me ajuda muito quanto ao meu amigo.

Ele balançou a cabeça e olhou para o relógio de novo. Eu me levantei. Tony se levantou. Ele não ia fazer nada, mas é sempre melhor estar de pé. Você se move mais rápido.

– O problema com vocês – falei – é que fazem mistério por qualquer coisa. É preciso dar uma senha antes de morder um pedaço de pão. Se eu fosse até a polícia e contasse aos rapazes qualquer coisa que o senhor me disse, eles ririam na minha cara. E eu riria junto com eles.

– Tony não ri muito – Palermo disse.

– A Terra está recheada de pessoas que não riem muito, senhor Palermo – falei. – O senhor deveria saber. Colocou muitas delas onde estão.

– É o meu trabalho – ele disse, sacudindo enormemente os ombros.

– Vou manter a minha promessa – falei. – Mas caso o senhor duvide disso, não tente me usar no seu negócio. Porque no meu bairro sou conhecido, e bem que poderiam empacotar Tony só por gentileza, como uma cortesia da casa. Sem fins lucrativos.

Palermo riu.

– Isso é bom – ele disse. – Tony. Um enterro – por conta da casa. Oquei.

Ele se levantou e estendeu a mão. Uma mão forte e cálida.

Capítulo vinte e cinco

No saguão do Edifício Belfort, no único elevador que estava com as luzes acesas, no pequeno banco retrátil, a mesma relíquia de olhos úmidos estava sentada, imóvel, fazendo a sua imitação do homem esquecido. Entrei com ele e disse:

– Seis.

O elevador começou a se movimentar e subiu bravamente. Parei no sexto andar, saí, e o velho se inclinou para fora do elevador para cuspir e disse com uma voz lenta:

– O que é que há?

Dei a volta de uma só vez, como um boneco em uma plataforma giratória. Olhei para ele.

Ele disse:

– Está de terno cinza hoje.

– É, estou – falei. – Sim.

– Fica bem – ele disse. – Gosto daquele azul que estava vestindo ontem, também.

– Continue – falei. – Desembuche.

– Você subiu até o oitavo – ele disse. – Duas vezes. Na segunda vez era tarde. Pegou o elevador de volta no sexto andar. Logo depois disso, os rapazes de uniforme azul vieram dar uma batida.

– Algum deles está aí agora?

Ele balançou a cabeça. Seu rosto era como um estacionamento vazio.

– Eu não disse nada para eles – falou. – Tarde demais para mencionar algo agora. Arrancariam o meu couro.

Perguntei:

– Por quê?

– Por que eu não falei nada para eles? Que vão para o inferno. Você fala comigo direito. Muito pouca gente faz isso. Ora, sei que você não teve nada a ver com o assassinato.

– Julguei você errado – falei. – Muito errado.

Tirei um cartão e o entreguei a ele. Ele pescou um par de óculos de armação de metal do bolso, empoleirou-os sobre o nariz e segurou o cartão a uns trinta centímetros dos olhos. Leu-o lentamente, movendo os lábios, olhou para mim por sobre os óculos, me entregou de volta o cartão.

– Melhor ficar com ele – falou. – Para caso que eu me distraia e o deixe cair. Interessante pra diabo a sua vida, imagino.

– Sim e não. Qual era mesmo o seu nome?

– Grandy. Me chame de Pop. Quem matou ele?

– Não sei. Percebeu alguém subindo até lá, ou descendo? Alguém que parecesse deslocado neste lugar, estranho?

– Não percebo muito – ele disse. – Só por acaso percebi você.

– Uma loira alta, por exemplo, ou um homem magro com costeletas, por volta dos 35 anos?

– Negativo.

– Todo mundo que subisse ou descesse teria que usar o seu elevador.

Ele balançou a cabeça gasta.

– A menos que usassem as escadas de incêndio. Elas dão no beco, para o portão fechado com tranca. Teriam que entrar por aqui, mas há escadas atrás do elevador que descem até o segundo andar. Dali poderiam chegar às escadas de incêndio. Nada demais.

Concordei.

– Senhor Grandy, teria alguma utilidade para uma nota de cinco dólares? De modo algum como um suborno, mas como uma prova de estima de um amigo sincero?

– Meu filho, eu teria tanta utilidade para uma nota de cinco dólares que os bigodes do Abe Lincoln ficariam encharcadas de suor.

Dei-lhe uma nota. Olhei para ela antes de entregá-la. Era o Lincoln na nota de cinco dólares, é claro.

Ele a dobrou até ficar bem pequena e a guardou bem fundo no seu bolso.

– Isto é muito gentil da sua parte – ele disse. – Espero desesperadamente que não pense que eu estava fazendo de propósito.

Fiz que não com a cabeça e fui pelo corredor, lendo os nomes novamente. *Dr. E. J. Blaskowitz, médico quiroprata. Dalton e Rees, serviços de datilografia. L. Pridview, contador público.* Quatro portas sem nada escrito. *Companhia de Reembolso Postal Mossa.* Mais duas portas em branco. *H. R. Teager, laboratório dentário.* Na mesma posição que o escritório de Morningstar dois andares acima, mas as salas eram divididas de maneira diferente. Teager tinha apenas uma porta, e a parede entre seu escritório e a próxima porta era maior.

A maçaneta não se mexeu. Bati. Ninguém respondeu. Bati com mais força, com o mesmo resultado. Voltei até o elevador. Ainda estava no sexto andar. Pop Grandy me olhou como se nunca tivesse me visto antes.

– Sabe algo sobre H. R. Teager? – perguntei-lhe.

Ele pensou um pouco.

– Tipo pesadão, meio velho, roupas surradas, unhas sujas, como as minhas. Acho que não o vi hoje.

– Acha que o administrador me deixaria entrar no escritório dele para dar uma olhada?

– Muito abelhudo, o administrador. Eu não recomendaria.

Ele virou a cabeça muito lentamente e olhou para cima, dentro do elevador. Acima da sua cabeça, em uma grande argola de metal, uma chave estava pendurada. Uma chave-mestra. Pop Grandy virou a cabeça de volta à posição normal, pôs-se de pé e disse:

– Preciso ir ao banheiro agora.

E foi. Quando a porta havia se fechado atrás dele, peguei a chave e fui até o escritório de H. R. Teager, destranquei a porta e entrei.

Lá dentro havia uma pequena ante-sala sem janelas e uma mobília com a qual um monte de dinheiro não tinha sido gasto. Duas cadeiras, um cinzeiro alto de uma tabacaria barata, uma luminária do porão de algum armazém, uma mesa de madeira baixa e manchada com algumas revistas de fofocas sobre ela. A porta se fechou atrás de mim, e a sala ficou escura, exceto pela luzinha que entrava através do vidro rugoso. Puxei a cordinha da lâmpada e fui até a porta interna, numa parede que cortava o cômodo. Estava escrito: *H.R. Teager. Particular.* Não estava trancada.

Lá dentro havia um escritório quadrado com duas janelas com cortinas dando para o leste e peitoris muito empoeirados. Uma cadeira de rodinhas, duas cadeiras, ambas de espaldar reto e manchado, e uma escrivaninha quadrada de tampo reto. Não havia nada sobre ela exceto um mata-borrão velho, um conjunto de canetas barato e um cinzeiro de vidro redondo com cinza de charuto dentro. As gavetas da escrivaninha continham alguns papéis de carta empoeirados, alguns clipes de metal, atilhos de borracha, lápis sem ponta, canetas, pontas enferrujadas de lapiseiras, mata-borrões usados, quatro selos de dois centavos não utilizados, alguns papéis timbrados, envelopes e talões de recibo.

A cesta de lixo de metal estava cheia de porcarias. Gastei quase dez minutos vasculhando-a cuidadosamente. Ao término desse período eu soube aquilo do que eu já tinha quase certeza: que H. R. Teager tinha um pequeno negócio como técnico dentário, fazendo trabalho de laboratório para um certo número de dentistas que têm escritórios acanhados no sobrepiso de algumas lojas, a quem falta tanto o conhecimento quanto o equipamento para fazer seu próprio trabalho de laboratório e que gostam de mandar esse trabalho para homens como eles próprios, em vez de para os grandes e eficientes laboratórios profissionais que não lhes dariam crédito algum.

Mas uma coisa eu descobri. O endereço residencial de Teager, na rua Toberman, 1354 B, no recibo de uma conta de gasolina.

Eu me endireitei, joguei tudo de volta no lixo e fui até a porta de madeira onde estava escrito *Laboratório*. Tinha uma fechadura Yale nova, e a chave-mestra não serviu. Era isso. Desliguei a lâmpada da ante-sala e saí.

O elevador havia descido, de novo. Apertei o botão e quando o elevador subiu esgueirei-me por trás de Pop Grandy, escondendo a chave, e a pendurei sobre a sua cabeça. O metal fez um barulhinho ao bater contra o suporte. Ele deu um sorriso.

– Ele se foi – falei. – Deve ter ido embora na noite passada. Devia estar carregando muitas coisas. Sua escrivaninha está limpa.

Pop Grandy balançou a cabeça, concordando.

– Levava duas valises. Mas eu não teria reparado nisso. A maioria das pessoas carrega uma valise. Imagino que ele busque e entregue ele próprio as suas encomendas.

– Que tipo de encomendas? – perguntei conforme o carro descia, devagar. Apenas para dizer algo.

– Tipo fazer dentes que não se encaixam – Pop Grandy disse. – Para velhos diabos como eu.

– Não teria reparado – eu disse, conforme as portas lutavam para se abrir, no saguão. – Não teria reparado na cor do olho de um beija-flor a quinze metros de distância... Aposto que repararia.

Ele sorriu:

– O que ele fez?

– Vou até a casa dele descobrir – falei. – O mais provável é que ele tenha pego um cruzeiro para algum lugar.

– Eu trocaria de lugar com ele – Pop Grandy disse. – Mesmo que ele chegasse apenas até Frisco e fosse apanhado lá, eu ainda assim trocaria de lugar com ele.

Capítulo vinte e seis

Rua Toberman. Uma rua larga e suja, além de Pico. O número 1354B era um apartamento no andar de cima, no lado sul, em um prédio amarelo com esquadrias brancas. A porta de entrada ficava numa varanda, ao lado de outra porta, marcada 1352B. As entradas para os apartamentos térreos ficavam em ângulos retos, uma em frente da outra, ao longo de toda extensão da varanda. Continuei soando a campainha, mesmo depois de já ter certeza de que ninguém iria atender. Em uma vizinhança como aquela, sempre há um espertinho espiando pela janela.

Como não podia deixar de ser, a porta do 1454 A foi aberta, e uma mulherzinha de olhos brilhantes me encarou. Seu cabelo escuro havia sido lavado, escovado e era uma massa emaranhada de bobes.

– Está procurando a senhora Teager? – ela exclamou.

– A senhora ou o senhor.

– Saíram ontem à noite em férias. Encheram o carro e saíram tarde da noite. Pediram para eu suspender o leite e o jornal. Não tinham muito tempo. Foi tudo meio repentino.

– Obrigado. Que tipo de carro eles têm?

O diálogo açucarado de alguma radionovela saiu da sala atrás dela e me atingiu em cheio no rosto, como um pano de prato molhado.

A mulher de olhos vivos disse:

– É amigo deles? – a suspeita falava tão alto na sua voz quanto o ator canastrão no rádio.

– Deixe para lá – falei, com uma voz decidida. – Só queremos o nosso dinheiro. Há muitas maneiras de descobrir que carro eles estavam dirigindo.

A mulher inclinou a cabeça, escutando o rádio.

– Esta é Beula May – ela disse, com um sorriso triste. – Ela não vai ao baile com o doutor Myers. Eu receava que ela não fosse.

– Ah, inferno – eu disse, e voltei até o meu carro e tratei de dirigir para casa, para Hollywood.

O escritório estava vazio. Destranquei a porta interna, escancarei as janelas e me sentei.

Outro dia que se arrastava para o seu fim, o ar doentio e cansado, o zumbido dos carros rumando para casa na avenida, e Marlowe no seu escritório bebericando um drinque e vasculhando a correspondência do dia. Quatro propagandas, duas contas e um lindo e colorido cartão postal de um hotel em Santa Rosa onde eu havia ficado durante quatro dias no ano anterior, trabalhando em um caso; uma longa carta mal datilografada de um homem chamado Peabody, de Sausalito, que de uma forma meio confusa me informava que uma amostra da caligrafia de um suspeito revelaria, quando exposta ao exame de Peabody, características emocionais profundas do indivíduo, classificáveis segundo os sistemas freudiano e jungiano.

Dentro havia um envelope endereçado e selado. Enquanto eu tirava o selo e jogava carta e envelope fora, tive uma visão de um velho patético de cabelos compridos, chapéu de feltro preto e gravata borboleta, balançando-se em uma varanda exígua na frente de uma vitrina, com cheiro de pernil de presunto e repolho saindo pela porta junto ao seu cotovelo.

Suspirei, procurei pelo envelope, copiei o nome e o endereço em um envelope novo, dobrei uma nota de um dólar dentro de uma folha de papel e nela escrevi: "Esta é definitivamente a última contribuição". Assinei meu nome, fechei o envelope, tasquei um selo nele e me servi mais um drinque.

Enchi e acendi o meu cachimbo e fiquei ali sentado, fumando. Ninguém entrou, ninguém chamou, nada aconteceu, ninguém daria a menor bola se eu tivesse morrido ou ido para El Paso.

Aos poucos o rugido do tráfego foi silenciando. O céu perdeu o brilho. Mais para o oeste ele estaria vermelho. Uma luz de neon apareceu prematura um quarteirão adiante, na diagonal, por cima de alguns telhados. O exaustor girava preguiçosamente na parede da lanchonete lá embaixo, na rua. Um caminhão acelerou, deu ré e rosnou caminho afora até o bulevar.

Finalmente o telefone tocou. Atendi, e a voz disse:

– Senhor Marlowe? Aqui é o senhor Shaw. Do Edifício Bristol.

– Sim, senhor Shaw. Como está?

– Estou muito bem, obrigado, senhor Marlowe. Espero que também esteja. Há uma mocinha aqui pedindo para eu deixá-la entrar no seu apartamento. Não sei por quê.

– Nem eu sei, senhor Shaw. Não combinei nada com ninguém. Ela disse o nome?

– Oh, sim. De fato. Seu nome é Davis. Senhorita Merle Davis. Ela está, como direi?, um pouquinho histérica.

– Deixe-a entrar – falei, rapidamente. – Estarei aí em dez minutos. Ela é a secretária de um cliente meu. Se trata apenas de um assunto de negócios.

– Claro. De fato. Devo... ãhn... ficar com ela?

– O que achar melhor – falei e desliguei.

Ao passar pela porta aberta do lavabo, entrevi no espelho um rosto tenso e excitado.

Capítulo vinte e sete

Quando virei a chave na porta do meu apartamento e a abri, Shaw já estava se levantando do sofá. Era um homem alto com óculos e uma careca saliente no alto da cabeça que fazia com que suas orelhas parecessem ter escorregado um pouco para baixo. Trazia no rosto o sorriso inexpressivo de um idiota educado.

A moça estava sentada na minha poltrona, atrás da mesa de xadrez. Não estava fazendo nada, estava apenas ali, sentada.

– Ah, aí está, senhor Marlowe – Shaw esganiçou. – Sim. De fato. Senhorita Davis e eu estávamos tendo uma conversa interessantíssima. Eu estava contando a ela que sou originário da Inglaterra. Ela não me disse... ãhn... de onde veio – ele dizia isso já a meio caminho da porta.

– Muito gentil da sua parte, senhor Shaw – falei.

– De modo algum – esganiçou novamente. – De modo algum. Vou indo, agora. Meu jantar, possivelmente...

– Muito obrigado – falei. – Sou muito grato.

Ele balançou a cabeça e foi embora. O brilho artificial do seu sorriso pareceu ficar no ar depois que a porta foi fechada, como o sorriso do gato Cheshire*.

Falei:

– Olá.

Ela disse:

– Olá.

Sua voz estava bem calma, bem séria. Estava vestindo um conjunto de casaco e saia de linho marrom, um chapéu de palha chato com uma abas largas e uma fita de veludo marrom que combinava exatamente com a cor dos seus sapatos e com o acabamento em couro nas beiradas da sua bolsa-carteira de linho. O chapéu estava inclinado de um

---

*Personagem de *Alice no País das Maravilhas*, romance de Lewis Carroll, que desaparecia aos poucos, começando pela cauda e terminando pelo sorriso. (N. do T.)

modo um tanto audacioso, para ela. Não estava usando os óculos.

Exceto pelo rosto, ela estava bem. Em primeiro lugar, seus olhos pareciam enlouquecidos. A esclerótica era visível ao redor das íris, e os olhos estavam fixos. Quando se moviam, o movimento era tão duro que quase se podia ouvir. Sua boca era uma linha rígida nos cantos, mas a parte central do seu lábio superior ficava sempre se levantando e se esticando para os lados, deixando os dentes à mostra, como se fios invisíveis ligados aos cantos do lábio a puxassem. Subia tanto que parecia impossível, e então toda a parte inferior do rosto entrava em um espasmo, e quando o espasmo estava terminado sua boca fechava-se completamente, e então o processo recomeçava devagar, mais uma vez. Além disso, havia algo errado com o seu pescoço, de modo que muito lentamente sua cabeça virava para o lado esquerdo cerca de quarenta e cinco graus. Parava, o pescoço requebrava, e a cabeça deslizava de volta para a posição inicial.

A combinação destes dois movimentos, juntamente com a imobilidade do corpo dela, os dedos das mãos firmemente entrelaçados sobre o colo e o olhar fixo, era o suficiente para incendiar os nervos de qualquer um.

Havia uma lata de tabaco sobre a mesa, e entre a lata e a poltrona em que ela havia se sentado estava o tabuleiro de xadrez com as peças dentro da caixa. Tirei o cachimbo do meu bolso e avancei, para enchê-lo com o fumo da lata. Isso me colocou do lado do tabuleiro de xadrez exatamente oposto ao dela. Sua carteira estava caída na beirada da mesa, na frente dela, um pouco mais para um lado. Ela se sobressaltou um pouco quando me aproximei, mas depois disso ficou como antes. Fez até um esforço para sorrir.

Enchi o cachimbo, risquei um fósforo de papel, acendi o cachimbo e fiquei ali, segurando o fósforo depois de já tê-lo apagado.

– Não está de óculos – falei.

Ela falou. Sua voz era baixa, controlada:

– Oh, eu apenas os uso em casa e para ler. Estão na minha bolsa.

– Está em casa, agora – falei. – Deveria usá-los.

Casualmente apanhei a sua carteira. Ela não se moveu. Não prestou atenção nas minhas mãos. Seus olhos estavam fixos no meu rosto. Virei meu corpo um pouco enquanto abria a bolsa. Pesquei o estojo de óculos e o empurrei sobre a mesa.

– Coloque-os – falei.

– Oh, sim, vou colocá-los – ela disse. – Mas eu precisaria tirar o chapéu, acho..

– Sim, tire o chapéu – falei.

Ela tirou o chapéu e o apoiou sobre os joelhos. Então ela se lembrou dos óculos e esqueceu do chapéu. O chapéu caiu no chão enquanto ela se inclinava para apanhar os óculos. Ela pôs os óculos. Aquilo melhorou muito a sua aparência, eu achei.

Enquanto ela fazia isso, tirei a arma da sua bolsa e a deslizei para dentro do meu bolso. Acho que ela não viu. Parecia a mesma Colt .25 automática com cabo de nogueira que eu havia visto na gaveta superior à direita da sua escrivaninha no dia anterior.

Voltei ao sofá, me sentei e disse:

– Bem, aqui estamos. O que fazemos agora? Está com fome?

– Estive na casa do senhor Vannier – ela disse.

– Oh.

– Ele mora em Sherman Oaks. No final da estrada Escamillo. Bem no final.

– É, deve ser – falei, sem querer dizer nada, e tentei fazer um anel de fumaça, mas não consegui. Um nervo na minha bochecha tentava estalar como um arame. Não gostei nada daquilo.

– Sim – ela disse, com a voz controlada, com o lábio superior ainda fazendo o movimento de elevar-se e cair pesadamente e com o queixo ainda tremendo para frente e para trás. – É muito quieto lá. O senhor Vannier está morando lá há três anos, já. Antes disso ele morava nas colinas de Hollywood, na rua Diamond. Outro homem morava com ele lá, mas eles não se acertaram muito, o senhor Vannier disse.

– Acho que posso entender isso, também – falei. – Há quanto tempo conhece o senhor Vannier?

– Conheço-o há oito anos. Não o conheço muito bem. Eu fazia entregas para ele. Um pacote de vez em quando. Ele gostava que eu mesma os entregasse.

Dei mais uma chance para o anel de fumaça. Nada.

– Claro – ela disse –, nunca gostei muito dele. Eu tinha medo de que ele... tinha medo de que ele...

– Mas ele não fez nada – falei.

Pela primeira vez seu rosto adquiriu uma expressão humana e natural: uma expressão de surpresa.

– Não – ela disse. – Ele não fez nada. Quer dizer, realmente não fez nada. Mas ele estava de pijamas.

– Uma vida tranqüila – falei. – Passando as tardes inteiras de pijama. Bem, alguns caras têm toda a sorte do mundo, não?

– Precisa saber de uma coisa – ela disse, com seriedade. – Uma coisa que faz com que as pessoas paguem dinheiro a ele. A senhora Murdock tem sido ótima comigo, não é?

– Certamente – falei. – Quanto você estava lhe levando hoje?

– Apenas quinhentos dólares. A senhora Murdock disse que era tudo o que podia dar, e que na verdade nem dessa quantia ela poderia dispor. Ela disse que era preciso parar com isso. Não podia continuar. O senhor Vannier sempre prometia parar, mas nunca parava.

– É um hábito que eles têm – falei.

– Então havia apenas uma coisa a fazer. Sei disso há anos, na verdade. Foi tudo culpa minha, e a senhora Murdock tem sido maravilhosa comigo. Isso não deixaria as coisas piores do que já estão para mim, não é?

Coloquei a mão sobre a minha bochecha e esfreguei-a com força, para acalmar o nervo. Ela se esqueceu que eu não havia respondido e continuou novamente.

– Então eu fiz – ela disse. – Ele estava lá, de pijamas, com um copo ao seu lado. Estava olhando para mim. Sequer se levantou para me receber. Mas havia uma chave na porta da frente. Alguém havia deixado uma chave lá. Era... Era... – sua voz engarrafou na garganta.

– Havia uma chave na porta da frente – falei. – Então você pôde entrar.

– Sim. – Ela concordou com a cabeça e quase sorriu de novo. – Não foi nada demais, na verdade. Sequer me lembro de ouvir o barulho. Mas deve ter havido um barulho, claro. Um barulho bastante alto.

– Suponho que sim – falei.

– Fui até bem perto dele, para não errar – ela disse.

– E o que o senhor Vannier fez?

– Ele não fez absolutamente nada. Apenas me olhou de relance. Bem, isso é tudo. Eu não gostaria de voltar para a senhora Murdock e lhe causar mais problemas. E quanto a Leslie... – sua voz calou-se com o nome, ficou suspensa, e um pequeno tremor arrepiou todo o seu corpo. – Então vim para cá – ela disse. – E quando o senhor não atendeu à campainha, encontrei o escritório do zelador e pedi para ele me deixar entrar e esperar pelo senhor. Eu sabia que o senhor saberia o que fazer.

– E o que você tocou na casa, enquanto esteve lá? – perguntei. – Consegue se lembrar? Quero dizer, além da porta da frente. Apenas entrou pela porta e saiu sem tocar em nada?

Ela ficou pensativa, e o seu rosto parou de se mover.

– Ah, me lembro de uma coisa – ela disse. – Eu apaguei as luzes. Antes de sair. Era uma luminária. Uma dessas luminárias que iluminam para cima, com lâmpadas grandes. Apaguei essa luminária.

Balancei a cabeça, concordando e sorri para ela. Um sorriso, Marlowe, alegria.

– Que horas foi isso? Quanto tempo atrás?

– Ah, logo antes de eu vir para cá. Eu vim dirigindo. Eu estava com o carro da senhora Murdock. Aquele sobre o qual o senhor perguntou ontem. Esqueci de lhe dizer que ela não o levou quando foi embora. Cheguei a falar isso? Não, lembro agora que lhe falei, sim.

– Vamos ver – falei. – Meia hora para chegar até aqui, pelo menos. Está aqui há quase uma hora. Então seriam cinco e meia quando você saiu da casa do senhor Vannier. E você apagou a luz.

– Exato – ela concordou novamente, bastante alegre. Feliz por se lembrar. – Apaguei a luz.

– Gostaria de tomar um drinque? – perguntei.

– Oh, não – ela fez que não com vigor. – Nunca bebo.

– Se importaria se eu tomasse um?

– Certamente não. Por que eu me importaria?

Eu me levantei, estudei-a durante um momento. Seu lábio ainda se contraía para cima, e sua cabeça ainda dava voltas, mas pensei que os movimentos estavam menores. Como um ritmo que está morrendo.

Era difícil saber quão longe ir com tudo aquilo. Talvez fosse melhor quanto mais ela falasse. Ninguém sabe muito sobre o momento em que levou um choque.

Perguntei:

– Onde é a sua casa?

– Ora, moro com a senhora Murdock, em Pasadena.

– Quero dizer a sua casa de verdade. Onde os seus pais estão.

– Meus pais moram em Wichita – ela disse. – Mas não vou lá. Nunca. Escrevo de vez em quando, mas não os vejo há anos.

– O que o seu pai faz?

– Ele tem um hospital para gatos e cachorros. É veterinário. Espero que eles não precisem saber. Eles não ficaram sabendo, da outra vez. A senhora Murdock escondeu de todo mundo.

– Talvez eles não precisem ficar sabendo – falei. – Vou pegar meu drinque.

Dei a volta por trás da poltrona em que ela estava, fui até a cozinha, me servi e fiz um drinque para valer. Virei-o na garganta, tirei a pequena pistola do meu bolso e vi que estava travada. Cheirei o cano, abri a arma. Havia uma bala na câmara, mas era uma dessas pistolas que não disparam quando está sem o carregador. Segurei-a de modo que eu pudesse olhar dentro da câmara. A bala que ali estava era do tamanho errado e estava engasgada. Parecia um cartucho calibre .32. As balas no carregador eram do tamanho certo, calibre .25. Montei de novo a arma e voltei para a sala.

Eu não tinha ouvido um barulho sequer. Ela simplesmente havia deslizado para a parte da frente da poltrona, em cima do bonito chapéu. Estava tão gelada quanto uma sardinha.

Eu a fiz se recostar um pouco, tirei seus óculos e me certifiquei de que ela não engoliria a língua. Enfiei um lenço dobrado no canto da boca para que ela não a mordesse quando saísse do choque. Fui até o telefone e liguei para Carl Moss.

– Aqui é Philip Marlowe, doutor. Ainda tem pacientes para atender ou já acabou?

– Já acabei por hoje – ele disse. – Estou indo embora. Problemas?

– Estou em casa – falei. – Quatro-zero-oito, Edifício Bristol, caso não lembre. Tenho aqui uma moça que desmaiou. Não estou com medo do desmaio, mas tenho receio de que ela enlouqueça quando acordar.

– Não lhe dê nenhuma bebida – ele disse. – Estou a caminho.

Desliguei e me ajoelhei ao lado dela. Esfreguei um pouco as suas têmporas. Ela abriu os olhos. Os lábios começaram a se mexer. Puxei o lenço da sua boca. Ela olhou para cima, na minha direção, e disse:

– Estive na casa do senhor Vannier. Ele mora em Sherman Oaks. Eu...

– Se importa que eu a levante e a coloque no sofá? Você me conhece: Marlowe, o grande imbecil que sai por aí fazendo todas perguntas erradas.

– Olá – ela disse.

Levantei-a. Ela ficou toda dura, mas não disse nada. Coloquei-a sobre o sofá, cobri as suas pernas com a saia, coloquei um travesseiro sob a sua cabeça e levantei o chapéu do chão. Estava mais achatado que um linguado. Fiz o possível para endireitá-lo e o coloquei sobre a mesa.

Ela ficou me olhando de esguelha, enquanto eu fazia isso.

– Chamou a polícia? – perguntou, calmamente.

– Ainda não – falei. – Eu estava muito ocupado.

Ela pareceu surpresa. Eu não tinha certeza, mas achei que ela parecia um tanto magoada, também.

Abri a sua bolsa e dei-lhe as costas enquanto deslizava a arma de volta para dentro dela. Enquanto eu fazia isso dei uma olhada para ver o que mais havia na bolsa. As coisas de sempre: uns lenços, batom, um pó compacto numa embalagem prateada e vermelha, dois lenços de papel absorvente, uma carteira com muitas moedas e algumas notas de dólares, nada de cigarros, nem fósforos, nem entradas para o teatro.

Abri o zíper do bolsinho de trás. Ali estava a sua carteira de motorista e um pacote achatado de notas, dez notas de cinqüenta. Folheei-as. Nenhuma era nova em folha. Enfiado no atilho de borracha que as prendia estava um pedaço de papel. Tirei-o para fora, o abri e li. Estava cuidadosamente datilografado, com a data daquele dia. Era um recibo comum e atestaria, quando assinado, o recebimento de US$ 500. "Pagamento de conta."

Não parecia que seria jamais assinado, agora. Deslizei recibo e o dinheiro para o meu bolso. Fechei a bolsa e olhei para o sofá.

Ela estava olhando para o teto e fazendo aquilo de novo com o rosto. Fui até o meu quarto e apanhei um cobertor para jogar sobre ela.

E então passei na cozinha para mais um drinque.

Capítulo vinte e oito

O doutor Carl Moss era um judeu alto e corpulento com um bigodinho tipo Hitler, olhos estalados e a calma de um iceberg. Ele colocou seu chapéu e bolsa sobre uma cadeira, se aproximou e ficou olhando, inescrutavelmente, para a garota no sofá.

– Sou o doutor Moss – ele disse. – Como está se sentindo?

Ela perguntou:

– Você não é da polícia?

Ele se inclinou, sentiu o pulso dela e então ficou de novo parado, estudando a respiração da paciente.

– Onde sente dor, senhorita...?

– Davis – falei. – Senhorita Merle Davis.

– Senhorita Davis.

– Não sinto dor alguma – ela disse, olhando para cima, para encará-lo. – Eu nem mesmo sei por que estou aqui, deitada deste jeito. Achei que o senhor era da polícia. É que matei um homem.

– Bem, trata-se de um impulso humano normal – ele disse. – Eu matei dúzias – e não sorriu.

Ela ergueu o lábio e fez aquele movimento circular com a cabeça.

– Você sabe que não precisa fazer isso – ele disse, com bastante delicadeza. – Sente um fisgar de nervo aqui e ali e trata de piorá-lo e dramatizá-lo. Pode controlar isso, se quiser.

– Posso? – ela sussurrou.

– Se quiser – ele disse. – Mas não precisa. Não faz diferença alguma para mim, de qualquer modo. Não sente nenhuma dor?

– Não – balançou a cabeça.

Ele deu uns tapinhas no ombro dela e foi até a cozinha. Eu fui atrás dele. Ele recostou o quadril na pia e me deu um olhar frio.

– Qual é a história?

– Ela é a secretária de uma cliente minha. Uma tal de senhora Murdock, de Pasadena. A cliente é uma estúpida. Cerca de oito anos atrás, um homem assediou Merle duramente. Quanto, não sei dizer. Então – não quero dizer imediatamente, mas naquela época – ele caiu de uma janela, ou pulou. Desde então ela não tolera que homem algum a toque. Nem do modo mais inocente.

– Ã-hã – seus olhos estalados continuaram a ler o meu rosto. – Ela acha que o homem pulou pela janela por causa dela?

– Não sei. A senhora Murdock é a viúva do homem. Ela casou de novo, e seu segundo marido também morreu. Merle ficou com ela. A velha a trata como um pai brutal trata uma criança malcriada.

– Entendo. Regressiva.

– Como é?

– Choque emocional, e a tentativa inconsciente de fugir para a infância. Se a senhora Murdock a xinga e repreende bastante, mas não demais, isto aumentaria a tendência. Identificação da subordinação infantil com a proteção infantil.

– Precisamos mesmo falar nesses termos? – rosnei.

Ele sorriu para mim calmamente.

– Veja, rapaz. A garota é obviamente uma neurótica. Em parte porque foi induzida, em parte deliberadamente. Quero dizer que ela realmente gosta disso. Mesmo se não percebe que gosta. Seja como for, isso não tem importância agora. Que história é essa de matar um homem?

– Um homem chamado Vannier que mora em Sherman Oaks. Parece haver um problema de extorsão na história. Merle era incumbida de levar a ele o dinheiro, de tempos em tempos. Tinha medo dele. Eu já vi o cara. Um tipo nojento. Ela foi lá hoje à tarde e diz que atirou nele.

– Por quê?

– Ela diz que não gostou do jeito como ele a olhou.

– E atirou nele com o quê?

– Ela tem uma arma na bolsa. Não me pergunte por quê. Não sei. Mas se ela atirou nele, não foi com aquilo. A arma está com uma bala grande demais na câmara. Não pode ser disparada do jeito que está. Além disso, não foi disparada.

– Isso é demais para mim – ele disse. – Sou apenas um médico. O queria que eu fizesse com ela?

– Além disso – falei, ignorando a pergunta dele –, ela diz que a luz estava ligada, e era cerca de cinco e meia de uma tarde agradável de verão. E o cara estava usando pijamas, e havia uma chave na porta de entrada. E ele não se levantou para abrir a porta. Ele apenas ficou ali sentado, olhando para ela.

Ele balançou a cabeça e disse:

– Oh. – Enfiou um cigarro entre os lábios e o acendeu. – Se está esperando que eu lhe diga se ela realmente acha que matou ele, não posso fazê-lo. Pela sua descrição, entendo que o homem está morto. Não é?

– Meu chapa, não estive lá. Mas isso me parece bem claro.

– Se ela acha que atirou nele e não está apenas fingindo – e, Deus, como esses tipinhos fingem! –, isso indica que não se tratava de uma idéia nova para ela. Você diz que ela estava carregando uma arma. Então, provavelmente não era uma idéia nova. Ela pode ter complexo de culpa. Quer ser punida, quer se expiar de algum crime real ou imaginário. Novamente pergunto: o que quer que eu faça com ela? Ela não está doente, não está maluca.

– Ela não vai voltar para Pasadena.

– Oh – ele me olhou com curiosidade. – Ela tem família?

– Em Wichita. O pai é veterinário. Vou ligar para ele, mas ela terá de ficar aqui hoje à noite.

– Não sei nada quanto a isso. Ela confia o suficiente em você para passar a noite no seu apartamento?

– Ela veio aqui de livre e espontânea vontade, e não foi socialmente. Então, acho que confia.

Ele deu de ombros e cofiou o seu grosso bigode preto.

– Bem, vou dar a ela um sedativo, e a colocaremos na cama. E você pode gastar o chão enquanto briga com a sua consciência.

– Eu preciso sair – falei. – Preciso ir até lá e ver o que aconteceu. E ela não pode ficar aqui sozinha. E homem nenhum, nem mesmo um médico, vai colocá-la na cama. Chame uma enfermeira. Eu dormirei em outro lugar.

– Phil Marlowe – ele disse. – O Galahad* proletário. Oquei. Ficarei aqui até a enfermeira chegar.

Ele voltou para a sala e telefonou para uma agência de enfermeiras. Então ligou para a sua mulher. Enquanto telefonava, Merle sentou-se no sofá e entrelaçou as mãos empertigadamente sobre o colo.

– Não entendo por que a lâmpada estava ligada. Não estava escuro dentro de casa, em absoluto. Não estava tão escuro.

Perguntei:

– Qual o primeiro nome do seu pai?

– Doutor Wilbur Davis. Por quê?

– Não gostaria de comer alguma coisa?

Ainda segurando o telefone, Carl Moss disse para mim:

– Deixe isso para amanhã. Isto é provavelmente apenas um cansaço temporário.

Ele terminou o telefonema, desligou, foi até onde estava a sua maleta e voltou com duas cápsulas amarelas na mão, em cima de um chumaço de algodão. Ele pegou um copo de água, entregou as cápsulas para ela e disse:

– Engula.

– Não estou doente, estou? – ela perguntou, olhando para cima, na direção dele.

– Engula, minha filha, engula.

Ela apanhou as cápsulas, colocou-as na boca, pegou o copo de água e bebeu.

Enquanto eu descia pelo elevador lembrei que não havia chave alguma na bolsa dela, então parei no andar térreo, atravessei o saguão e saí pela avenida Bristol. Não foi difícil achar o carro. Estava mal estacionado, a mais de meio metro do meio-fio. Era um Mercury cinza conversível, e a placa era 2XIIII. Lembrei que essa era a placa do carro de Linda Murdock.

---

*Galahad: também conhecido como Galaaz. Personagem do romance de cavalaria *A demanda do Santo Graal*, do círculo arturiano. Um herói intrépido, formoso, mas ao mesmo tempo solitário, que arrebata corações e mostra-se o cavaleiro merecedor de ser o guardião do Santo Graal. (N. do T.)

Um chaveiro de couro pendia na porta do carro. Entrei, liguei o motor, vi que o tanque de gasolina estava cheio e saí dirigindo. Era um carrinho bom de dirigir, bem turbinado. Na estrada Cahuenga, parecia que ia voar como um pássaro.

Capítulo vinte e nove

A estrada Escamillo fazia três curvas em quatro quadras, por nenhum razão que fosse possível compreender. Era muito estreita, com uma média de quatro casas por quarteirão, e ladeada por uma série de colinas marrons nas quais nada crescia nessa estação a não ser artemísias e urtigas. No quinto e último quarteirão, a estrada Escamillo fazia uma pequena curva à esquerda, chegava em cheio à base de uma montanha e morria sem gemido algum. Nesse último quarteirão havia três casas, duas em lados opostos da estrada: uma na frente da outra, e a última no final da estrada. Esta era a casa de Vannier. Os faróis do carro mostraram a chave ainda na porta.

Era um bangalô pequeno tipo inglês, com um telhado alto, janelas frontais gradeadas, uma garagem ao lado e um *trailer* estacionado ao lado da garagem. A lua nascente brilhava silenciosa no pequeno gramado. Um enorme carvalho crescia próximo à varanda da frente. Não havia luz alguma na casa – nenhuma que pudesse ser vista pela frente, pelo menos.

Pelo traçado do terreno, uma luz ligada na sala de estar durante o dia não parecia completamente improvável. Era possivelmente uma casa escura, exceto de manhã. Como um ninho de amor a casa tinha seus pontos altos, mas como residência para um chantagista não era lá essas coisas. Uma morte súbita pode acontecer a qualquer momento, mas Vannier facilitava muito as coisas.

Entrei com o carro na garagem, dei ré para ficar de frente para a estrada, então dirigi até o fim da curva e estacionei ali. Caminhei pela rua porque não havia calçada. A porta da frente era feita de tábuas de carvalho unidas por ferro, chanfradas nas juntas. Havia um trinco vertical, do tipo de se apertar com o polegar, em vez de uma maçaneta. A cabeça de uma chave achatada projetava-se da fechadura. Toquei a campainha, que soou com aquele som remoto de uma campainha sendo tocada, à noite, em uma casa vazia. Caminhei ao redor do carvalho e enfiei a luz da minha lanterna portátil entre as ripas da porta da garagem. Havia um carro lá dentro. Dei a volta até os fundos da casa e olhei para o pequeno quintal sem flores, cercado por um pequeno muro baixo de pedras. Mais três carvalhos, uma mesa e algumas cadeiras de ferro embaixo de cada uma das árvores. Um incinerador de lixo nos fundos. Iluminei o *trailer* com a luz da lanterna antes de voltar para a frente. Parecia não haver ninguém no *trailer*. A porta estava trancada.

Abri a porta da frente, deixando a chave na fechadura. Eu não estava lá para bancar o espertinho. O que tivesse de ser, seria. Eu só queria me certificar. Apalpei ao redor da porta, por dentro, à procura do interruptor de luz, encontrei-o e o apertei. Lâmpadas fracas aos pares, em arandelas presas às paredes, contornavam toda a sala, mostrando a grande luminária da qual Merle havia falado, assim como outras coisas. Fui adiante para ligar a luminária, então voltei para apagar as luzes das paredes. A luminária tinha uma grande lâmpada invertida de vidro branco. Era possível conseguir três intensidades diferentes de luz. Girei o botão de controle até que a luz estivesse no máximo.

A sala ia da frente até os fundos da casa, com uma porta ao fundo e uma arcada à direita. Atrás da arcada havia uma pequena sala de jantar. As cortinas estavam corridas pela metade, no arco. Eram cortinas pesadas de brocado verde, longe de serem novas. A lareira ficava no meio da parede da esquerda, com prateleiras para livros na parede oposta e nos dois lados da lareira, mas não eram prateleiras embutidas. Dois sofás se contrapunham nos cantos da sala, e havia uma poltrona dourada, uma poltrona rosa, uma poltrona marrom e outra forrada de *jacquard* com um pufe para os pés.

Pernas de uma calça de pijamas descansavam sobre o pufe, tornozelos nus, pés em chinelas de couro marroquino verde-escuro. Meus olhos subiram, lentamente, cuidadosamente. Um robe de seda verde-escuro estampado, amarrado por um cordão com borlas nas pontas. O robe, aberto acima da cintura, deixava entrever um monograma bordado no bolso do pijama. Havia um lenço de linho, com duas pontas, cuidadosamente colocado no bolso. Um pescoço amarelo, com o rosto virado para o lado, apontava para um espelho na parede. Caminhei ao redor e olhei para o espelho. O rosto, de fato, tinha uma expressão irônica.

O braço e a mão esquerdas estavam caídos entre um dos joelhos e a lateral da poltrona; o braço direito pendia do lado de fora da poltrona, com as pontas dos dedos tocando o tapete. Tocando, também, a coronha de um pequeno revólver, de calibre provavelmente .32, uma arma para uso pessoal, com cano muito curto O lado direito do rosto estava contra o encosto da poltrona, mas o ombro direito estava marrom escuro de sangue, e também havia um pouco de sangue na manga direita. E também na poltrona. Um bocado de sangue na poltrona.

Achei que a sua cabeça não tinha se posicionado daquele jeito naturalmente. Alguma alma sensível não havia gostado do lado direito da cabeça.

Levantei o pé e gentilmente empurrei o pufe para o lado algumas polegadas. Os solados dos chinelos mexeram-se relutantemente sobre a superfície de *jacquard*, mas não a acompanharam. O homem estava tão duro quanto uma ripa de madeira. Então me abaixei e toquei o seu tornozelo. Duas vezes mais frio que gelo.

Sobre uma mesa próxima ao seu cotovelo direito havia metade de um drinque e um cinzeiro cheio de pontas e cinza. Três das pontas de cigarro estavam marcadas por batom. Batom vermelho-chinês. O tom que uma loira usaria.

Havia outro cinzeiro ao lado de outra poltrona. Fósforos dentro dele e um monte de cinzas, mas nenhuma ponta.

No ar da sala um perfume um tanto pesado estivera

lutando contra o cheiro da morte, e perdera. Apesar de derrotado, continuava por lá.

Dei uma olhada pelo resto da casa, ligando e desligando luzes. Dois quartos de dormir, um deles mobiliado com madeira clara, outro, com plátano vermelho. O quarto da madeira clara parecia ser um quarto de visitas. Um bom banheiro com azulejos cor de amora e um chuveiro fechado por uma porta de vidro. A cozinha era pequena. Havia muitas garrafas na pia. Muitas garrafas, muitos copos, muitas impressões digitais, muitas provas. Ou não, talvez.

Voltei à sala e fiquei em pé no meio dela, respirando pela boca o mais longe possível e me perguntando qual seria a minha pontuação quando eu denunciasse esse cadáver. Se eu denunciasse e reportasse que eu era o cara que havia encontrado Morningstar e fugido. A pontuação seria baixa, muito baixa. Marlowe, três assassinatos. Marlowe praticamente atolado até os joelhos em cadáveres. E sem nenhuma explicação razoável, lógica e simpática sobre tudo isto. Mas isso não era o pior. No minuto que eu contasse tudo, deixaria de ser um detetive particular. Seria o fim do que eu fazia, seja lá o que fosse, e também da possibilidade de descobrir o que quer que eu estivesse descobrindo.

Carl Moss poderia até querer proteger Merle com o manto de Esculápio, até certo ponto. Ou ele poderia pensar que seria melhor para ela a longo prazo contar tudo que havia para contar, fosse o que fosse.

Caminhei pensativamente até a poltrona de *jacquard*, cerrei os dentes e agarrei um punhado do cabelo dele suficiente para afastar a cabeça do encosto da cadeira. A bala havia entrado pela têmpora. O cenário bem poderia ser o de um suicídio. Mas pessoas como Louis Vannier não cometem suicídios. Um chantagista, mesmo um chantagista com medo, tem noção do seu poder e o adora.

Deixei a cabeça cair de volta para onde ela queria ir e me inclinei para esfregar a minha mão na franja do tapete. Ao me abaixar vi o canto da moldura de um quadro embaixo da prateleira inferior da mesa próxima ao cotovelo de Vannier.

Fui até ali e estendi a mão para apanhá-la, com o auxílio de um lenço.

O vidro estava todo quebrado. Havia caído da parede. Eu podia ver um pequeno prego. Era possível adivinhar como tudo havia acontecido. Alguém em pé à direita de Vannier, talvez até se inclinando sobre ele, alguém que ele conhecia e de quem não tinha medo, havia repentinamente puxado uma arma e disparado contra a sua têmpora. E então, assustado pelo sangue ou pelo coice do disparo, o assassino dera um pulo para trás e chocara-se contra o quadro, fazendo-o cair. A pintura aterrissou num dos seus cantos e foi parar embaixo da mesa. E o assassino era cuidadoso demais para tocá-la – ou assustado demais.

Olhei para ela. Era um quadro pequeno, nem um pouco interessante. Um cara vestido com um casaco e calções fofos, com laços nas mangas e um daqueles chapéus fofos de veludo com uma pena, inclinando-se bastante para fora de uma janela e aparentemente chamando alguém lá embaixo. O lá embaixo não estava no quadro. Era uma reprodução colorida de algo que nunca deveria ter sido reproduzido.

Olhei ao redor, para a sala. Havia outros quadros, um par de aquarelas bem bonitas, algumas gravuras – o que estava muito fora de moda naquele ano, ou não? –, meia dúzia no total. Bem, talvez o cara gostasse do quadro, e daí? Um homem se debruçando de uma janela alta. Há muito tempo.

Olhei para Vannier. Ele não me ajudava em nada. Um homem se debruçando para fora de uma janela alta, há muito tempo.

O ressoar da idéia em princípio foi tão sutil que quase a deixei escapar e se perder. O toque de uma pena, quase nem isso. O toque de um floco de neve. Uma janela alta, um homem se debruçando – há muito tempo.

Então entrou no lugar. Estava tão quente que me tonteou. De uma janela alta há muito tempo – oito anos atrás – um homem se debruçando – demais – um homem caindo – para a morte. Um homem chamado Horace Bright.

– Senhor Vannier – falei, com um leve toque de admiração –, a sua jogada foi muito boa.

Virei a pintura. Nas costas dela estavam escritas datas e quantias de dinheiro. Datas de quase oito anos atrás, quantias na maior parte de US$ 500, umas poucas de US$ 750, duas de US$ 1 mil. Havia um total em números pequenos. Era US$ 11 mil. O senhor Vannier não havia recebido o último pagamento. Já estava morto quando este chegou. Não era muito dinheiro, distribuído em oito anos. O cliente do senhor Vannier havia pechinchado bastante.

O papelão de trás estava fixado à moldura por agulhas de aço de vitrola. Duas delas haviam caído. Soltei o papelão e o rasguei um pouco ao fazê-lo. Havia um envelope branco entre o papelão e a pintura. Fechado, em branco. Rasguei um canto e o abri. Continha duas fotografias quadradas e um negativo. As fotos eram exatamente iguais. Mostravam um homem inclinando-se para fora da janela com a boca aberta, gritando. Suas mãos estavam sobre peitoril de tijolos da janela. Havia o rosto de uma mulher atrás dos seus ombros.

Era um homem mais para o magro, de cabelos escuros. Seu rosto não estava muito nítido, nem o rosto da mulher atrás dele. Ele estava se debruçando para fora de uma janela e gritando, ou pedindo socorro.

Lá estava eu, segurando a fotografia e olhando para ela. E tanto quanto eu podia ver, ela não significava coisa alguma. Eu sabia que tinha de significar algo. Eu só não sabia o quê. Mas continuei olhando para a fotografia. E em pouco tempo havia algo de errado. Era uma coisa muito pequena, mas vital. A posição das mãos do homem, alinhadas à altura da parede onde esta terminava para dar lugar à esquadria da janela. As mãos não estavam segurando nada, não estavam tocando em nada. Era o lado interno dos pulsos dele que estava alinhado contra o peitoril de tijolos. As mãos estavam no ar.

O homem não estava se debruçando. Ele estava caindo.

Coloquei tudo de volta no envelope, dobrei o papelão e enfiei tudo no meu bolso. Escondi moldura, vidro e gravura no armário, embaixo das toalhas.

Tudo isso levou muito tempo. Um carro parou na frente da casa. Pés vieram até a porta.

Eu me esgueirei atrás das cortinas do arco que dava para a salinha de jantar.

Capítulo trinta

A porta da frente se abriu e então se fechou, sem barulho.

Houve um silêncio, que perdurou no ar como a respiração de um homem no ar gelado, e então um grito forte, terminando em um lamento desesperado.

Então a voz de um homem, tenso de fúria, dizendo:

– Mais ou menos. Tente de novo.

A voz da mulher disse:

– Meu Deus, é Louis! Ele está morto!

A voz do homem disse:

– Posso estar enganado, mas ainda acho que isso cheira mal.

– Meu Deus, ele está morto, Alex. Faça algo. Pelo amor de Deus, *faça* algo.

– É – a voz dura e tensa de Alex Morny disse. – Eu deveria fazer. Deveria fazer você ficar igual a ele. Com sangue e tudo. Eu deveria deixar você tão morta quanto, tão fria quanto, tão podre quanto ele. Não, não preciso fazer isso. Você já é tudo isso. Podre que nem ele. Oito meses casada, me traindo com um sujeitinho desses. Meu Deus! O que foi que eu pensei para me ligar com uma vagabunda como você?

Nas últimas palavras ele estava quase gritando.

A mulher fez outro som de lamento.

– Pare de enrolar – Morny disse, com amargura. – Para que acha que eu a trouxe aqui? Você não está enganando ninguém. Está sendo vigiada há semanas. Esteve aqui na noite passada. E eu já estive aqui hoje. Vi tudo o que há para ver. Seu batom nos cigarros, o copo em que você bebeu. Posso vê-la agora, sentada no braço da poltrona dele, acariciando o cabelo seboso dele, e então dando-lhe um balaço enquanto ele ainda ronronava. Por quê?

– Oh, Alex, querido, não diga coisas horríveis assim.

– A Lilian Gish* dos velhos tempos – Morny disse. – Muito Lilian Gish dos velhos tempos. Pule a parte da agonia, benzinho. Preciso pensar o que fazer com isso tudo. Para que diabos acha que estou aqui? Não vou acender mais nenhuma vela ao diabo por você, nunca mais. Nunca mais, benzinho, nunca mais, meu precioso e querido anjinho loiro, matadora de homens. Mas me importo comigo, com a minha reputação e com os meus negócios. Por exemplo, você limpou a arma?

Silêncio. Então o som de um tapa. A mulher gemeu. Ela estava magoada, terrivelmente magoada. Magoada nas profundezas da sua alma. Ela transmitiu isso muito bem.

– Olhe, anjo – Morny –, não venha com essa canalhice para cima de mim. Já trabalhei com cinema. Sou um *connoisseur* de canalhice. Pule essa parte. Você vai me dizer como isso tudo aconteceu nem que eu tenha que arrastá-la pelos cabelos. Agora: você limpou a arma?

De repente, ela riu. Uma risada artificial, mas clara e com um estalido gostoso. Então parou de rir, tão repentinamente quanto havia começado.

Sua voz disse:

– Sim.

– E o copo que você usou?

– Sim – uma voz baixa agora, muito indiferente.

– E colocou as impressões dele na arma?

– Sim.

Ele pensou em silêncio.

– Provavelmente não vai enganá-los – ele disse. – É quase impossível colocar as impressões digitais de um morto em uma arma de um modo convincente. O que mais que você limpou?

---

* Lilian Gish (1893-1993): considerada uma das grandes atrizes da época do cinema mudo, de uma beleza diáfana e dramática. Estrelou *O nascimento de uma nação*, entre vários outros filmes. (N. do T.)

– Na-nada. Oh, Alex. Por favor, não seja tão brutal.

– Pare. *Pare!* Mostre-me como fez, onde você estava, como segurou a arma.

Ela não se mexeu.

– Não se preocupe com as impressões digitais – Morny disse. – Vou pôr impressões melhores na arma. Muito melhores.

Ela se movimentou lentamente em direção às cortinas, e eu pude vê-la. Estava vestindo uma calça de gabardine verde-claro, um casaco esportivo castanho-claro com pespontos, um turbante vermelho-escarlate com uma cobra dourada na cabeça. Seu rosto estava borrado de lágrimas.

– Pegue a arma! – Morny gritou para ela. – Mostre-me!

Ela se abaixou ao lado da poltrona e reapareceu com a arma na mão e com os dentes cerrados. Apontou a arma na direção da abertura das cortinas, na direção da salinha onde eu estava.

Morny não se mexeu, não fez um barulho sequer.

A mão da loira começou a tremer, e a arma dançou num faniquito, para cima e para baixo, no ar. A boca dela tremia, e o braço caiu.

– Não consigo – ela suspirou. – Eu deveria atirar em você mas não consigo.

A mão se abriu, e a arma baqueou contra o chão.

Morny atravessou a sala até as cortinas rapidamente, empurrou a mulher para fora do caminho e com o pé arremessou a arma de volta para onde ela estava.

– Não consegue – ele disse, irritado. – Não consegue... Agora, veja.

Ele puxou um lenço e se inclinou para pegar a arma novamente. Apertou algo, e o tambor se abriu. Ele levou a mão direita ao bolso e um cartucho rolou entre os seus dedos. Alinhou o cartucho na sua mão e inseriu-o numa das câmaras do tambor. Ele repetiu a performance mais quatro vezes, fechou o tambor e rodou-o até ficar na posição certa. Depôs a arma no chão, retirou a mão e o lenço e se endireitou.

– Você não conseguiria atirar em mim – ele disse com

desprezo – porque não havia nada na arma, a não ser um cartucho vazio. Agora está carregada novamente. Os cilindros estão na posição certa. Um tiro foi dado. E as suas impressões digitais estão na arma.

A loira estava muito quieta, olhando para ele com olhos estupefatos.

– Ah, esqueci de dizer a você – ele disse, macio. – *Eu* limpei a arma. Achei que seria muito melhor ter *certeza* de que as suas impressões digitais estavam na arma. Eu achava que estavam. Mas achei que eu gostaria de ter *certeza* de que estavam. Entende?

A garota disse, baixinho:

– Vai me entregar?

As costas dele estavam voltadas para a minha direção. Roupas escuras. Chapéu de feltro puxado para baixo. Então eu não podia ver o rosto dele. Mas eu quase pude ver o sorriso escarninho com que ele disse:

– Sim, meu anjo, vou entregar você.

– Entendo – ela disse e olhou para ele de um jeito superior. Havia uma repentina e grave dignidade no rosto exagerado de dançarina.

– Vou entregar você, meu anjo – ele disse lentamente, espaçando as palavras, como se aquilo lhe desse prazer. – Algumas pessoas vão ficar com pena de mim e algumas pessoas vão rir de mim. Mas não causará prejuízo algum aos meus negócios. Absolutamente nenhum prejuízo. É uma das coisas boas de um negócio como o meu. Um pouco de escândalo não o prejudicará em nada.

– Então tenho apenas valor publicitário para você – ela disse. – Isso sem pensar, é claro, no risco de você próprio ser enquadrado como suspeito.

– Exatamente – ele disse. – Exatamente.

– E quanto ao meu motivo? – ela perguntou, ainda calma, ainda superior e com tanto desprezo que ele absolutamente não o captou.

– Não sei – ele falou. – Não me importa. Você estava tramando algo com ele. Eddie seguiu-a até o centro, até uma rua em Bunker Hill onde você se encontrou com um cara loiro de terno marrom. Deu algo a ele. Eddie abandonou você e seguiu o cara até um prédio de apartamentos perto dali. Tentou segui-lo mais um pouco, mas estava desconfiado que o cara estivesse percebendo e teve de desistir. Não sei do que se tratava. Mas sei de uma coisa. Naquele prédio um jovem chamado Phillips foi morto, ontem. Saberia alguma coisa a respeito disso, meu doce?

A loira falou:

– Não, eu não saberia nada sobre isso. Não conheço ninguém chamado Phillips e, ainda que pareça estranho, não decidi matar alguém só para me divertir um pouco.

– Mas você atirou em Vannier, minha querida – Morny disse, quase gentilmente.

– Oh, sim – ela falou, de modo arrastado. – Claro. Estávamos justamente nos perguntando que razão eu teria para matá-lo. Já conseguiu pensar em alguma coisa?

– Você pode discutir isso com os tiras – ele largou. – Diga que foi uma briga de amor. Diga o que quiser.

– Talvez – ela disse – ele se parecesse um pouco com você, quando estava bêbado. Talvez tenha sido essa a razão.

Ele disse:

– Ah – e segurou a respiracão.

– Mais bonito – ela disse. – Mais jovem, com menos barriga. Mas com o mesmo sorriso afetado de auto-suficiência.

– Ah – Morny disse, e ele estava sofrendo.

– Será que isso serviria? – ela perguntou, com doçura.

Ele deu dois passos à frente e desferiu um soco. Pegou no lado do rosto, e ela caiu sentada no chão, com uma longa perna esticada à frente, uma mão na mandíbula, mas com pupilas muito azuis, olhando para cima, na direção dele.

– Talvez você não devesse ter feito isso – ela disse. – Talvez eu não vá levar tudo isso adiante, agora.

– Você vai levar tudo isso adiante, sim. Não tem escolha. Vai se safar com facilidade. Deus, tenho certeza disso. Com a sua beleza... Mas você vai adiante com tudo isso, meu anjo. Suas impressões digitais estão naquela arma.

Ela se pôs de pé, lentamente, ainda com a mão na mandíbula.

Então ela sorriu.

– Eu sabia que ele estava morto – ela disse. – Aquela chave na porta é minha. Estou bem disposta a ir à polícia e dizer que atirei nele. Mas não coloque a sua mão branca nojenta em mim de novo – se quer a minha ajuda. Sim. Estou disposta a ir até os tiras. Vou me sentir muito mais segura com eles do que com você.

Morny se virou, e eu vi o sorriso irônico e pálido no seu rosto e a covinha da cicatriz na sua bochecha tremelicando. Ele passou pela abertura das cortinas. A porta da frente se abriu de novo. A loira ficou parada um momento, olhou para trás, por cima do ombro, para o cadáver, deu de ombros muito de leve e saiu da minha linha de visão.

A porta se fechou. Passos na entrada. Então o barulho das portas de um carro se abrindo e se fechando. O motor rugiu, e o carro se foi.

Capítulo trinta e um

Depois de um bom tempo eu saí do meu esconderijo e fiquei olhando a sala mais uma vez. Avancei e apanhei a arma do chão, limpei-a com muito cuidado e a coloquei no chão novamente. Apanhei as três pontas de cigarro carimbadas de vermelho do cinzeiro sobre a mesa, carreguei-as para o banheiro e dei descarga nelas. Então olhei ao redor, procurando o segundo copo com as impressões dela. Não havia um segundo copo. Aquele que estava com metade de um drinque eu levei para a cozinha, lavei e limpei com um pano de prato.

Então a parte nojenta. Me ajoelhei no tapete próximo à poltrona, apanhei a arma e peguei a mão rígida dele. As impressões não ficariam boas, mas seriam impressões, e não seriam de Lois Morny. A arma tinha um cabo emborrachado com ranhuras quadriculadas, com um pedaço quebrado do lado esquerdo, abaixo do parafuso. Nenhuma impressão ali. Uma impressão do polegar no lado direito do cano, dois dedos na guarda do gatilho, uma impressão de polegar na parte chata do lado esquerdo, atrás das câmaras do tambor. Bastava.

Dei mais uma olhada pela sala.

Diminuí um pouco a luz da luminária. Ainda brilhava demais sobre a cara morta e amarela. Abri a porta da frente, tirei a chave, limpei-a e a enfiei de novo na fechadura. Bati a porta, limpei o trinco e caminhei ao longo da quadra até chegar ao Mercury.

Dirigi de volta a Hollywood, tranquei o carro e caminhei pela calçada passando por outros carros estacionados até a entrada da avenida Bristol.

Um sussurro áspero falou comigo na escuridão, vindo de um carro. Falou o meu nome. O rosto longo e vazio de Eddie Prue pairava próximo ao teto de um pequeno Packard, atrás da direção. Estava sozinho no carro. Me inclinei sobre a porta do veículo e olhei para ele.

– Como está se saindo, bisbilhoteiro?

Joguei fora um fósforo e baforei fumaça na cara dele. Falei:

– Quem deixou cair aquele recibo de equipamentos dentários que você me deu na noite passada? Vannier, ou outra pessoa?

– Vannier.

– O que eu devia fazer com aquilo? Adivinhar a história da vida de um homem chamado Teager?

– Não gosto de caras burros – Eddie Prue disse.

Falei:

– Por que ele teria o recibo no bolso? Para deixar cair? E se ele deixou cair, por que você simplesmente não o devolveu? Em outras palavras, vendo que sou um cara burro, explique para mim por que um recibo de equipamento dentário deveria deixar todo mundo tão alarmado e com vontade de contratar detetives particulares. Especialmente gente do tipo de Alex Morny, que não gosta de detetives particulares.

– Morny é um bom coração – Eddie Prue disse, com frieza.

– Ele é o cara para quem inventaram a expressão "tão burro quanto um ator".

– Pule essa parte. Não sabe para que eles usam esse material dentário?

– Sim. Eu descobri. Usam albastone para fazer moldes de dentes e cavidades. É algo muito difícil, o grão é muito fino e guarda qualquer detalhe, por mínimo que seja. A outra substância, cristobalite, é usada para revestimento no modelo que vai receber a cera fundida. É usada porque suporta muito calor sem perder a forma. Me diga que não sabe do que eu estou falando.

– Imagino que você saiba como se faz detalhes de ouro – Eddie Prue disse. –Sabe, não?

– Gastei duas horas do meu dia de hoje aprendendo. Sou um especialista. Onde isso me leva?

Ele ficou quieto durante um tempo, e então disse:

– Costuma ler os jornais?

– De vez em quando.

– Será que você leu sobre um velho chamado Morningstar que foi apagado no Edifício Belfont, na rua Nove, apenas dois andares abaixo de onde este H. R. Teager tinha escritório? Você não teria lido isso, teria?

Não lhe respondi. Ele me olhou por mais um momento, então levou a mão até o painel do carro e deu a partida. O motor do carro pegou, e ele começou a debrear.

– Ninguém pode ser tão imbecil quanto você tenta parecer – ele disse, suavemente. – Ninguém é assim. Boa noite.

O carro se afastou do meio-fio e desceu as colinas na direção da avenida Franklin. Eu estava sorrindo para o nada quando o carro desapareceu.

Subi até o apartamento, destranquei a porta, a abri alguns centímetros e então bati, de leve. Houve uma movimentação lá dentro. A porta foi escancarada por uma moça fortuda com uma lista preta no boné do seu uniforme branco de enfermeira.

– Sou Marlowe. Moro aqui.

– Entre, senhor Marlowe. O doutor Moss me disse.

Fechei a porta sem fazer barulho e falamos em voz baixa.

– Como está ela? – perguntei.

– Está dormindo. Ela já estava meio tonta quando cheguei aqui. Sou a senhorita Lymington. Não sei muito sobre ela exceto que a temperatura está normal e que a pulsação ainda está um pouco acelerada, mas se acalmando. Um distúrbio mental, imagino?

– Ela encontrou um homem assassinado – falei. – Isso a destruiu. Ela está dormindo pesado o suficiente para que eu possa entrar e pegar algumas coisas para levar ao hotel?

– Oh, sim. Se não fizer barulho. Ela provavelmente não vai acordar. Se acordar, não faz mal.

Me aproximei da mesa e pus algum dinheiro sobre ela.

– Há café e bacon, ovos, pão, suco de tomate, laranjas e bebidas aqui – falei. – Se precisar de qualquer outra coisa, terá que ligar e pedir que entreguem.

– Eu já tinha investigado os seus mantimentos – ela disse, sorridente. – Temos tudo de que precisamos até o café-da-manhã de amanhã. Ela vai ficar aqui?

– Isso é com o doutor Moss. Acho que ela vai para casa assim que estiver em condições. Sua casa fica bem longe daqui, em Wichita.

– Sou apenas uma enfermeira – ela disse. – Mas não acho que ela tenha qualquer problema que uma boa noite de sono não cure.

– Uma boa noite de sono e melhores companhias – falei, mas aquilo não significou nada para a senhorita Lymington.

Caminhei pelo corredor e espiei dentro do quarto. Tinham colocado um dos meus pijamas nela. Ela estava deitada praticamente de costas, com um braço caindo para fora dos lençóis. A manga da parte de cima do meu pijama estava dobrada umas seis polegadas, ou mais. A pequena mão ao final da manga estava fechada num punho. Seu rosto estava relaxado, pálido e bastante pacífico. Eu entrei no *closet*, peguei uma pequena mala e coloquei algumas coisas nela.

Quando estava saindo, olhei para Merle de novo. Seus olhos se abriram e olharam direto para o teto. Então eles se moveram, o suficiente para me ver, e um pequeno sorriso contraiu os cantos dos seus lábios.

– Olá – era uma vozinha fraca e exausta, uma voz que sabia que a sua dona estava de cama, com enfermeira e tudo.

– Olá.

Me aproximei dela e fiquei olhando para baixo, com o meu sorriso recém-polido nas minhas feições bem-talhadas.

– Eu estou bem – ela sussurrou. – Estou bem. Não estou?

– Claro.

– Esta cama é sua?

– Não tem problema. Não vou morder você.

– Não estou com medo – ela disse. Uma mão deslizou na minha direção, com a palma para cima, pedindo para que eu a segurasse. Segurei-a. – Não tenho medo de você. Nenhuma mulher jamais teria medo de você, não é verdade?

– Vindo de você – falei –, imagino que isso seja um elogio.

Seus olhos sorriram, e então ficaram sérios novamente.

– Eu menti para você – ela disse, suavemente. – Eu.. eu... não matei ninguém.

– Eu sei. Estive lá. Esqueça. Não fique pensando nisso.

– As pessoas estão sempre dizendo para a gente esquecer coisas desagradáveis. Mas a gente nunca esquece. Quero dizer que é uma coisa meio boba de se falar.

– Oquei – falei, fingindo estar magoado. – Então sou bobo. E que tal dormir mais um pouco?

Ela virou o rosto, até que seus olhos puderam me encarar diretamente. Sentei na beirada da cama, segurando a sua mão.

– A polícia virá aqui?

– Não. E por favor tente não ficar decepcionada.

Ela franziu o cenho:

– Deve me achar muito tola.

– Bem... talvez.

Duas lágrimas se formaram, deslizaram até os cantos dos olhos e rolaram gentilmente bochechas abaixo.

– A senhora Murdock sabe onde estou?

– Ainda não. Vou até lá avisá-la.

– Precisará contar a ela... tudo?

– Sim, por que não?

Ela virou a cabeça para longe de mim.

– Ela vai entender – sua voz disse, suavemente. – Ela sabe da coisa horrível que fiz há oito anos. A coisa horrível e assustadora.

– Claro – falei. – É por isso que ela tem pago dinheiro a Vannier, esse tempo todo.

– Oh, meu Deus – ela disse, e trouxe a outra mão de debaixo dos lençóis e puxou aquela que eu estava segurando para que pudesse apertá-las uma contra a outra, com força. – Eu gostaria que você não tivesse que saber isso. Gostaria que não precisasse. Ninguém nunca soube, a não ser a senhora Murdock. Meus pais nunca souberam. Gostaria que você também não soubesse.

A enfermeira apareceu na porta e me olhou severamente.

– Acho que ela não deveria estar falando assim, senhor Marlowe. Acho que o senhor deveria deixá-la, agora. Poderia ocasionar outro, ãnhm, espasmo – ela disse, evitando os meus olhos com severidade.

– Bem, se ela tem de ter outro espasmo, não é melhor que o tenha de uma vez, enquanto a senhorita está aqui, e terminar logo com tudo? Vá para a cozinha e sirva-se de um drinque.

– Nunca bebo enquanto trabalho – ela disse, friamente. – Além disso, eu ficaria com hálito de álcool e alguém poderia perceber.

– A senhorita está trabalhando para mim agora. Todos os meus empregados são solicitados a beber, de tempos em tempos. Além disso, se fizesse uma refeição e bebesse um pouco das bebidas do armário da cozinha, ninguém sentiria o seu hálito.

Ela me deu um sorriso rápido e saiu do quarto de novo. Merle ouvira a tudo como se fosse um frívolo intervalo em uma peça muito séria. Bastante contrariada.

– Quero lhe contar tudo – ela disse, sem fôlego. – Eu...

Eu me debrucei e coloquei uma mão sobre as suas duas mãos entrelaçadas.

– Agora não. Marlowe sabe tudo. A não ser como ter uma vida profissional decente. Não chega nem para o feijão. Agora você vai dormir de novo e amanhã vou levá-la de volta a Wichita, para visitar os seus pais. Financiado pela senhora Murdock.

– Ora, isso é maravilhoso da parte dela – exclamou, os olhos escancarados e brilhantes. – Ela sempre foi maravilhosa comigo.

Levantei da cama.

– Ela é uma mulher maravilhosa – falei, sorrindo. – Maravilhosa. Vou até lá agora, e nós dois teremos um bate-papo perfeitamente adorável enquanto tomamos umas xícaras de chá. E se não voltar a dormir agora mesmo, não vou deixar você confessar mais nenhum assassinato.

– Você é horrível – ela disse. – Não gosto de você. – Ela virou a cabeça para o outro lado, enfiou os braços embaixo do lençol e fechou os olhos.

Fui em direção da porta. Antes de sair me virei e olhei para trás rapidamente. Ela estava com um olho aberto, me observando. Olhei-a de relance, e o olho se fechou no mesmo instante.

Voltei à sala de estar, dei o olhar que me restara à senhorita Lymington e saí com a minha mala.

Dirigi para o bulevar Santa Monica. A loja de penhores ainda estava aberta. O velho judeu com solidéu preto pareceu surpreso que eu fosse recobrar meu penhor tão rápido. Falei a ele que as coisas em Hollywood eram assim.

Ele tirou o envelope do cofre, rasgou-o para abri-lo, pegou o meu dinheiro e tíquete de penhor e deslizou a reluzente moeda de ouro na sua mão.

– Isso é tão valioso que estou detestando ter de devolvê-la – ele disse. – O trabalho manual, você vê, o trabalho artesanal é maravilhoso.

– E o ouro da moeda deve valer uns vinte dólares – falei.

Ele deu de ombros e sorriu. Eu coloquei a moeda no bolso e lhe dei boa noite.

Capítulo trinta e dois

O luar sobre o gramado da frente da casa parecia uma folha branca de papel, exceto embaixo do cedro, onde havia uma escuridão espessa como um veludo negro. Ainda estavam iluminadas duas das janelas do andar térreo e uma janela do quarto do andar de cima, que podia ser avistado da frente. Atravessei o caminho de pedras e toquei a campainha.

Não olhei para o negrinho pintado preso ao bloco de cimento. Não acariciei a cabeça dele aquela noite. A piada parecia velha.

Uma mulher de cabelos brancos e rosto corado que eu não havia visto antes abriu a porta, e eu disse:

– Sou Philip Marlowe. Gostaria de ver a senhora Murdock. A senhora Elizabeth Murdock.

Ela me olhou um tanto desconfiada.

– Acho que ela já se deitou – disse. – Acho que não poderá vê-la.

– São apenas nove horas.

– A senhora Murdock vai para a cama cedo – e começou a fechar a porta.

Ela era uma velhinha legal, e eu detestaria ter de forçar a porta. Apenas me encostei contra a porta.

– É sobre a senhorita Davis – falei. – É importante. Poderia dizer isso a ela?

– Vou ver.

Dei um passo atrás e a deixei fechar a porta.

Um tordo cantou em uma árvore ali perto. Um carro rasgou a rua rápido demais e derrapou ao fazer a curva na esquina. Fragmentos da risada de uma moça vieram da rua escura como se o carro os tivesse deixado cair, na pressa.

A porta se abriu depois de um tempo, e a mulher disse:

– Pode entrar.

Eu a segui através do grande e vazio hall de entrada. Uma única lâmpada brilhava fraca, quase sem iluminar a parede oposta. O lugar estava parado demais, e o ar precisava ser renovado. Fomos até o final do hall e subimos um lance de escadas que tinha um corrimão esculpido e um pilar de sustentação. Outro hall lá em cima, com uma porta aberta aos fundos.

Eu fui escoltado através da porta aberta, e a mesma foi fechada atrás de mim. Era uma grande sala de estar com muito *chintz*, um papel de parede azul e prateado, um sofá, um tapete azul e janelas francesas abertas para uma sacada. Havia um toldo sobre a sacada.

A senhora Murdock estava sentada em uma cadeira de braços estofados com uma mesinha baixa à sua frente. Estava vestindo um robe bordado, e seu cabelo parecia um pouco desgrenhado. Estava jogando cartas. Ela tinha o monte na mão direita e depôs uma carta e moveu outra antes de levantar o olhar na minha direção.

Então ela disse:

– E então?

Fui até a mesinha das cartas e olhei para baixo, na direção do jogo. Era paciência.

– Merle está no meu apartamento – falei. – Teve um faniquito.

Sem olhar para cima, ela falou:

– O que é um faniquito, senhor Marlowe?

Ela moveu outra carta, e então mais duas, rapidamente.

– Um problema nos nervos, como diziam – falei. – Nunca surpreendeu a si mesma roubando nesse jogo?

– Não tem graça nenhuma se você rouba – ela disse, mal-humorada. – E um pouco de graça se você não rouba. Que história é essa sobre Merle? Ela nunca ficou tanto tempo fora. Eu estava ficando preocupada com ela.

Puxei uma cadeira estofada para perto e sentei, do lado da mesa oposto ao dela. Fiquei muito baixinho. Levantei-me, apanhei outra cadeira melhor e sentei de novo.

– Não precisa se preocupar com ela – falei. – Chamei um médico e uma enfermeira. Ela está dormindo. Tinha ido ao encontro de Vannier.

Ela depôs o monte de cartas, dobrou suas mãos grandes

e cinzentas sobre a beirada da mesa e olhou para mim solidamente.

– Senhor Marlowe – ela disse –, é melhor que esclareçamos uma coisa, você e eu. Cometi um erro ao chamá-lo, em primeiro lugar. Culpa do fato de eu detestar ser tomada por imbecil, como o senhor diria, por uma criaturinha como Linda. Mas teria sido bem melhor se eu não tivesse entrado nessa questão. Teria sido mais fácil suportar a perda do dobrão do que aturar você. Mesmo que eu não conseguisse a moeda de volta.

– Mas você conseguiu.

Ela concordou. Seus olhos continuaram sobre o meu rosto.

– Sim, eu consegui a moeda de volta. Você ouviu como.

– Não acreditei naquilo.

– Nem eu – ela disse, com calma. – O tolo do meu filho estava simplesmente assumindo a culpa por Linda. Uma atitude que julgo infantil.

– A senhora tem um certo talento – falei – para se cercar de pessoas que tomam esse tipo de atitude.

Ela apanhou as cartas novamente e se debruçou para colocar um dez preto em cima de um valete vermelho, o que ela podia já ter feito antes. Então ela estendeu o braço para o lado, na direção de uma pequena e pesada mesa sobre a qual estava o seu porto. Ela bebeu um pouco, depôs o cálice e me deu um olhar duro, desdenhoso.

– Algo me diz que vai ser insolente, senhor Marlowe.

Balancei a cabeça.

– Insolente, não. Apenas franco. Não fui assim tão mau para a senhora. Conseguiu o dobrão de volta. Mantive a polícia longe. Até agora. Não fiz nada a respeito do divórcio, mas encontrei Linda – o seu filho sabia onde ela estava o tempo todo –, e não acho que a senhora vá ter qualquer problema com ela. Ela sabe que cometeu um erro casando-se com Leslie. Entretanto, se acha que não fiz por merecer...

Ela fez um *humpf* e apanhou mais uma carta. Conseguiu levar o ás de ouros até a linha de cima.

– O ás de paus está soterrado, diabos. Não vou conseguir tirá-lo a tempo.

– Dê um jeito de deslizá-lo para fora da fila – falei – quando a senhora não estiver olhando.

– Não seria melhor – ela disse, muito controlada – continuar me contando sobre Merle? E não se vanglorie demais se tiver descoberto outro segredo de família, senhor Marlowe.

– Não estou me vangloriando de nada. A senhora mandou Merle à casa de Vannier hoje à tarde, com quinhentos dólares.

– E se eu tiver mandado? – ela se serviu de um pouco de vinho do porto e bebericou, olhando-me fixamente por cima do cálice.

– Quando foi que ele pediu o dinheiro?

– Ontem. Só consegui sacá-lo do banco hoje. O que aconteceu?

– Vannier tem chantageado a senhora há cerca de oito anos, não é mesmo? Por causa de algo que aconteceu no dia 26 de abril de 1933?

Um certo pânico se agitou nas profundezas dos seus olhos, mas muito lá longe, muito difuso, como se estivesse lá há muito tempo e tivesse apenas aflorado por um segundo.

– Merle me contou algumas coisas – falei. – Seu filho me contou como o pai dele morreu. Pesquisei em arquivos e jornais hoje. Morte acidental. Houve um acidente na rua sob o escritório dele e muitas pessoas estavam se debruçando para fora das janelas para olhar. Ele simplesmente se debruçou um pouco demais. Houve rumores sobre suicídio porque ele estava falido e tinha um seguro de vida de cinqüenta mil para a sua família. O investigador encarregado foi legal e fez vista grossa para isso.

– E então? – ela disse. Era uma voz gelada e dura, nem um grasnido nem um arfar. Uma voz fria, dura, profundamente indiferente.

– Merle era a secretária de Horace Bright. Uma moça esquisita, de certo modo, tímida demais, sem sofisticação, com a mentalidade de uma garota do interior, que gosta de dramatizar as coisas, com idéias bastante antiquadas a respeito de homens, todas essas coisas. Imagino que alguma vez ele tenha se embriagado e tenha passado uma cantada nela e que isso a deixou de cabelos em pé.

– E? – outro monossílabo frio e duro me cutucando como o cano de uma arma.

– Ela ficou remoendo aquilo e desenvolveu instintos homicidas. Teve uma oportunidade e se parou atrás dele. Enquanto ele se debruçava pela janela. Que tal isso?

– Fale claramente, senhor Marlowe. Eu agüento uma conversa direta.

– Deus do céu, preciso ser mais direto? Ela empurrou o próprio patrão para fora da janela. Assassinou-o, para falar claramente. E conseguiu escapar. Com a sua ajuda.

Ela olhou para baixo, para a mão esquerda fechada sobre as cartas. Balançou a cabeça. Seu queixo se moveu uma mísera polegada, para baixo, para cima.

– Vannier tinha alguma prova disso? – perguntei. – Ou ele apenas viu o que aconteceu, deu o bote e a senhora lhe dava um dinheiro de vez em quando para evitar escândalo? E também porque a senhora realmente gostava muito de Merle?

Ela jogou mais uma carta antes de me responder. Firme como uma pedra.

– Ele falou sobre uma fotografia – ela disse. – Mas nunca acreditei. Ele não podia ter tirado uma foto. E se tivesse tirado uma, teria me mostrado, mais cedo ou mais tarde.

Falei:

– Não, acho que não. Teria sido uma foto muito pouco nítida, mesmo que ele tivesse uma câmera preparada, por conta do que estava acontecendo lá embaixo, na rua. Mas entendo que ele não tenha tido a coragem de mostrar. A senhora às vezes mete medo. Pode ser que ele tenha receado que mandasse darem cabo dele. Quero dizer, as coisas podem ter parecido assim para um canastrão como ele. Quanto pagou?

– Isso não é do seu... – ela começou a dizer, então parou e deu de ombros. Era uma mulher poderosa, forte, robusta, cruel e capaz de agüentar esse tipo de coisa. Ela pensou. –

Onze mil e cem dólares, sem contar os quinhentos que mandei a ele esta tarde.

– Ah. Foi muito legal da sua parte, senhora Murdock. Considerando tudo.

Ela moveu uma mão vagamente, e deu de ombros de novo.

– Foi culpa do meu marido – ela disse. – Ele estava bêbado, descontrolado. Não acho que tenha machucado ela de verdade, mas, como você mesmo disse, quase a matou de susto. Eu... eu não posso culpá-la muito. Ela já se culpou o suficiente durante todos esses anos.

– Ela precisava levar o dinheiro para Vannier em pessoa?

– Esta era a idéia dela de penitência. Uma punição estranha.

Balancei a cabeça, concordando.

– Acho que isso é bem da personalidade dela. Mais tarde a senhora se casou com Jasper Murdock e manteve Merle consigo e cuidou dela. Alguém mais sabe?

– Ninguém. Apenas Vannier. Com certeza ele não disse a ninguém.

– Não. Dificilmente ele faria isso. Bem, está tudo terminado agora. Vannier já era.

Ela levantou os olhos lentamente e me deu um longo e direto olhar. Sua cabeça cinza era uma pedra no topo de uma montanha. Ela finalmente depôs as cartas e apertou as mãos uma contra a outra sobre a beirada da mesa. Os nós dos dedos esbranquiçaram-se.

Falei:

– Merle veio até o meu apartamento enquanto eu estava fora. Pediu ao zelador para deixá-la entrar. Ele me telefonou, e eu disse que tudo bem. Fui para lá rapidamente. Ela me disse que havia atirado em Vannier.

A respiração dela era quando muito um suspiro rápido e fraco na imobilidade da sala.

– Ela tinha uma arma na bolsa. Sabe Deus por quê. Para se proteger contra os homens, suponho. Mas alguém – Leslie, eu diria – havia arrumado a arma para que ficasse inofensiva, colocando uma bala do tamanho errado na câmara. Ela me disse que havia matado Vannier e desmaiou. Chamei um médico amigo meu. Fui até a casa de Vannier. Havia uma chave na porta. Ele estava morto, sentado numa poltrona. Bem morto, frio, rígido. Morto muito tempo antes de Merle chegar lá. Ela não atirou nele. O fato de ela ter me dito aquilo foi apenas uma dramatização. O doutor me explicou tudo detalhadamente, mas não vou incomodá-la com isso. Acho que a senhora entende tudo muito bem.

Ela disse:

– Sim. Acho que entendo. E agora?

– Ela está deitada, no meu apartamento. Há uma enfermeira lá. Fiz uma chamada interurbana para o pai de Merle. Ele quer que ela vá para casa. Tudo bem com a senhora?

Ela ficou me olhando.

– Ele não sabe de nada – falei, rapidamente. – Nem sobre essa nem sobre a outra vez. Tenho certeza disso. Apenas quer que ela vá para casa. Pensei em levá-la. Parece ser minha responsabilidade, agora. Vou precisar daqueles últimos quinhentos dólares que Vannier não abocanhou. Para despesas.

– E quanto mais, depois? – ela perguntou, brutalmente.

– Não diga isso. A senhora sabe.

– Quem matou Vannier?

– Parece que ele cometeu suicídio. Uma arma na sua mão direita. Uma ferida à queima-roupa na têmpora. Morny e sua mulher estiveram lá enquanto eu também estava. Fiquei escondido. Morny está tentando colocar a culpa na mulher. Ela andava se divertindo com Vannier. Então ela provavelmente acha que foi ele, ou que ele mandou que o matassem. Mas parece um suicídio. Os tiras devem estar lá agora. Não sei o que vão achar. Teremos de ficar sentados quietinhos e esperar.

– Homens como Vannier – ela disse, com severidade – não se suicidam.

– É o mesmo que dizer que garotas como Merle não empurram ninguém da janela. Não quer dizer nada.

Ficamos olhando um para o outro, com aquela hostilidade primeva que havia estado lá desde o início. Depois de um momento, empurrei minha cadeira para trás, abri a janela francesa e fui para a sacada. A noite caíra completamente, suave e quieta. O luar esbranquiçado estava frio e límpido, como a justiça com a qual sonhamos e que nunca encontramos.

As ruas lá embaixo lançavam sombras pesadas sob a lua. No meio do jardim havia uma espécie de outro jardim, em miniatura. Percebi o brilho de uma fonte. Havia um balanço de jardim ao lado. Alguém estava deitado sobre o balanço, e a brasa de um cigarro aceso brilhou enquanto eu olhava para baixo.

Voltei para o quarto. A senhora Murdock estava jogando paciência de novo. Me aproximei da mesa e olhei para baixo:

– Conseguiu tirar o ás de paus – falei.

– Eu trapaceei – ela disse, sem olhar para cima.

– Há uma coisa que eu gostaria de lhe perguntar – falei. – Esta história do dobrão ainda está um pouco confusa, por causa de uns assassinatos que não parecem fazer sentido agora que a senhora tem a moeda de volta. O que eu estava me perguntando é se havia alguma coisa a respeito do Dobrão Murdock que pudesse identificá-lo para um especialista. A um especialista como Morningstar.

Ela pensou, parada, sentada, sem olhar para cima.

– Sim. Pode ser que sim. As iniciais do cunhador, E. B., estão na asa esquerda da águia. Normalmente, me disseram, elas ficam na asa direita. É a única coisa em que consigo pensar.

Falei:

– Acho que isso pode ser suficiente. A senhora realmente obteve a moeda de volta, não é mesmo? Quero dizer, não foi apenas algo que disse para fazer com que eu parasse de fuçar por aí?

Ela lançou um rápido olhar para cima, e então olhou para baixo de novo.

– Está na sala-forte nesse momento. Se puder encontrar o meu filho, ele a mostrará a você.

– Bem, vou lhe dar boa noite. Por favor mande empacotar

as roupas de Merle e mande-as ao meu apartamento pela manhã.

Sua cabeça fez um brusco movimento para cima de novo e seus olhos faiscaram.

– Está bem prepotente por causa disto tudo, meu jovem.

– Mande colocarem as roupas numa mala – falei. – E mande entregá-las. Não precisa mais de Merle. Agora que Vannier está morto.

Nossos olhos se fixaram com dureza e ficaram assim por um longo momento. Um sorrisinho estranho e duro moveu os cantos dos lábios dela. Então a sua cabeça se abaixou, sua mão direita apanhou a carta de cima do monte que estava na mão esquerda e a virou, os olhos dela a fixaram e então ela virou a próxima carta, sem fazer barulho, calmamente, com uma mão tão firme como um píer de rochas sob uma brisa suave.

Atravessei o quarto, saí, fechei a porta com cuidado, passei pelo corredor, desci as escadas, passei pelo hall além da varanda coberta e pelo pequeno escritório de Merle, e então pela sala de estar triste, lúgubre, abandonada que, só de estar ali, fez eu me sentir como um corpo embalsamado.

As portas francesas ao fundo se abriram, e Leslie Murdock entrou e parou, olhando para mim.

Capítulo trinta e três

Seu traje esporte estava amarrotado, bem como o cabelo. Seu pequeno bigode avermelhado parecia tão desagradável quanto de costume. As olheiras embaixo dos seus olhos eram quase como poços profundos.

Ele segurava a piteira preta e longa, que estava vazia, e batia-a contra a palma da mão esquerda, enquanto ficava ali, sem gostar de mim, sem querer me encontrar, sem querer falar comigo.

– Boa noite – ele disse, circunspecto. – Indo embora?

– Ainda não. Quero falar com você.

– Não acho que tenhamos alguma coisa para falar. E estou cansado de falar.

– Oh, sim, temos sim. Um homem chamado Vannier.

– Vannier? Mal conheço o cara. Já o vi por aí. O pouco que sei sobre ele não me agrada.

– Você o conhece um pouco mais do que isso – falei.

Ele se adiantou e sentou-se em uma das cadeiras desafio-o-a-sentar-se-em-mim e inclinou-se para a frente para apoiar o queixo na mão direita e olhar para o chão.

– Muito bem – ele disse, cansado. – Vamos logo com isso. Tenho a sensação de que vai fazer um discurso brilhante. Um raciocínio lógico sem tropeços, com intuição e todo esse lixo. Exatamente como um detetive de livro.

– Claro. Juntando as provas uma a uma, reunindo-as em um padrão bem definido, incluindo sorrateiramente um que outro detalhe desconhecido que eu porventura tivesse na manga, analisando os motivos e as personalidades e fazendo com que se pareçam bem diferentes daquilo que qualquer pessoa – ou mesmo eu, aliás – havia pensado até este dourado momento – e finalmente chegando àquele que parecia ser o menos suspeito dos suspeitos.

Ele levantou os olhos e quase sorriu:

– Que, então, ficará pálido como papel, com espuma na boca, e sacará uma arma da orelha direita.

Sentei-me próximo a ele e peguei um cigarro:

– Exatamente. Deveríamos encenar isso juntos alguma vez. Você tem uma arma?

– Não aqui comigo. Mas tenho uma. Sabe disso.

– Estava com ela ontem à noite, quando visitou Vannier?

Ele deu de ombros e mostrou os dentes.

– Oh. Eu visitei Vannier na noite passada?

– Acho que sim. Dedução. Você fumou cigarros Benson & Hodges Virginia. Eles deixam uma cinza dura, da forma do cigarro. Um cinzeiro na casa dele tinha o suficiente desses rolinhos cinza para dar conta de pelo menos dois cigarros. Mas nenhuma ponta lhes fazia companhia. Porque você usa numa piteira, e uma ponta de cigarro que esteve em uma piteira fica diferente. Então você levou as pontas embora. Gostou?

– Não – a voz dele era baixa. Ele olhou para baixo, na direção do chão, mais uma vez.

– Este é um exemplo de dedução. Um mau exemplo. Porque pode não ter havido ponta nenhuma, mas, se houve e elas foram removidas, pode ter sido porque havia batom nelas. Batom de uma cor específica que pelo menos indicaria o tom de pele da fumante. E a sua mulher tem o hábito curioso de jogar suas pontas de cigarro na lata de lixo.

– Deixe Linda fora disso – ele disse, friamente.

– Sua mãe ainda acha que Linda pegou o dobrão e que a versão que você contou, dizendo que o pegou para dar a Alex Morny, era apenas uma mentira para protegê-la.

– Eu mandei deixar Linda fora disso – o barulho da piteira preta batendo contra seus dentes era afiado e rápido, como um telégrafo.

– Vou fazer isso – falei. – Mas não acreditei na sua história por outra razão. Esta – tirei o dobrão do bolso e segurei-o sobre a minha mão na frente da cara dele.

Ele olhou fixamente para o objeto. Sua boca se tensionou.

– Esta manhã, enquanto você estava contando a sua história, isto aqui estava penhorado no bulevar Santa Monica, por questão de segurança. Foi mandado para mim por um pretenso detetive chamado George Phillips. Um sujeito simplório que se permitiu entrar numa fria devido a um mau julgamento e à ânsia por um trabalho. Um cara forte e loiro, num terno marrom, usando óculos escuros e um chapéu espalhafatoso. Dirigia um Pontiac cor de areia, quase novo. Você pode tê-lo visto perambulando pelo corredor do lado de fora do meu escritório ontem de manhã. Ele estava me seguindo por aí e antes disso pode ser que ele tenha seguido você por aí.

Ele pareceu genuinamente surpreso.

– Por que ele faria isso?

Acendi meu cigarro e deixei o fósforo cair em um cinzeiro de jade que parecia nunca ter sido usado como um cinzeiro.

– Eu disse que pode ser que ele o tenha seguido. Não tenho certeza de que o fez. Pode ser que tenha ficado vigiando esta casa. Ele me localizou aqui e não acho que tenha me seguido enquanto eu vinha até aqui.

Eu ainda tinha a moeda na mão. Olhei para baixo, na direção dela, virei-a, jogando-a no ar, olhei para as iniciais E. B. estampadas na asa esquerda e a guardei.

– Pode ser que ele estivesse vigiando a casa porque havia sido contratado para negociar uma moeda rara para um velho numismata chamado Morningstar. E o velho numismata de algum modo suspeitou de onde vinha a moeda, disse-o a Phillips, ou deu-lhe a dica, e também lhe disse que a moeda era roubada. Incidentalmente, ele estava errado quanto a isso. Se o seu dobrão Brasher está realmente lá em cima nesse exato momento, então a moeda que Phillips foi contratado para repassar não era uma moeda roubada. Era uma moeda falsificada.

Seus ombros tremeram rapidamente, como se ele estivesse com frio. Fora isso, ele não se moveu nem mudou de posição.

– Receio que esta esteja se mostrando uma dessas longas histórias, afinal das contas – falei, bastante gentilmente. – Sinto muito. É melhor que eu a organize um pouco mais. Não é uma história bonita, porque tem dois assassinos, talvez três. Um homem chamado Vannier e um homem chamado Teager tiveram uma idéia. Teager é um técnico dentário no Edifício Belfont, o prédio do velho Morningstar. A idéia era falsificar uma rara e valiosa moeda de ouro, não rara demais, para que pudesse ser vendida, mas rara o suficiente para valer bastante dinheiro. O método que eles arquitetaram era mais ou menos o mesmo que um técnico dentário usa para fazer uma prótese de ouro. Requerendo os mesmos materiais, o mesmo aparato, a mesma técnica. Isto é, reproduzir um modelo em ouro com exatidão, fazendo uma matriz em um cimento duro, fino e branco chamado albastone, então fazendo uma réplica do modelo nessa matriz em cera moldável, completar os pequenos detalhes, então imprimindo este molde, como eles dizem, em outro tipo de gesso chamado cristobalite, que tem a propriedade de suportar altas temperaturas sem sofrer distorção. Uma pequena abertura é deixada para fora com o auxílio de um alfinete de aço que é retirado quando o cimento se solidifica. Então o cristobalite modelado é assado sobre uma chama até que a cera ferve e escorre por essa pequena abertura, deixando um molde oco do modelo original. Este é preso contra o cadinho de uma centrífuga, e ouro derretido é injetado para dentro dele pela força centrífuga do cadinho. Então o cristobalite, ainda quente, é colocado embaixo de água fria e se desintegra, deixando sua forma em ouro com um alfinete de ouro aderido, representando a pequena abertura. Esta saliência é cortada fora, a gravação em ouro é limpa com ácido e polida, e então temos, nesse caso, um novo Dobrão Brasher, feito de ouro sólido e exatamente igual à moeda original. Entende o que quero dizer?

Ele fez que sim com a cabeça e movimentou sobre ela uma mão exausta.

– O máximo de técnica que isso requer – continuei – seria apenas aquela de um técnico dentário. O processo não seria de utilidade alguma para uma cunhagem rotineira, se se tratasse de uma cunhagem a ouro, porque o material e a mão de obra custariam mais do que a moeda valeria. Mas para uma moeda de ouro que fosse valiosa por ser rara, serviria perfeitamente. Então foi isso que fizeram. Mas eles tinham que ter um modelo. É aí que você entra. Você apanhou o dobrão, é claro, mas não para dá-lo a Morny. Você o pegou para dá-lo a Vannier. Correto?

Ele olhou para o chão e não falou nada.

– Relaxe – falei. – Nas atuais circunstâncias, não é nada tão horrível assim. Suponho que ele tenha lhe prometido dinheiro, porque você precisava de dinheiro para pagar dívidas de jogo, e a sua mãe é sovina. Mas ele tinha um trunfo ainda maior na manga do que isso.

Ele olhou para cima rapidamente, com o rosto pálido e um certo horror nos olhos.

– Como soube disso? – ele quase sussurrou.

– Descobri. Um pouco me disseram, outro pouco eu investiguei, outro tanto adivinhei. Vou chegar nisso depois. Agora, Vannier e seu comparsa fizeram um dobrão e querem que você o experimente. Queriam ter certeza de que a mercadoria deles resistiria à inspeção de um homem supostamente entendido em moedas raras. Então Vannier teve a idéia de contratar um otário e fazer com que ele tentasse vender a moeda falsificada para o velho Morningstar, barato o suficiente para que o velho achasse que era roubada. Escolheram George Phillips para otário, através de um anúncio que ele próprio havia colocado num jornal. Acho que Lois Morny era o contato de Vannier com Phillips, pelo menos de início. Não acho que ela estivesse envolvida de verdade. Ela foi vista dando a Phillips um pequeno pacote. Este pacote pode ter contido o dobrão que Phillips estava tentando vender. Mas quando ele o mostrou ao velho Morningstar, esbarrou num problema. O velho conhecia as coleções de moedas antigas e as moedas raras. Ele provavelmente achou que a moeda era autêntica – seria necessário muitos testes para mostrar que não era –, mas o jeito com que as iniciais do cunhador estavam gravadas na moeda era pouco usual e deu a ele a idéia de que a moeda poderia ser o Dobrão Brasher. Ele ligou para cá e tentou descobrir. Isso deixou a sua mãe desconfiada, descobriu-se que a moeda havia sido levada e ela suspeitou de Linda, a quem ela odeia, e me contratou para obter a moeda de volta e dar uma dura em Linda para conseguir o divórcio, sem divisão de patrimônio.

– Eu não quero divórcio – Murdock disse, irritado. – Nunca tive uma idéia dessas. Ela não tinha direito algum... – ele parou e fez um gesto desesperado e um som tipo um soluço.

– Oquei, eu sei disso. Bem, o velho Morningstar deu um susto em Phillips, que não era corrupto, apenas imbecil. Deu um jeito de fazer com que Phillips lhe desse o seu número de telefone residencial. Ouvi o velho ligando para esse número: me escondi no seu escritório depois que ele achou que eu já tinha saído. Eu tinha acabado de me oferecer para comprar o dobrão de volta por mil dólares, e Morningstar havia aceitado a oferta, pensando que conseguiria a moeda com Phillips, algum dinheiro pela intermediação e que tudo ficaria bem. Enquanto isso, Phillips estava vigiando esta casa, talvez para ver se havia presença de policiais. Ele me viu, viu o meu carro, conseguiu meu nome pela placa do carro e coincidiu que ele sabia quem eu era. – Ele me seguiu por aí, tentando se decidir a pedir minha ajuda até que eu o interpelei em um hotel do centro e ele resmungou algo sobre ter me conhecido em um caso em Ventura quando ele era um auxiliar de xerife lá, e sobre estar num caso que não lhe cheirava bem e sobre estar sendo seguido por um cara alto com um olho estranho. Esse cara era o Eddie Prue, o cachorrão do Morny. Morny sabia que sua mulher estava de história com Vannier e mandou que a vigiassem. Prue a viu fazendo contato com Phillips perto de onde esse vivia, na rua Court, em Bunker Hill, e então seguiu Phillips até que ele achou que Phillips havia percebido que estava sendo seguido, o que efetivamente aconteceu. E Prue, ou alguém trabalhando para Morny, pode ter me visto indo para o apartamento de Phillips na rua Court. Porque ele tentou me assustar pelo telefone e mais tarde pediu que eu fosse até lá falar com Morny.

Livrei-me da minha ponta de cigarro no cinzeiro de jade, olhei para o rosto vazio e infeliz do homem sentado à minha frente e pisei de novo no acelerador. Foi difícil, e o som da minha voz estava começando a me irritar.

– E agora chegamos em você. Quando Merle lhe contou que sua mãe havia contratado um detetive, isso o assustou bastante. Imaginou que ela havia dado pela falta do dobrão, veio correndo até o meu escritório e tentou conseguir algo comigo. Muito afável, muito sarcástico de início, muito solícito com a sua mulher, mas muito inquieto. Não sei o que você achava que tinha descoberto, mas entrou em contato com Vannier. Agora você tinha de levar a moeda de volta para a sua mãe, rápido, com alguma explicação. Você se encontrou com Vannier em algum lugar, e ele lhe devolveu o dobrão. Possivelmente outra moeda falsificada. Seria típico dele ficar com a moeda verdadeira. Então Vannier vê seu negócio correndo o risco de ir pelos ares antes de ser finalizado. Morningstar ligou para a sua mãe, e eu fui contratado. Morningstar desconfiou de alguma coisa. Vannier vai até o apartamento de Phillips, se esgueira pela saída dos fundos, e fala com Phillips, tentando descobrir em que pé ele estava. Phillips não diz a ele que já havia enviado a moeda falsificada para mim, tendo endereçado o pacote com um tipo de caligrafia que mais tarde foi encontrada em um diário no escritório dele. Concluo isso do fato de que Vannier não tentou tirá-la de mim. Não sei o que Phillips disse a Vannier, claro, mas é provável que ele tenha dito que o serviço era sujo, que ele sabia de onde vinha a moeda e que ia se dirigir à polícia ou à senhora Murdock. E Vannier puxou uma arma, o fez desmaiar com uma coronhada e atirou nele. Ele revistou Phillips e o apartamento e não encontrou o dobrão. Então foi até Morningstar. Morningstar tampouco estava com a moeda falsificada, mas Vannier provavelmente não acreditou. Rachou o crânio do velho com um golpe da arma e vasculhou o cofre, talvez tenha encontrado algum dinheiro, talvez não tenha encontrado nada, mas de qualquer modo deixou tudo de um jeito que parecesse roubo. Então Vannier foi direto para casa, ainda chateado porque não havia encontrado o dobrão, mas com a satisfação de ter tido uma boa tarde de trabalho: um bom par de assassinatos bem executados. Sobrava você.

Capítulo trinta e quatro

Murdock lançou um olhar exausto para mim, então seus olhos seguiram até a piteira preta que ele ainda mantinha enganchada na mão. Ele a enfiou no bolso da camisa, levantou-se de repente, alinhou os nós de uma mão contra os da outra e sentou-se novamente. Tirou para fora um lenço e enxugou um pouco o rosto.

– Por que eu? – ele perguntou em uma voz rouca e tensa.

– Você sabia demais. Talvez soubesse sobre Phillips, talvez não. Depende de quão envolvido você estava. Mas você sabia sobre Morningstar. O plano havia saído errado, e Morningstar havia sido morto. Vannier não podia simplesmente se recostar e esperar que você não descobrisse tudo isso. Ele precisava fazer você ficar quietinho, muito, muito quietinho. Mas ele não precisava matá-lo para fazer isso. Na verdade, matar você teria sido uma má decisão. Acabaria com o trunfo dele sobre a sua mãe. Ela é uma mulher fria, inescrupulosa e avarenta, mas machucar você faria dela uma tigresa enfurecida. Ela não se importaria com o que pudesse acontecer.

Murdock levantou os olhos. Tentou deixá-los vazios de estupefação. Mas apenas conseguiu deixá-los confusos e chocados.

– Minha mãe... o quê?

– Não tente me enganar mais do que o necessário – falei. – Estou cansado de ser enrolado pela família Murdock. Merle foi até o meu apartamento esta noite. Está lá agora. Ela esteve na casa de Vannier para levar-lhe algum dinheiro. Dinheiro de chantagem. Dinheiro que era pago a ele seguidamente, durante oito anos. Eu sei por quê.

Ele não se moveu. Suas mãos estavam rígidas, sobre os joelhos. Seus olhos tinham quase desaparecido no fundo da cabeça. Eram os olhos de um condenado.

– Merle encontrou Vannier morto. Veio até mim e disse que ela o havia matado. Não vamos entrar na discussão de por que ela acha que precisa confessar os crimes de outras pessoas. Fui até lá, e ele estava morto desde a noite passada. Estava mais duro que um boneco de cera. Havia uma arma caída no chão perto da sua mão direita. Era uma arma cuja descrição eu já tinha ouvido, uma arma que pertencia a um homem chamado Hench, em um apartamento do outro lado do corredor do apartamento de Phillips. Alguém desovou a arma que matou Phillips e pegou a arma de Hench. Hench e sua namorada estavam bêbados e deixaram a porta do apartamento aberta. Não foi provado que se tratava da arma de Hench, mas será. Se é a arma de Hench, e Vannier cometeu o suicídio, isso liga Vannier à morte de Phillips. Lois Morny também o liga a Phillips, de outro modo. Se Vannier não cometeu o suicídio – e não acredito que ele o tenha feito –, ainda assim isso pode conectá-lo a Phillips. Ou pode conectar outra pessoa a Phillips, alguém que também tenha matado Vannier. Há algumas razões pelas quais não gosto dessa hipótese.

A cabeça de Murdock se ergueu. Ele disse:

– Não? – em uma voz subitamente clara. Havia uma nova expressão no seu rosto, algo brilhante e resplandecente e ao mesmo tempo um pouco tolo. A expressão de um homem fraco que está orgulhoso.

Falei:

– Acho que você matou Vannier.

Ele não se moveu, e a expressão brilhante e resplandecente continuou no seu rosto.

– Foi até lá ontem à noite. Ele mandou chamá-lo. Ele lhe disse que estava numa encrenca e que, se ele fosse pego, cuidaria para que você ficasse encrencado também. Ele não disse algo assim?

– Sim – Murdock disse, baixinho. – Algo exatamente assim. Ele estava bêbado e um tanto alterado, e parecia estar inebriado de poder. Estava quase contando vantagem. Ele disse que, se o levassem à câmara de gás, eu estaria sentado bem do lado dele. Mas não foi só isso o que ele disse.

– Não. Ele não queria ir para a câmara de gás e ele não via, na ocasião, nenhuma boa razão para isso, se você mantivesse seu bico fechado. Então ele jogou o seu trunfo. O poder que ele tinha sobre você, que fez você pegar o dobrão e entregá-lo a ele, mesmo que ele também tenha lhe prometido dinheiro, era algo sobre Merle e o seu pai. Eu sei de tudo. Sua mãe me contou o pouco que eu ainda não tinha descoberto sozinho. Isso era o primeiro trunfo dele, e era bastante forte. Porque dava a você uma desculpa.

Mas na noite passada ele queria algo ainda mais forte. Então ele contou-lhe a verdade e disse que tinha provas.

Ele estremeceu, mas a expressão clara de orgulho deu um jeito de permanecer no seu rosto.

– Puxei uma arma para ele – ele disse, numa voz quase feliz. – Afinal de contas, é a minha mãe.

– Ninguém pode negar isso.

Ele se levantou, muito distinto, muito alto.

– Fui até a poltrona em que ele estava sentado, me abaixei e coloquei a arma contra a cara dele. Ele tinha uma arma no bolso do robe. Tentou apanhá-la, mas não conseguiu fazê-lo em tempo. Tirei-a dele. Coloquei a minha arma de volta no meu bolso. Coloquei o cano da outra arma contra o lado da cabeça dele e disse que iria matá-lo, se ele não mostrasse a tal prova e a entregasse a mim. Ele começou a suar e gaguejou que estava só brincando comigo. Destravei a arma para assustá-lo um pouco mais.

Ele parou e ergueu uma das mãos à frente do corpo. A mão tremia, mas enquanto ele olhava para baixo, na direção dela, ela se estabilizou. Ele deixou-a cair ao lado e me olhou nos olhos.

– A arma estava com defeito, ou então tinha um disparador muito sensível. Disparou. Pulei de encontro à parede e derrubei um quadro. Eu tinha pulado de susto com a arma que tinha disparado, mas isso fez com que o sangue não respingasse em mim. Limpei a arma, coloquei os dedos dele ao redor do revólver e então o coloquei no chão, próximo à mão dele. Ele morreu na hora. Praticamente não sangrou, exceto o primeiro jorro. Foi um acidente.

– Por que estragar tudo? – eu disse, semi-zombeteiramente. – Por que não fazer disso um bom e honesto assassinato?

– Foi isso o que aconteceu. Não posso prová-lo, claro. Mas acho que eu poderia tê-lo matado, não fosse isso. E quanto à polícia?

Levantei-me e dei de ombros. Eu me sentia cansado, gasto, saqueado e vazio. Minha garganta doía de tanto falar, e meu cérebro, de tentar manter meus pensamentos em ordem.

– Não sei sobre a polícia – falei. – Eles e eu não somos lá muito amigos, por que eles acham que estou escondendo algo deles. E Deus sabe que estão certos. Pode ser que cheguem até você. Se você não foi visto, se não deixou impressões digitais por lá, e mesmo que tenha deixado, se não tiverem nenhuma outra razão para suspeitar de você e checar suas impressões, então pode ser que nunca pensem em você. Se eles descobrirem sobre a moeda e que se tratava do Dobrão Murdock, não sei o que acontecerá. Tudo depende de você se portar bem com eles.

– Exceto pelo bem da minha mãe – ele disse –, não dou muita bola. Sempre fui um inútil.

– E, por outro lado – falei, ignorando o papo furado –, se a arma realmente tem um disparador muito sensível e você conseguir um bom advogado e conseguir contar uma história honesta e tal, nenhum júri vai condená-lo. Júris não gostam de chantagistas.

– É uma pena – ele disse. – Por que não estou em posição de usar isso. Não sei nada sobre chantagem nenhuma. Vannier me mostrou um modo de conseguir algum dinheiro, do qual eu estava precisando muito.

Falei:

– Ã-hã. Se a polícia levar as coisas até o ponto que você precise usar da chantagem, você vai usá-la, sim. Sua velha mãe vai fazê-lo usar. Se se tratar do seu pescoço ou do dela, ela vai falar.

– É horrível – ele disse. – Horrível dizer isso.

– Você teve sorte quanto àquela arma. Todas as pessoas que conhecemos brincaram com ela, limpando impressões e colocando outras novas. Eu mesmo coloquei um conjunto novo de impressões na arma, para não ficar de fora. É mais difícil quando a mão está dura. Mas eu tinha de fazê-lo. Morny estava lá, fazendo com que a mulher dele deixasse as impressões dela. Ele acha que ela matou Vannier, então ela provavelmente acha que ele matou.

Ele simplesmente ficou me olhando. Mordisquei o meu lábio. Parecia tão seco quanto um pedaço de vidro.

– Bem, acho que vou indo, agora – falei.

– Quer dizer que vai me deixar sair assim dessa? – sua voz estava ficando um pouco pretensiosa, mais uma vez.

– Não vou entregá-lo, se é isso que quer dizer. Mais do que isso, não garanto nada. Se eu for envolvido nisso tudo, vou precisar enfrentar a situação. Não se trata de uma questão de moralidade. Não sou um tira, nem um informante comum, nem um oficial da Justiça. Você diz que foi um acidente. Oquei, foi um acidente. Eu não fui testemunha. Não tenho prova nem de uma coisa, nem de outra. Estive trabalhando para a sua mãe e seja lá quanto de direito sobre meu silêncio que isso dá a ela, ela vai ter. Não gosto dela, não gosto de você. Não gosto dessa casa. Não gostei muito da sua mulher. Mas gosto de Merle. Ela é um pouco tola e mórbida, mas também é bastante doce. E sei o que essa maldita família fez a ela nos últimos oito anos. E sei que ela não empurrou ninguém de janela nenhuma. Isso explica as coisas?

Ele balbuciou, mas não saiu nada que fosse coerente.

– Estou levando Merle para casa – falei. – Pedi à sua mãe para mandar as roupas dela para o meu apartamento amanhã de manhã. Caso ela esqueça, ocupada demais com o seu jogo de paciência, você poderia cuidar para que isso fosse feito?

Ele balançou a cabeça, concordando humildemente. Então ele disse, numa vozinha estranha:

– Você está indo, assim? Eu não... eu nem lhe agradeci. Um homem que mal conheço, se arriscando por mim. Não sei o que dizer.

– Estou indo, do jeito que sempre vou – falei. – Com um leve sorriso e um rápido abano. E com uma profunda e sincera esperança de que não o verei na sala de identificação. Boa noite.

Virei de costas para ele, fui até a porta e saí. Uma saída boa, tranqüila, apesar de toda a nojeira. Pela última vez me aproximei e acariciei a cabeça do negro pintado e então caminhei pelo imenso gramado, à luz do luar filtrada pelos arbustos e pelo cedro. Cheguei à rua e fui até o meu carro.

Voltei dirigindo até Hollywood, comprei uma garrafa de uma boa bebida, me registrei no Plaza e sentei na lateral da cama olhando para os meus pés e bebendo o uísque direto do gargalo.

Exatamente como qualquer bêbado doméstico.

Depois de beber as doses necessárias para que meu cérebro parasse de pensar, tirei a roupa e entrei na cama e, depois de um tempo, mas não muito rápido, peguei no sono.

Capítulo trinta e cinco

Eram três da tarde em ponto, e havia cinco malas dentro do apartamento, junto à porta, alinhadas sobre o tapete. Lá estava a minha mala de couro amarelo, bem arranhada de ambos os lados de tanto ser carregada em porta-malas de carros. Havia duas boas malas pequenas, ambas marcadas com as iniciais L. M. Havia uma coisa velha e preta, imitação de leão-marinho, marcada com as iniciais M. D., e uma dessas sacolas de imitação de couro que você pode comprar em qualquer loja de subúrbio por um dólar e 49 centavos.

O doutor Carl Moss acabara de sair pela porta, me xingando, porque eu o obrigara a deixar a sua turma de hipocondríacos vespertinos esperando. O cheiro adocicado do seu cigarro Fatima envenenou o ar para mim. Eu estava remoendo, naquilo que havia sobrado do meu cérebro, o que ele havia dito quando eu lhe perguntara quanto tempo demoraria para Merle ficar bem.

– Depende do que você quer dizer por “bem”. Ela sempre vai ser fraca dos nervos e fraca em matéria de instintos básicos. Ela sempre vai respirar ar viciado. Teria dado uma freira ótima. O sonho religioso, com suas limitações, suas emoções estilizadas e sua rígida pureza, teria sido uma perfeita libertação para ela. Do jeito que ela está, provavelmente vai virar uma dessas virgens de cara fechada que ficam sentadas atrás de pequenas escrivaninhas em bibliotecas públicas carimbando datas em livros.

– Ela não é tão má assim – eu tinha dito, mas ele fez uma careta para mim com a sua cara de judeu e saiu pela porta. – E, além disso, como é que você sabe que elas são virgens? – acrescentei à porta fechada, mas isso não me levou a lugar algum.

Acendi um cigarro e vaguei até a janela, e depois de um tempo ela entrou pela porta que dava para a parte íntima do apartamento e ficou ali, olhando para mim com seus olhos circundados por olheiras e seu pequeno rosto, pálido e sério, sem nenhuma maquiagem, a não ser nos lábios.

– Coloque um pouco de ruge nas bochechas – disse a ela. – Você está parecendo a Branca de Neve após uma noite horrível.

Ela saiu da sala e pôs um pouco de ruge nas bochechas. Quando voltou, olhou para a bagagem e disse, suavemente:

– Leslie me emprestou duas das suas malas.

Eu falei:

– É – e passei os olhos sobre ela. Estava bem bonita. Vestia umas calças de cintura alta cor de ferrugem, mocassins, uma camisa estampada em branco e marrom e um lenço laranja no pescoço. Não estava de óculos. Seus olhos grandes e límpidos azul-cobalto tinham uma expressão levemente dopada, mas não mais do que seria de se esperar. Seu cabelo estava amarrado firmemente, mas não pude fazer grande coisa a esse respeito.

– Eu só tenho lhe dado trabalho – ela disse. – Sinto muito.

– Bobagem. Falei com o seu pai e a sua mãe. Eles estão muito felizes. Disseram que só viram você duas vezes em oito anos. Achavam que tinham perdido você.

– Vou adorar vê-los durante um tempo – ela disse, olhando para baixo, na direção do tapete. – É muito gentil da senhora Murdock me deixar ir. Ela nunca conseguiu ficar muito tempo sem mim. – Ela moveu as pernas como se estivesse se perguntando o que fazer com elas dentro de calças, embora fossem suas calças e provavelmente ela já tivesse enfrentado o problema antes. Finalmente ela aproximou os joelhos um do outro e segurou as mãos sobre eles.

– Qualquer conversinha que precisarmos ter – falei –, ou qualquer coisa que você quiser me dizer, diga agora e vamos terminar logo com isso. Porque não vou dirigir meio Estados Unidos com um colapso nervoso sentado do meu lado.

Ela mordeu um dos nós da mão e me deu uns olhares de esguelha por cima do punho.

– Na noite passada – ela disse, parou e enrubesceu.

– Vamos usar um pouco da boa e velha franqueza – falei. – Na noite passada você me disse que matou Vannier e depois me disse que não matou. Eu sei que não foi você. Tudo bem quanto a isso.

Ela parou de morder a mão, olhou para mim diretamente, quieta, séria e com as mãos agora relaxadas sobre os joelhos.

– Vannier estava morto muito tempo antes de você chegar lá. Você foi até lá para dar a ele um dinheiro, pela senhora Murdock.

– Não, por mim – ela disse. – Mas, é claro, era dinheiro da senhora Murdock. Devo mais a ela do que jamais terei condições de pagar. Bem, ela não me paga um salário muito alto, mas isso dificilmente...

Falei, bruscamente:

– Não lhe pagar um salário muito alto é normal, em se tratando dela, e você dever a ela mais do que pode pagar é mais verdade do que poesia. Seria preciso o time inteiro do Yankees com cada jogador batendo com dois tacos, para dar a ela o que ela merece. Entretanto, isso não importa agora. Vannier cometeu suicídio porque ele tinha sido apanhado em um negócio fraudulento. Simples assim, e definitivo. O modo com que você se comportou era mais ou menos uma encenação. Você teve um choque nervoso sério ao ver o olhar morto dele no espelho e esse choque se fundiu com outro, que aconteceu há muito tempo, e você apenas dramatizou tudo do seu jeitinho biruta.

Ela olhou para mim timidamente e balançou a cabeça loira-acobreada, como que concordando.

– E você não empurrou Horace Bright pela janela – falei.

Então seu rosto sobressaltou-se e ficou surpreendentemente pálido.

– Eu... eu... – a mão dela cobriu sua boca, ficou lá, e seus olhos chocados me olharam por cima de tudo.

– Eu não estaria fazendo isso – falei – se o doutor Moss não tivesse dito que estaria tudo bem e que podíamos lhe contar isso agora. Acho, talvez, que você pense que matou Horace Bright. Você tinha uma razão e uma oportunidade, e por um segundo apenas acho que você pode ter tido o impulso de aproveitar a oportunidade. Mas isso não seria da sua natureza. No último minuto você desistiria. Mas no último minuto provavelmente algo aconteceu e você desmaiou. Ele efetivamente caiu, é claro, mas não foi você quem o empurrou.

Esperei um instante e observei a mão caindo para juntar-se novamente à outra e as duas se entrelaçarem com força.

– Fizeram com que acreditasse que você havia empurrado ele – falei. – Foi algo feito com cuidado, deliberação e o tipo de crueldade muda que só se encontra em um determinado tipo de mulher lidando com outra mulher. Ao olhar para a senhora Murdock hoje, você não pensaria em ciúmes – mas se houve um motivo, foi dela. E o motivo dela era muito melhor: cinqüenta mil dólares em seguro de vida. Tudo o que sobrou de uma fortuna arruinada. Ela tinha também o estranho, selvagem e possessivo amor pelo filho que tais mulheres têm. Ela é fria, amarga, inescrupulosa e usou você sem misericórdia ou piedade alguma, como garantia, caso Vannier algum dia resolvesse pôr a boca no trombone. Você era apenas um boi de piranha para ela. Se você quiser sair dessa vida pálida e sem emoções que tem sido a sua, tem que entender e acreditar no que estou dizendo. Sei que é duro.

– É absolutamente impossível – ela disse, baixinho, olhando para a ponta do meu nariz. – A senhora Murdock sempre foi maravilhosa comigo. É verdade que nunca me lembrei muito bem... Mas você não deveria dizer essas coisas horríveis sobre as pessoas.

Eu tirei para fora o envelope branco que tinha estado nas costas do quadro de Vannier. Dentro, duas cópias e um negativo. Fiquei em pé bem em frente a ela e pus uma das cópias sobre o seu colo.

– Oquei, olhe para isso. Vannier tirou a foto do outro lado da rua.

Ela olhou para a fotografia.

– Ora, é o senhor Bright – ela disse. – Não é uma fotografia muito clara, não é mesmo? E essa é a senhora Murdock – senhora Bright, ela era, nessa época –, bem atrás dele. O senhor Bright parece enlouquecido – ela ergueu os olhos para mim com uma espécie de curiosidade neutra.

– Se ele parece enlouquecido aí – falei –, veja-o alguns segundos mais tarde, quando ele caiu.

– Quando ele o quê?

– Olhe – falei, e havia uma espécie de desespero na minha voz agora –, esta é uma foto da senhora Elizabeth Bright Murdock dando ao seu primeiro marido um empurrãozinho para fora da janela do escritório dele. Ele está caindo. Olhe para a posição das mãos. Ele está gritando de pavor. Ela está atrás dele, e o rosto dela está rígido de fúria, ou algo parecido. Você não compreende tudo agora? É isto o que Vannier guardava como prova todos estes anos. Os Murdock nunca viram isso, nunca tiveram certeza de que isso existia. Mas existia. Encontrei ontem à noite, por um acaso do mesmo tipo daquele que permitiu a existência dessas fotografias. O que não deixa de ser uma espécie de justiça. Você começa a entender?

Ela olhou para a foto novamente e colocou-a de lado.

– A senhora Murdock sempre foi adorável comigo – ela disse.

– Ela fez de você um bode expiatório – falei, com a voz tensa e baixa de um diretor de palco num ensaio ruim. – Ela é uma mulher esperta, durona e paciente. Ela conhece os próprios complexos. Ela até mesmo gasta um dólar para guardar um dólar, o que é algo que poucas pessoas do tipo dela fariam. Concedo a ela essa grandeza. Inclusive gostaria de homenageá-la com um rifle de matar elefantes nas mãos, mas minha educação refinada me impede.

– Bem – ela disse –, então é isso.

E pude ver que ela havia ouvido uma palavra de cada três e que não tinha acreditado naquelas que ouvira.

– O senhor não deve nunca mostrar isto para a senhora Murdock. Isso a aborreceria terrivelmente.

Eu levantei, apanhei a foto da sua mão, rasguei-a em pequenos pedaços e larguei-os no cesto de lixo.

– Talvez você venha a lamentar que eu fiz isso – falei, sem dizer que eu tinha outra cópia e o negativo. – Talvez, uma noite, daqui a três meses, três anos, você acorde no meio da noite e se dê conta de que lhe falei a verdade. E, talvez, então queira ver mais uma vez esta fotografia. E talvez eu esteja errado quanto a tudo isto. Talvez você ficasse muito desapontada ao descobrir que na verdade não matou ninguém. Tudo bem. De qualquer modo, tudo bem. Agora vamos descer, pegar o meu carro e vamos dirigindo até Wichita para visitar os seus pais. E não acho que você vai voltar para a senhora Murdock, mas também é possível que eu esteja errado sobre isso. Mas nós não vamos mais falar sobre isso. Não mais.

– Não tenho nenhum dinheiro – ela disse.

– Você tem quinhentos dólares que a senhora Murdock lhe mandou. Estão no meu bolso.

– Isso é realmente muito gentil da parte dela – ela disse.

– Oh, que ela vá para o inferno – falei, fui até a cozinha e engoli um drinque rápido, antes de partir. Não me fez bem algum.

Capítulo trinta e seis

Fiquei fora da cidade durante dez dias. Os pai de Merle eram pessoas um tanto alheias, gentis, agradáveis e pacientes, vivendo em uma velha casa de madeira em uma rua quieta e acanhada. Choraram quando lhes contei o pedaço da história que achei que eles deviam saber. Disseram que estavam felizes por tê-la de volta e que tomariam conta dela, e eles se sentiram muito culpados, e eu deixei que assim continuassem.

Quando fui embora, Merle estava usando um avental de cozinha e fazendo massa para uma torta. Ela veio até a porta, limpando as mãos no avental, me beijou na boca, começou a chorar e correu para dentro de casa, deixando a soleira vazia até que sua mãe ocupou aquele espaço com um amplo sorriso caseiro no rosto para me ver partir.

Tive uma sensação estranha quando vi a casa desaparecer. Era como se eu tivesse escrito um poema e ele fosse muito bom e eu o tivesse perdido e nunca mais fosse lembrar dele.

Liguei para o inspetor Breeze quando voltei e fui até lá para saber dele como o caso Phillips estava. Eles o haviam solucionado bastante bem, com a mistura exata de esperteza e sorte que sempre é necessária. Os Morny nunca foram à polícia, afinal de contas, mas alguém ligou e falou sobre um tiro na casa de Vannier e desligou rapidamente. O perito não gostou muito das impressões da arma, então eles verificaram a mão de Vannier em busca de resíduo de nitrato em pó. Quando o encontraram, decidiram que era suicídio, afinal. Então um detetive chamado Lackey, do Departamento de Homicídios, pensou em trabalhar um pouco na arma e descobriu que uma descrição da arma havia sido distribuída, e que uma arma do tipo era o que faltava para estabelecer a conexão com a morte de Phillips. Hench identificou a arma, mas o melhor de tudo foi que eles encontraram uma meia-impressão do dedão dele na lateral do gatilho, que não foi limpo devidamente.

Com isso na mão e um conjunto das impressões de Vannier melhor do que aquele que eu tinha feito, foram até o apartamento de Phillips de novo e também ao de Hench.

Encontraram a mão esquerda de Vannier na cama de Hench e um dos seus dedos na parte de baixo da alavanca de descarga no apartamento de Phillips. Então tiveram que trabalhar nas vizinhanças com fotografias de Vannier e provaram que ele tinha estado duas vezes no beco que dá para os fundos do edifício, e na rua do lado pelo menos três vezes. Curiosamente, ninguém no prédio o viu, ou disse que viu.

Tudo o que lhes faltava agora era um motivo. Teager obsequiosamente forneceu-lhes uma, ao ser preso em Salt Lake City tentando vender um Dobrão Brasher para um comerciante de moedas que achou que era verdadeira, mas roubada. Ele tinha uma dúzia delas no seu hotel, e uma delas acabou se mostrando a verdadeira. Ele contou-lhes a história inteira e mostrou-lhes uma marca mínima que ele havia usado para identificar a moeda genuína. Ele não sabia onde Vannier a havia conseguido, e a polícia nunca descobriu, porque foram publicadas notícias suficientes sobre o roubo para permitir que o dono se apresentasse, se ela tivesse sido roubada; mas o dono nunca se apresentou. E a polícia não se preocupou mais com Vannier assim que se convenceu de que ele cometera um assassinato. Deixaram a coisa como um suicídio, embora tivessem algumas dúvidas.

Libertaram Teager depois de um tempo, porque achavam que ele não sabia nada sobre nenhum assassinato e tudo que tinham contra ele era tentativa de fraude. Ele havia comprado o ouro legalmente, e falsificar uma moeda fora de circulação do estado de Nova York não estava previsto nas leis federais contra falsificação. O estado de Utah recusou-se a se preocupar com ele.

Nunca acreditaram na confissão de Hench. Breeze disse que apenas a havia usado para tentar me fazer falar, caso eu estivesse escondendo algo. Ele sabia que eu não ficaria calado se eu tivesse alguma prova de que Hench era inocente. Mas isso não fez bem algum para Hench. Eles o colocaram na fila para identificação e conseguiram para ele cinco assaltos a lojas de bebidas junto com um gringo chamado Gaetano Prisco, e num desses assaltos um cara foi baleado e morto. Nunca fiquei sabendo se Prisco era parente de Palermo, mas nunca prenderam ele, seja como for.

– Gostou da história? – Breeze me perguntou, depois de me contar tudo isso, ou tudo que até então havia acontecido.

– Dois pontos confusos – falei. – Por que Teager fugiu e por que Phillips vivia na rua Court, sob um nome falso?

– Teager fugiu porque o ascensorista contou a ele que o velho Morningstar havia sido assassinado e ele sentiu cheiro de cadeia. Phillips estava usando o nome de Anson porque o banco estava atrás do seu carro e ele estava praticamente quebrado e desesperado. Isso explica por que um jovem otário legal como ele conseguiu se envolver em algo que deve ter cheirado mal desde o início.

Balancei a cabeça e concordei que poderia ser isso.

Breeze me acompanhou até a porta do seu escritório. Pôs uma mão pesada sobre o meu ombro e o apertou.

– Lembra aquele caso Cassidy sobre o qual você esteve discursando para mim e Spangler aquela noite no seu apartamento?

– Sim.

– Você disse a Spangler que não existia um caso Cassidy. Mas existiu. Sob outro nome. Eu trabalhei nele.

Ele tirou a mão do meu ombro, abriu a porta para mim e sorriu bem na direção dos meus olhos.

– Por causa do caso Cassidy – ele disse –, e o modo como ele fez eu me sentir, eu às vezes dou uma chance a um cara que na verdade não mereceria. Uma pequena migalha, entre sujos milhões, que é devolvida a um sujeito trabalhador – como eu – ou como você. Tome cuidado.

Era noite. Fui para o meu apartamento, pus minhas velhas roupas de ficar em casa, distribuí as peças de xadrez, preparei um drinque e joguei mais um Capablanca*. Fui até

---

*José Raul Capablanca (1888-1942), enxadrista cubano considerado o maior jogador de xadrez na sua época. Foi campeão mundial e revolucionou o modo como o xadrez é jogado. Registros dos seus melhores jogos e torneios foram publicados, e a partir deles os amantes do jogo simulam partidas. (N. do T.)

59 movimentos. Um xadrez lindo, frio, sem arrependimentos, silenciosamente implacável, quase assustador.

Quando tinha terminado, fiquei algum tempo junto à janela aberta, ouvindo os barulhos da rua e aspirando o ar da noite. Então levei meu copo até a cozinha, enxagüei-o, o enchi com água gelada e fiquei em pé junto à pia, bebericando e olhando para o meu rosto no espelho.

– Você e Capablanca – falei.

Cronologia

1888 – Nasce Raymond Thorton Chandler, a 23 de julho, em Chicago, filho da imigrante irlandesa Florence Dart Thorton Chandler e de Maurice Benjamin Chandler.

1889-1894 – Maurice bebe e se ausenta muito. Chandler passa os verões com a mãe e familiares em Plattsmouth, Nebraska. Seus pais acabam se divorciando. O pai desaparece, sem prestar auxílio à família.

1895-1899 – Muda-se para a Inglaterra com a mãe, em 1895. Cultivam a religião anglicana, e Chandler estuda em uma escola local.

1900 – Chandler entra para o Dulwich College, em Dulwich, onde estuda matemática, música, latim, francês e história inglesa.

1901-1902 – Prepara-se para a carreira de negócios. Classifica-se entre os melhores da turma e destaca-se pela habilidade matemática.

1903-1904 – Lê Virgílio, Cícero, César, Lívio e Ovídio em latim, e Platão, Aristófanes e outros em grego.

1905-1906 – A família decide mandar Chandler para o exterior, para aprimorar seus estudos em línguas estrangeiras. Reside em Paris e Munique.

1907-1908 – Vai viver com a mãe em Streatham, subúrbio de Londres. Naturaliza-se súdito britânico. Faz um concurso público, classifica-se em terceiro lugar dentre seiscentos candidatos. Trabalha como funcionário na Marinha, mas pede demissão após seis meses.

1909-1910 – Trabalha por um curto período de tempo como jornalista no *Daily Express* e então no *Westminster Gazette*. Publica alguns poemas. Em 1911, começa a colaborar com ensaios literários para o periódico *The academy*.

1912 – Pega emprestadas quinhentas libras esterlinas de um tio e volta aos Estados Unidos. Estabelece-se em Los Angeles. Trabalha em uma fazenda de cultivo de pêssegos e conserta raquetes de tênis. Mora em quartos alugados.

1913-1914 – Estuda biblioteconomia. Consegue um emprego de bibliotecário e contador em uma fábrica de laticínios, com a ajuda do amigo Warren Lloyd, um advogado.

1915-1916 – Volta a morar com a mãe, que também está de volta aos Estados Unidos.

1917 – Engaja-se no exército canadense. Toma um navio para a Inglaterra, após três meses de treinamento.

1918 – Designado para o 7º batalhão da 2ª Brigada de Infantaria da 1ª Divisão canadense, é mandado à França. Luta nas trincheiras, e mais tarde escreverá: "Uma vez que você tem de liderar um pelotão diretamente para os tiros da metralhadora, nada mais é como antes". Volta à Inglaterra como sargento, após sofrer uma concussão. É transferido para a Royal Air Force, mas a guerra termina durante seu treinamento.

1919 – Aceita um emprego em um banco inglês, na cidade de San Francisco. Volta a Los Angeles e trabalha por seis semanas no *Daily Express*. Envolve-se com Cissy Pascal, pianista casada com o também pianista Julian Pascal, ambos os quais lhe haviam sido apresentados por Lloyd.

1920-1923 – Chandler ainda mora com a mãe, quando o divórcio dos Pascal é concluído. Ele protela os planos de casamento com Cissy devido à desaprovação da sua mãe por causa da diferença de idade entre os dois. Trabalha como bibliotecário para Dabney Oil Syndicate, companhia petroleira de propriedade de um irmão de Lloyd.

1924 – Florence Chandler morre de câncer em janeiro. Chandler e Cissy casam-se em fevereiro. Chandler torna-se auditor da companhia e é logo promovido a vice-presidente do escritório de Los Angeles.

1925-1931 – Chandler começa a perceber as reais implicações da sua diferença de idade com Cissy. Bebe muito, ameaça suicidar-se e tem casos amorosos com mulheres mais novas que trabalham na mesma companhia que ele.

1932 – É despedido por alcoolismo e absenteísmo. Passa um tempo em Seattle e volta a Los Angeles quando Cissy é hospitalizada com pneumonia. Trabalha como assistente de Edward Lloyd, filho do seu amigo Warren Lloyd, em um grande caso contra a South Basin Oil Company (ex-Dabney Oil Syndicate) por apropriação indevida de lucros provenientes de campos de extração de propriedade da família Lloyd. Passa a receber uma pensão de US$ 100 de Edward Lloyd, o que lhe permite dedicar-se à escrita. Bebe menos.

1933 – Decide escrever para revistas de histórias de crime. Seu primeiro conto, *Blackmailers don't shoot* é publicado na *Black mask*, principal revista do gênero da época, que também publicava obras de Dashiell Hammett, Erle Stanley Gardner, entre outros.

1934-1937 – Publica histórias policiais em *Black mask, Dime detective* e *Detective Fiction Weekly*. Chandler e Cissy mudam-se com freqüência.

1938 – Começa a redação de *O sono eterno (The big sleep)*, seu primeiro romance. Cria o detetive Philip Marlowe e incorpora material de histórias publicadas em revistas (usará a mesma técnica de "canibalização" ao escrever, mais tarde, *Adeus, minha adorada (Farewell, my lovely)* e *A dama do lago (The lady in the lake*).

1939 – *O sono eterno* é publicado pela Alfred Knopf nos Estados Unidos e pela Hamish Hamilton na Inglaterra. Recebe boas críticas e vende bem. Começa a escrever *A dama do lago* e *Adeus, minha adorada.* Com o início da Segunda Guerra Mundial, voluntaria-se para treinamento no Exército Canadense, mas é rejeitado devido à idade. Continua a publicar histórias em revistas, mas em menor quantidade.

1940 – Termina e publica *Adeus, minha adorada*. As vendas decepcionam. Começa a trabalhar em *Janela para a morte (The high window).*

1941 – Vende os direitos de adaptação cinematográfica de *Adeus, minha adorada.*

1942 – Termina *Janela para a morte*, e o texto é adaptado para o cinema, no filme *Time to kill.*

1943 – É contratado pela Paramount para trabalhar no roteiro baseado em *Double Indemnity*, de James M. Cain. Mais tarde, dirá que a experiência foi agoniante. Volta a beber muito. *A dama do lago* é publicado.

1944 – O filme *Double Indemnity* faz um estrondoso sucesso. O roteiro é indicado ao Oscar. Trabalha como roteirista contratado da Paramount. Publica o ensaio *A simples arte de matar (The simple art of murder)* no *Atlantic Monthly.*

1945 – Começa o roteiro original de *The blue dahlia*, que deve ser filmado antes de o famoso ator Alan Ladd entrar no serviço militar. Chandler atrasa a entrega do roteiro, e as filmagens se iniciam quando este ainda não foi completado. Chandler propõe ao produtor do filme que trabalhe bêbado para terminar o roteiro. O produtor aceita, e Chandler conclui o roteiro em oito dias, ditando para secretários e recebendo injeções regulares de glicose (o filme sairá em 1946, Chandler será indicado ao Oscar pelo roteiro e receberá o prêmio Edgar da associação Mystery Writers of America). Começa a trabalhar para a MGM no roteiro de *A dama do lago*, mas abandona o projeto depois de desavenças com o estúdio.

1946 – Sai a versão para cinema de *O sono eterno*. Chandler elogia a interpretação de Humphrey Bogart como Philip Marlowe. Rompe com a Paramount. Ele e Cissy, enfraquecida, vivem em relativa reclusão. Cessa o abuso de álcool.

1948 – Começa a escrever *A irmãzinha (Little sister).*

1949 – Sofre de várias doenças, incluindo bronquite, alergias de pele e herpes. *A irmãzinha* é lançado nos Estados Unidos por uma nova editora, Houghton Mifflin.

1950 – Trabalha com o diretor e roteirista Alfred Hitchcock na adaptação do romance *Strangers on a train*, de Patricia Highsmith, para a Warner Brothers (o filme receberia o nome, no Brasil, de *Pacto sinistro*), mas Hitchcock decepciona-se com seu trabalho e substitui Chandler. *A simples arte de matar*, coletânea de histórias antigas, é publicada.

1951 – Começa a trabalhar no texto do que será *O longo adeus (The long goodbye).*

1952 – A saúde de Cissy piora.

1953 – Recomeça a beber. Cissy sofre de problemas respiratórios e cardíacos. *O longo adeus* é publicado.

1954 – Cissy morre, após uma série de hospitalizações.

1955 – Chandler bebe muito e sofre de depressão. Bêbado, tenta o suicídio com um revólver, em 22 de fevereiro. O tiro sai pelo teto do banheiro. Chandler é levado a hospitais psiquiátricos para observação. Vende a casa que comprara com Cissy e deixa a Califórnia, indo visitar amigos em vários lugares. Em Nova York, bebe muito e tem de ser hospitalizado. A bordo do navio no qual viaja para a Inglaterra, recebe a notícia de que ganhou o prêmio Edgar da Mystery Writers of America por *O longo adeus*. Torna-se amigo do escritor Ian Flemming e da pianista Natasha Spender (mulher do poeta Stephen Spender). Retorna aos Estados Unidos, mas volta à Inglaterra ao descobrir que Natasha está doente. Viajam pela Espanha e Marrocos, e voltam a Londres. Natasha é submetida a uma operação bem-sucedida. Chandler bebe muito, é internado e descobre que tem malária.

1956 – Aluga um pequeno apartamento em Londres, sofre devido ao seu relacionamento com Natasha e acaba voltando aos Estados Unidos por causa dos impostos britânicos. Bebe muito e é hospitalizado em Nova York por má nutrição e fadiga. Continua a beber e por um breve momento considera a possibilidade de casar-se com uma admiradora que no ano anterior lhe escrevera uma carta. Encontra-se com Natasha em dezembro.

1957 – Envolve-se na vida pessoal da sua secretária, uma australiana divorciada, e seus dois filhos. É internado em conseqüência do abuso de álcool.

1958 – Inicia a redação do romance *Amor & morte em Poodle Springs (Poodle Springs)*, mas só termina alguns capítulos. Viaja à Inglaterra e então a Capri, na companhia de sua agente e amiga Helga Greene, para entrevistar o mafioso "Lucky" Luciano para o *Sunday Times*. O artigo, *My friend Luco*, não é publicado por razões legais. É hospitalizado em Londres. O romance *Playback*, escrito a partir de um roteiro iniciado, é publicado. Sua saúde continua a declinar.

1959 – Hospitalizado por Helga Greene, propõe-lhe casamento. Ela aceita. Viaja a Nova York no início de maio na companhia de Helga para tomar posse da presidência do Mystery Writers of America. Ele volta para La Jolla, na Califórnia, enquanto Greene segue para Londres, onde pretendem se estabelecer. Chandler bebe muito, desenvolve pneumonia, é hospitalizado em 23 de março. Morre no dia 26 e no dia 30 é enterrado no cemitério Mount Hope, em San Diego.

Coleção **L&PM** POCKET (LANÇAMENTOS MAIS RECENTES)

407.**Orai pornô** – Nani
408(11).**Maigret em Nova York** – Simenon
409(12).**O assassino sem rosto** – Simenon
410(13).**O mistério das jóias roubadas** – Simenon
411.**A irmãzinha** – Raymond Chandler
412.**Três contos** – Gustave Flaubert
413.**De ratos e homens** – John Steinbeck
414.**Lazarilho de Tormes** – Anônimo do séc. XVI
415.**Triângulo das águas** – Caio Fernando Abreu
416.**100 receitas de carnes** – Sílvio Lancellotti
417.**Histórias de robôs:** vol. 1 – org. Isaac Asimov
418.**Histórias de robôs:** vol. 2 – org. Isaac Asimov
419.**Histórias de robôs:** vol. 3 – org. Isaac Asimov
420.**O país dos centauros** – Tabajara Ruas
421.**A república de Anita** – Tabajara Ruas
422.**A carga dos lanceiros** – Tabajara Ruas
423.**Um amigo de Kafka** – Isaac Singer
424.**As alegres matronas de Windsor** – Shakespeare
425.**Amor e exílio** – Isaac Bashevis Singer
426.**Use & abuse do seu signo** – Marília Fiorillo e Marylou Simonsen
427.**Pigmaleão** – Bernard Shaw
428.**As fenícias** – Eurípides
429.**Everest** – Thomaz Brandolin
430.**A arte de furtar** – Anônimo do séc. XVI
431.**Billy Bud** – Herman Melville
432.**A rosa separada** – Pablo Neruda
433.**Elegia** – Pablo Neruda
434.**A garota de Cassidy** – David Goodis
435.**Como fazer a guerra: máximas de Napoleão** – Balzac
436.**Poemas escolhidos** – Emily Dickinson
437.**Gracias por el fuego** – Mario Benedetti
438.**O sofá** – Crébillon Fils
439.**O "Martín Fierro"** – Jorge Luis Borges
440.**Trabalhos de amor perdidos** – W. Shakespeare
441.**O melhor de Hagar 3** – Dik Browne
442.**Os Maias (volume1)** – Eça de Queiroz
443.**Os Maias (volume2)** – Eça de Queiroz
444.**Anti-Justine** – Restif de La Bretonne
445.**Juventude** – Joseph Conrad
446.**Contos** – Eça de Queiroz
447.**Janela para a morte** – Raymond Chandler
448.**Um amor de Swann** – Marcel Proust
449.**À paz perpétua** – Immanuel Kant
450.**A conquista do México** – Hernan Cortez
451.**Defeitos escolhidos e 2000** – Pablo Neruda
452.**O casamento do céu e do inferno** – William Blake
453.**A primeira viagem ao redor do mundo** – Antonio Pigafetta
454(14).**Uma sombra na janela** – Simenon
455(15).**A noite da encruzilhada** – Simenon
456(16).**A velha senhora** – Simenon
457.**Sartre** – Annie Cohen-Solal
458.**Discurso do método** – René Descartes
459.**Garfield em grande forma (1)** – Jim Davis
460.**Garfield está de dieta** (2) – Jim Davis
461.**O livro das feras** – Patricia Highsmith
462.**Viajante solitário** – Jack Kerouac
463.**Auto da barca do inferno** – Gil Vicente
464.**O livro vermelho dos pensamentos de Millôr** – Millôr Fernandes
465.**O livro dos abraços** – Eduardo Galeano
466.**Voltaremos!** – José Antonio Pinheiro Machado
467.**Rango** – Edgar Vasques
468(8).**Dieta mediterrânea** – Dr. Fernando Lucchese e José Antonio Pinheiro Machado
469.**Radicci 5** – Iotti
470.**Pequenos pássaros** – Anaïs Nin
471.**Guia prático do Português correto – vol.3** – Cláudio Moreno
472.**Atire no pianista** – David Goodis
473.**Antologia Poética** – García Lorca
474.**Alexandre e César** – Plutarco
475.**Uma espiã na casa do amor** – Anaïs Nin
476.**A gorda do Tiki Bar** – Dalton Trevisan
477.**Garfield um gato de peso (3)** – Jim Davis
478.**Canibais** – David Coimbra
479.**A arte de escrever** – Arthur Schopenhauer
480.**Pinóquio** – Carlo Collodi
481.**Misto-quente** – Bukowski
482.**A lua na sarjeta** – David Goodis
483.**O melhor do Recruta Zero (1)** – Mort Walker
484.**Aline: TPM – tensão pré-monstrual (2)** – Adão Iturrusgarai
485.**Sermões do Padre Antonio Vieira**
486.**Garfield numa boa (4)** – Jim Davis
487.**Mensagem** – Fernando Pessoa
488.**Vendeta** *seguido de* **A paz conjugal** – Balzac
489.**Poemas de Alberto Caeiro** – Fernando Pessoa
490.**Ferragus** – Honoré de Balzac
491.**A duquesa de Langeais** – Honoré de Balzac
492.**A menina dos olhos de ouro** – Honoré de Balzac
493.**O lírio do vale** – Honoré de Balzac
494(17).**A barcaça da morte** – Simenon
495(18).**As testemunhas rebeldes** – Simenon
496(19).**Um engano de Maigret** – Simenon
497(1).**A noite das bruxas** – Agatha Christie
498(2).**Um passe de mágica** – Agatha Christie
499(3).**Nêmesis** – Agatha Christie
500.**Esboço para uma teoria das emoções** – Sartre
501.**Renda básica de cidadania** – Eduardo Suplicy
502(1).**Pílulas para viver melhor** – Dr. Lucchese
503(2).**Pílulas para prolongar a juventude** – Dr. Lucchese
504(3).**Desembarcando o diabetes** – Dr. Lucchese
505(4).**Desembarcando o sedentarismo** – Dr. Fernando Lucchese e Cláudio Castro
506(5).**Desembarcando a hipertensão** – Dr. Lucchese
507(6).**Desembarcando o colesterol** – Dr. Fernando Lucchese e Fernanda Lucchese
508.**Estudos de mulher** – Balzac
509.**O terceiro tira** – Flann O'Brien
510.**100 receitas de aves e ovos** – J. A. P. Machado
511.**Garfield em toneladas de diversão** (5) – Jim Davis
512.**Trem-bala** – Martha Medeiros
513.**Os cães ladram** – Truman Capote

514.**O Kama Sutra de Vatsyayana**
515.**O crime do Padre Amaro** – Eça de Queiroz
516.**Odes de Ricardo Reis** – Fernando Pessoa
517.**O inverno da nossa desesperança** – Steinbeck
518.**Piratas do Tietê (1)** – Laerte
519.**Rê Bordosa: do começo ao fim** – Angeli
520.**O Harlem é escuro** – Chester Himes
521.**Café-da-manhã dos campeões** – Kurt Vonnegut
522.**Eugénie Grandet** – Balzac
523.**O último magnata** – F. Scott Fitzgerald
524.**Carol** – Patricia Highsmith
525.**100 receitas de patisseria** – Sílvio Lancellotti
526.**O fator humano** – Graham Greene
527.**Tristessa** – Jack Kerouac
528.**O diamante do tamanho do Ritz** – Scott Fitzgerald
529.**As melhores histórias de Sherlock Holmes** – Arthur Conan Doyle
530.**Cartas a um jovem poeta** – Rilke
531(20).**Memórias de Maigret** – Simenon
532(4).**O misterioso sr. Quin** – Agatha Christie
533.**Os analectos** – Confúcio
534(21).**Maigret e os homens de bem** – Simenon
535(22).**O medo de Maigret** – Simenon
536.**Ascensão e queda de César Birotteau** – Balzac
537.**Sexta-feira negra** – David Goodis
538.**Ora bolas – O humor de Mario Quintana** – Juarez Fonseca
539.**Longe daqui aqui mesmo** – Antonio Bivar
540(5).**É fácil matar** – Agatha Christie
541.**O pai Goriot** – Balzac
542.**Brasil, um país do futuro** – Stefan Zweig
543.**O processo** – Kafka
544.**O melhor de Hagar 4** – Dik Browne
545(6).**Por que não pediram a Evans?** – Agatha Christie
546.**Fanny Hill** – John Cleland
547.**O gato por dentro** – William S. Burroughs
548.**Sobre a brevidade da vida** – Sêneca
549.**Geraldão (1)** – Glauco
550.**Piratas do Tietê (2)** – Laerte
551.**Pagando o pato** – Ciça
552.**Garfield de bom humor (6)** – Jim Davis
553.**Conhece o Mário?** vol.1 – Santiago
554.**Radicci 6** – Iotti
555.**Os subterrâneos** – Jack Kerouac
556(1).**Balzac** – François Taillandier
557(2).**Modigliani** – Christian Parisot
558(3).**Kafka** – Gérard-Georges Lemaire
559(4).**Júlio César** – Joël Schmidt
560.**Receitas da família** – J. A. Pinheiro Machado
561.**Boas maneiras à mesa** – Celia Ribeiro
562(9).**Filhos sadios, pais felizes** – R. Pagnoncelli
563(10).**Fatos & mitos** – Dr. Fernando Lucchese
564.**Ménage à trois** – Paula Taitelbaum
565.**Mulheres!** – David Coimbra
566.**Poemas de Álvaro de Campos** – Fernando Pessoa
567.**Medo e outras histórias** – Stefan Zweig
568.**Snoopy e sua turma (1)** – Schulz
569.**Piadas para sempre (1)** – Visconde da Casa Verde
570.**O alvo móvel** – Ross Macdonald
571.**O melhor do Recruta Zero (2)** – Mort Walker
572.**Um sonho americano** – Norman Mailer
573.**Os broncos também amam** – Angeli
574.**Crônica de um amor louco** – Bukowski
575(5).**Freud** – René Major e Chantal Talagrand
576(6).**Picasso** – Gilles Plazy
577(7).**Gandhi** – Christine Jordis
578.**A tumba** – H. P. Lovecraft
579.**O príncipe e o mendigo** – Mark Twain
580.**Garfield, um charme de gato (7)** – Jim Davis
581.**Ilusões perdidas** – Balzac
582.**Esplendores e misérias das cortesãs** – Balzac
583.**Walter Ego** – Angeli
584.**Striptiras (1)** – Laerte
585.**Fagundes: um puxa-saco de mão cheia** – Laerte
586.**Depois do último trem** – Josué Guimarães
587.**Ricardo III** – Shakespeare
588.**Dona Anja** – Josué Guimarães
589.**24 horas na vida de uma mulher** – Stefan Zweig
590.**O terceiro homem** – Graham Greene
591.**Mulher no escuro** – Dashiell Hammett
592.**No que acredito** – Bertrand Russell
593.**Odisséia (1): Telemaquia** – Homero
594.**O cavalo cego** – Josué Guimarães
595.**Henrique V** – Shakespeare
596.**Fabulário geral do delírio cotidiano** – Bukowski
597.**Tiros na noite 1: A mulher do bandido** – Dashiell Hammett
598.**Snoopy em Feliz Dia dos Namorados! (2)** – Schulz
599.**Mas não se matam cavalos?** – Horace McCoy
600.**Crime e castigo** – Dostoiévski
601(7).**Mistério no Caribe** – Agatha Christie
602.**Odisséia (2): Regresso** – Homero
603.**Piadas para sempre (2)** – Visconde da Casa Verde
604.**À sombra do vulcão** – Malcolm Lowry
605(8).**Kerouac** – Yves Buin
606.**E agora são cinzas** – Angeli
607.**As mil e uma noites** – Paulo Caruso
608.**Um assassino entre nós** – Ruth Rendell
609.**Crack-up** – F. Scott Fitzgerald
610.**Do amor** – Stendhal
611.**Cartas do Yage** – William Burroughs e Allen Ginsberg
612.**Striptiras (2)** – Laerte
613.**Henry & June** – Anaïs Nin
614.**A piscina mortal** – Ross Macdonald
615.**Geraldão (2)** – Glauco
616.**Tempo de delicadeza** – A. R. de Sant'Anna
617.**Tiros na noite 2: Medo de tiro** – Dashiell Hammett
618.**Snoopy em Assim é a vida, Charlie Brown! (3)** – Schulz
619.**1954 – Um tiro no coração** – Hélio Silva
620.**Sobre a inspiração poética (Íon)** e ... – Platão
621.**Garfield e seus amigos (8)** – Jim Davis
622.**Odisséia (3): Ítaca** – Homero
623.**A louca matança** – Chester Himes
624.**Factótum** – Bukowski
625.**Guerra e Paz: volume 1** – Tolstói

626.**Guerra e Paz: volume 2** – Tolstói
627.**Guerra e Paz: volume 3** – Tolstói
628.**Guerra e Paz: volume 4** – Tolstói
629(9).**Shakespeare** – Claude Mourthé
630.**Bem está o que bem acaba** – Shakespeare
631.**O contrato social** – Rousseau
632.**Geração Beat** – Jack Kerouac
633.**Snoopy: É Natal! (4)** – Charles Schulz
634(8).**Testemunha da acusação** – Agatha Christie
635.**Um elefante no caos** – Millôr Fernandes
636.**Guia de leitura (100 autores que você precisa ler)** – Organização de Léa Masina
637.**Pistoleiros também mandam flores** – David Coimbra
638.**O prazer das palavras** – vol. 1 – Cláudio Moreno
639.**O prazer das palavras** – vol. 2 – Cláudio Moreno
640.**Novíssimo testamento: com Deus e o diabo, a dupla da criação** – Iotti
641.**Literatura Brasileira: modos de usar** – Luís Augusto Fischer
642.**Dicionário de Porto-Alegrês** – Luís A. Fischer
643.**Clô Dias & Noites** – Sérgio Jockymann
644.**Memorial de Isla Negra** – Pablo Neruda
645.**Um homem extraordinário e outras histórias** – Tchékhov
646.**Ana sem terra** – Alcy Cheuiche
647.**Adultérios** – Woody Allen
648.**Para sempre ou nunca mais** – R. Chandler
649.**Nosso homem em Havana** – Graham Greene
650.**Dicionário Caldas Aulete de Bolso**
651.**Snoopy: Posso fazer uma pergunta, professora? (5)** – Charles Schulz
652(10).**Luís XVI** – Bernard Vincent
653.**O mercador de Veneza** – Shakespeare
654.**Cancioneiro** – Fernando Pessoa
655.**Non-Stop** – Martha Medeiros
656.**Carpinteiros, levantem bem alto a cumeeira & Seymour, uma apresentação** – J.D.Salinger
657.**Ensaios céticos** – Bertrand Russell
658.**O melhor de Hagar 5** – Dik e Chris Browne
659.**Primeiro amor** – Ivan Turguêniev
660.**A trégua** – Mario Benedetti
661.**Um parque de diversões da cabeça** – Lawrence Ferlinghetti
662.**Aprendendo a viver** – Sêneca
663.**Garfield, um gato em apuros (9)** – Jim Davis
664.**Dilbert 1** – Scott Adams
665.**Dicionário de dificuldades** – Domingos Paschoal Cegalla
666.**A imaginação** – Jean-Paul Sartre
667.**O ladrão e os cães** – Naguib Mahfuz
668.**Gramática do português contemporâneo** – Celso Cunha
669.**A volta do parafuso** *seguido de* **Daisy Miller** – Henry James
670.**Notas do subsolo** – Dostoiévski
671.**Abobrinhas da Brasilônia** – Glauco
672.**Geraldão (3)** – Glauco
673.**Piadas para sempre (3)** – Visconde da Casa Verde
674.**Duas viagens ao Brasil** – Hans Staden
675.**Bandeira de bolso** – Manuel Bandeira
676.**A arte da guerra** – Maquiavel
677.**Além do bem e do mal** – Nietzsche
678.**O coronel Chabert** *seguido de* **A mulher abandonada** – Balzac
679.**O sorriso de marfim** – Ross Macdonald
680.**100 receitas de pescados** – Sílvio Lancellotti
681.**O juiz e seu carrasco** – Friedrich Dürrenmatt
682.**Noites brancas** – Dostoiévski
683.**Quadras ao gosto popular** – Fernando Pessoa
684.**Romanceiro da Inconfidência** – Cecília Meireles
685.**Kaos** – Millôr Fernandes
686.**A pele de onagro** – Balzac
687.**As ligações perigosas** – Choderlos de Laclos
688.**Dicionário de matemática** – Luiz Fernandes Cardoso
689.**Os Lusíadas** – Luís Vaz de Camões
690(11).**Átila** – Éric Deschodt
691.**Um jeito tranqüilo de matar** – Chester Himes
692.**A felicidade conjugal** *seguido de* **O diabo** – Tolstói
693.**Viagem de um naturalista ao redor do mundo** – vol. 1 – Charles Darwin
694.**Viagem de um naturalista ao redor do mundo** – vol. 2 – Charles Darwin
695.**Memórias da casa dos mortos** – Dostoiévski
696.**A Celestina** – Fernando de Rojas
697.**Snoopy: Como você é azarado, Charlie Brown! (6)** – Charles Schulz
698.**Dez (quase) amores** – Claudia Tajes
699(9).**Poirot sempre espera** – Agatha Christie
700.**Cecília de bolso** – Cecília Meireles
701.**Apologia de Sócrates** *precedido de* **Êutifron** e *seguido de* **Críton** – Platão
702.**Wood & Stock** – Angeli
703.**Striptiras (3)** – Laerte
704.**Discurso sobre a origem e os fundamentos da desigualdade entre os homens** – Rousseau
705.**Os duelistas** – Joseph Conrad
706.**Dilbert (2)** – Scott Adams
707.**Viver e escrever** (vol. 1) – Edla van Steen
708.**Viver e escrever** (vol. 2) – Edla van Steen
709.**Viver e escrever** (vol. 3) – Edla van Steen
710(10).**A teia da aranha** – Agatha Christie
711.**O banquete** – Platão
712.**Os belos e malditos** – F. Scott Fitzgerald
713.**Libelo contra a arte moderna** – Salvador Dalí
714.**Akropolis** – Valerio Massimo Manfredi
715.**Devoradores de mortos** – Michael Crichton
716.**Sob o sol da Toscana** – Frances Mayes
717.**Batom na cueca** – Nani
718.**Vida dura** – Claudia Tajes
719.**Carne trêmula** – Ruth Rendell
720.**Cris, a fera** – David Coimbra
721.**O anticristo** – Nietzsche
722.**Como um romance** – Daniel Pennac
723.**Emboscada no Forte Bragg** – Tom Wolfe
724.**Assédio sexual** – Michael Crichton
725.**O espírito do Zen** – Alan W.Watts
726.**Um bonde chamado desejo** – Tennessee Williams
727.**Como gostais** *seguido de* **Conto de inverno** – Shakespeare
728.**Tratado sobre a tolerância** – Voltaire
729.**Snoopy: Doces ou travessuras? (7)** – Charles Schulz

730.**Cardápios do Anonymus Gourmet** – J.A. Pinheiro Machado
731.**100 receitas com lata** – J.A. Pinheiro Machado
732.**Conhece o Mário?** vol.2 – Santiago
733.**Dilbert (3)** – Scott Adams
734.**História de um louco amor** *seguido de* **Passado amor** – Horacio Quiroga
735(11).**Sexo: muito prazer** – Laura Meyer da Silva
736(12).**Para entender o adolescente** – Dr. Ronald Pagnoncelli
737(13).**Desembarcando a tristeza** – Dr. Fernando Lucchese
738.**Poirot e o mistério da arca espanhola & outras histórias** – Agatha Christie
739.**A última legião** – Valerio Massimo Manfredi
740.**As virgens suicidas** – Jeffrey Eugenides
741.**Sol nascente** – Michael Crichton
742.**Duzentos ladrões** – Dalton Trevisan
743.**Os devaneios do caminhante solitário** – Rousseau
744.**Garfield, o rei da preguiça (10)** – Jim Davis
745.**Os magnatas** – Charles R. Morris
746.**Pulp** – Charles Bukowski
747.**Enquanto agonizo** – William Faulkner
748.**Aline: viciada em sexo (3)** – Adão Iturrusgarai
749.**A dama do cachorrinho** – Anton Tchékhov
750.**Tito Andrônico** – Shakespeare
751.**Antologia poética** – Anna Akhmátova
752.**O melhor de Hagar 6** – Dik e Chris Browne
753(12).**Michelangelo** – Nadine Sautel
754.**Dilbert (4)** – Scott Adams
755.**O jardim das cerejeiras** *seguido de* **Tio Vânia** – Tchékhov
756.**Geração Beat** – Claudio Willer
757.**Santos Dumont** – Alcy Cheuiche
758.**Budismo** – Claude B. Levenson
759.**Cleópatra** – Christian-Georges Schwentzel
760.**Revolução Francesa** – Frédéric Bluche, Stéphane Rials e Jean Tulard
761.**A crise de 1929** – Bernard Gazier
762.**Sigmund Freud** – Edson Sousa e Paulo Endo
763.**Império Romano** – Patrick Le Roux
764.**Cruzadas** – Cécile Morrisson
765.**O mistério do Trem Azul** – Agatha Christie
766.**Os escrúpulos de Maigret** – Simenon
767.**Maigret se diverte** – Simenon
768.**Senso comum** – Thomas Paine
769.**O parque dos dinossauros** – Michael Crichton
770.**Trilogia da paixão** – Goethe
771.**A simples arte de matar** (vol.1) – R. Chandler
772.**A simples arte de matar** (vol.2) – R. Chandler
773.**Snoopy: No mundo da lua! (8)** – Charles Schulz
774.**Os Quatro Grandes** – Agatha Christie
775.**Um brinde de cianureto** – Agatha Christie
776.**Súplicas atendidas** – Truman Capote
777.**Ainda restam aveleiras** – Simenon
778.**Maigret e o ladrão preguiçoso** – Simenon
779.**A viúva imortal** – Millôr Fernandes
780.**Cabala** – Roland Goetschel
781.**Capitalismo** – Claude Jessua
782.**Mitologia grega** – Pierre Grimal
783.**Economia: 100 palavras-chave** – Jean-Paul Betbèze
784.**Marxismo** – Henri Lefebvre
785.**Punição para a inocência** – Agatha Christie
786.**A extravagância do morto** – Agatha Christie
787(13).**Cézanne** – Bernard Fauconnier
788.**A identidade Bourne** – Robert Ludlum
789.**Da tranquilidade da alma** – Sêneca
790.**Um artista da fome** *seguido de* **Na colônia penal e outras histórias** – Kafka
791.**Histórias de fantasmas** – Charles Dickens
792.**A louca de Maigret** – Simenon
793.**O amigo de infância de Maigret** – Simenon
794.**O revólver de Maigret** – Simenon
795.**A fuga do sr. Monde** – Simenon
796.**O Uraguai** – Basílio da Gama
797.**A mão misteriosa** – Agatha Christie
798.**Testemunha ocular do crime** – Agatha Christie
799.**Crepúsculo dos ídolos** – Friedrich Nietzsche
800.**Maigret e o negociante de vinhos** – Simemon
801.**Maigret e o mendigo** – Simenon
802.**O grande golpe** – Dashiell Hammett
803.**Humor barra pesada** – Nani
804.**Vinho** – Jean-François Gautier
805.**Egito Antigo** – Sophie Desplancques
806(14).**Baudelaire** – Jean-Baptiste Baronian
807.**Caminho da sabedoria, caminho da paz** – Dalai Lama e Felizitas von Schönborn
808.**Senhor e servo e outras histórias** – Tolstói
809.**Os cadernos de Malte Laurids Brigge** – Rilke
810.**Dilbert (5)** – Scott Adams
811.**Big Sur** – Jack Kerouac
812.**Seguindo a correnteza** – Agatha Christie
813.**O álibi** – Sandra Brown
814.**Montanha-russa** – Martha Medeiros
815.**Coisas da vida** – Martha Medeiros
816.**A cantada infalível** *seguido de* **A mulher do centroavante** – David Coimbra
817.**Maigret e os crimes do cais** – Simenon
818.**Sinal vermelho** – Simenon
819.**Snoopy: Pausa para a soneca (9)** – Charles Schulz
820.**De pernas pro ar** – Eduardo Galeano
821.**Tragédias gregas** – Pascal Thiercy
822.**Existencialismo** – Jacques Colette
823.**Nietzsche** – Jean Granier
824.**Amar ou depender?** – Walter Riso
825.**Darmapada: A doutrina budista em versos**
826.**J'Accuse...! – a verdade em marcha** – Zola
827.**Os crimes ABC** – Agatha Christie
828.**Um gato entre os pombos** – Agatha Christie
829.**Maigret e o sumiço do sr. Charles** – Simenon
830.**Maigret e a morte do jogador** – Simenon
831.**Dicionário de teatro** – Luiz Paulo Vasconcellos
832.**Cartas extraviadas** – Martha Medeiros
833.**A longa viagem de prazer** – J. J. Morosoli
834.**Receitas fáceis** – J. A. Pinheiro Machado
835.(14).**Mais fatos & mitos** – Dr. Fernando Lucchese
836.(15).**Boa viagem!** – Dr. Fernando Lucchese
837.**Aline: Finalmente nua!!!** (4) – Adão Iturrusgarai
838.**Mônica tem uma novidade!** – Mauricio de Sousa
839.**Cebolinha em apuros!** – Mauricio de Sousa
840.**Sócios no crime** – Agatha Christie
841.**Bocas do tempo** – Eduardo Galeano
842.**Orgulho e preconceito** – Jane Austen

843.**Impressionismo** – Dominique Lobstein
844.**Escrita chinesa** – Viviane Alleton
845.**Paris: uma história** – Yvan Combeau
846(15).**Van Gogh** – David Haziot
847.**Maigret e o corpo sem cabeça** – Simenon
848.**Portal do destino** – Agatha Christie
849.**O futuro de uma ilusão** – Freud
850.**O mal-estar na cultura** – Freud
851.**Maigret e o matador** – Simenon
852.**Maigret e o fantasma** – Simenon
853.**Um crime adormecido** – Agatha Christie
854.**Satori em Paris** – Jack Kerouac
855.**Medo e delírio em Las Vegas** – Hunter Thompson
856.**Um negócio fracassado e outros contos de humor** – Tchékhov
857.**Mônica está de férias!** – Mauricio de Sousa
858.**De quem é esse coelho?** – Mauricio de Sousa
859.**O burgomestre de Furnes** – Simenon
860.**O mistério Sittaford** – Agatha Christie
861.**Manhã transfigurada** – Luiz Antonio de Assis Brasil
862.**Alexandre, o Grande** – Pierre Briant
863.**Jesus** – Charles Perrot
864.**Islã** – Paul Balta
865.**Guerra da Secessão** – Farid Ameur
866.**Um rio que vem da Grécia** – Cláudio Moreno
867.**Maigret e os colegas americanos** – Simenon
868.**Assassinato na casa do pastor** – Agatha Christie
869.**Manual do líder** – Napoleão Bonaparte
870(16).**Billie Holiday** – Sylvia Fol
871.**Bidu arrasando!** – Mauricio de Sousa
872.**Desventuras em família** – Mauricio de Sousa
873.**Liberty Bar** – Simenon
874.**E no final a morte** – Agatha Christie
875.**Guia prático do Português correto – vol. 4** – Cláudio Moreno
876.**Dilbert (6)** – Scott Adams
877(17).**Leonardo da Vinci** – Sophie Chauveau
878.**Bella Toscana** – Frances Mayes
879.**A arte da ficção** – David Lodge
880.**Striptiras (4)** – Laerte
881.**Skrotinhos** – Angeli
882.**Depois do funeral** – Agatha Christie
883.**Radicci 7** – Iotti
884.**Walden** – H. D. Thoreau
885.**Lincoln** – Allen C. Guelzo
886.**Primeira Guerra Mundial** – Michael Howard
887.**A linha de sombra** – Joseph Conrad
888.**O amor é um cão dos diabos** – Bukowski
889.**Maigret sai em viagem** – Simenon
890.**Despertar: uma vida de Buda** – Jack Kerouac
891(18).**Albert Einstein** – Laurent Seksik
892.**Hell's Angels** – Hunter Thompson
893.**Ausência na primavera** – Agatha Christie
894.**Dilbert (7)** – Scott Adams
895.**Ao sul de lugar nenhum** – Bukowski
896.**Maquiavel** – Quentin Skinner
897.**Sócrates** – C.C.W. Taylor
898.**A casa do canal** – Simenon
899.**O Natal de Poirot** – Agatha Christie
900.**As veias abertas da América Latina** – Eduardo Galeano
901.**Snoopy: Sempre alerta! (10)** – Charles Schulz
902.**Chico Bento: Plantando confusão** – Mauricio de Sousa
903.**Penadinho: Quem é morto sempre aparece** – Mauricio de Sousa
904.**A vida sexual da mulher feia** – Claudia Tajes
905.**100 segredos de liquidificador** – José Antonio Pinheiro Machado
906.**Sexo muito prazer 2** – Laura Meyer da Silva
907.**Os nascimentos** – Eduardo Galeano
908.**As caras e as máscaras** – Eduardo Galeano
909.**O século do vento** – Eduardo Galeano
910.**Poirot perde uma cliente** – Agatha Christie
911.**Cérebro** – Michael O'Shea
912.**O escaravelho de ouro e outras histórias** – Edgar Allan Poe
913.**Piadas para sempre (4)** – Visconde da Casa Verde
914.**100 receitas de massas light** – Helena Tonetto
915(19).**Oscar Wilde** – Daniel Salvatore Schiffer
916.**Uma breve história do mundo** – H. G. Wells
917.**A Casa do Penhasco** – Agatha Christie
918.**Maigret e o finado sr. Gallet** – Simenon
919.**John M. Keynes** – Bernard Gazier
920(20).**Virginia Woolf** – Alexandra Lemasson
921.**Peter e Wendy** *seguido de* **Peter Pan em Kensington Gardens** – J. M. Barrie
922.**Aline: numas de colegial (5)** – Adão Iturrusgarai
923.**Uma dose mortal** – Agatha Christie
924.**Os trabalhos de Hércules** – Agatha Christie
925.**Maigret na escola** – Simenon
926.**Kant** – Roger Scruton
927.**A inocência do Padre Brown** – G.K. Chesterton
928.**Casa Velha** – Machado de Assis
929.**Marcas de nascença** – Nancy Huston
930.**Aulete de bolso**
931.**Hora Zero** – Agatha Christie
932.**Morte na Mesopotâmia** – Agatha Christie
933.**Um crime na Holanda** – Simenon
934.**Nem te conto, João** – Dalton Trevisan
935.**As aventuras de Huckleberry Finn** – Mark Twain
936(21).**Marilyn Monroe** – Anne Plantagenet
937.**China moderna** – Rana Mitter
938.**Dinossauros** – David Norman
939.**Louca por homem** – Claudia Tajes
940.**Amores de alto risco** – Walter Riso
941.**Jogo de damas** – David Coimbra
942.**Filha é filha** – Agatha Christie
943.**M ou N?** – Agatha Christie
944.**Maigret se defende** – Simenon
945.**Bidu: diversão em dobro!** – Mauricio de Sousa
946.**Fogo** – Anaïs Nin
947.**Rum: diário de um jornalista bêbado** – Hunter Thompson
948.**Persuasão** – Jane Austen
949.**Lágrimas na chuva** – Sergio Faraco
950.**Mulheres** – Bukowski
951.**Um pressentimento funesto** – Agatha Christie
952.**Cartas na mesa** – Agatha Christie
953.**Maigret em Vichy** – Simenon
954.**O lobo do mar** – Jack London
955.**Os gatos** – Patricia Highsmith
956.**Jesus** – Christiane Rancé
957.**História da medicina** – William Bynum
958.**O morro dos ventos uivantes** – Emily Brontë
959.**A filosofia na era trágica dos gregos** – Nietzsche
960.**Os treze problemas** – Agatha Christie

IMPRESSÃO:

GRÁFICA EDITORA
Pallotti
IMAGEM DE QUALIDADE

Santa Maria - RS - Fone/Fax: (55) 3220.4500
www.pallotti.com.br